Regine Kölpin ist 1964 in Oberhausen geboren, lebt seit dem 5. Lebensjahr an der Nordseeküste und schreibt Romane und Geschichten unterschiedlicher Genres. Sie ist auch als Herausgeberin tätig und an verschiedenen Musik- und Bühnenproduktionen beteiligt. Außerdem hat sie etliche Kurztexte publiziert. Regine Kölpin ist verheiratet mit dem Musiker Frank Kölpin. Sie haben fünf erwachsene Kinder, mehrere Enkel und leben in einem kleinen Dorf an der Nordsee. In ihrer Freizeit vereisen sie gern mit ihrem Wohnmobil, um sich für neue Projekte inspirieren zu lassen. Ihre Lesungen gestaltet die Autorin oft mit dem Gitarrenduo »Rostfrei«. Mehr unter www.regine-koelpin.de

Josephine Schwan-Jones wurde 1990 in Nürnberg geboren. Nach der High School in South Carolina absolvierte sie eine Ausbildung zur Grafikdesignerin an der Carl-Hofer-Schule in Karlsruhe. Nach einigen Jahren in Werbeagenturen und Verlagen machte sie sich Anfang 2015 als Grafikerin und Illustratorin selbst¬ständig. In ihrem Büro in Wörth am Rhein illustriert und layoutet sie Bücher und Zeitschriften für verschiedene Verlage im Kinder- und Jugendbereich.

Regine Kölpin

Mit Illustrationen von Josy Jones

Oetinger Taschenbuch

FSC
www.fsc.org
MIX
Papier aus verantwortungsvollen Quellen
FSC® C014496

1. Auflage 2019

Poppenbütteler Chaussee 53, 22397 Hamburg
Juni 2019

Covergestaltung: Kathrin Steigerwald
Innenillustrationen: Josy Jones
Druck: GGP Media GmbH, Karl-Marx-Straße 24, 07381
Pößneck, Deutschland
ISBN 978-3-8415-0599-6

www.oetinger-taschenbuch.de

1

Wenn Papa ins Wohnzimmer kam und aussah, als hätte er in eine saure Zitrone gebissen, war das immer ein schlechtes Zeichen. Als Mama mir dann auch noch über den Arm strich und mit der liebenswürdigsten aller liebenswürdigen Stimmen sprach, ahnte ich, dass wirklich nichts Gutes kommen würde. »Hast du schon geplant, was du in den Urlaub mitnehmen möchtest, Carlotta?«

Klar hatte ich das, wir wollten nämlich nächste Woche nach Mallorca fliegen. Alle zusammen, das hatten wir lange nicht tun können, weil Mama und Papa oft beruflich unterwegs waren. Zuletzt waren wir in Italien am Gardasee gewesen, und das war auch schon zwei Jahre her. Ich freute mich deshalb total auf diese Reise.

»Ihr noch nicht?«, fragte ich.

Mama lächelte unsicher. »Wir haben da ein Problem.«

»Was wollt ihr mir sagen?« Ich sah meine Eltern mit einem herausfordernden Blick an, weil ich es nicht mochte, wenn sie so rumeierten.

»Ach, Carli, es gibt eine Änderung in der Planung«, erklärte Mama, noch immer mit dem verunglückten Grinsen im Gesicht. Wenn sie Carli zu mir sagte, musste es wirklich schlimm sein. Und dann folgte die Keule: »Papa und ich müssen kurzfristig wegen eines Forschungsauftrags in die Karibik, und deshalb haben wir die Reise nach Mallorca gestern Abend storniert. Also abgesagt.«

Ich schluckte. Meine Eltern waren Biologen, und ich war es schon gewohnt, dass sie oft spontan verreisten. Nicht umsonst hatten wir lange keinen gemeinsamen Urlaub mehr machen können. In der Schulzeit teilten sie sich das immer auf, damit einer zu Hause war, aber während der Ferien waren sie häufiger gemeinsam unterwegs. Ich verbrachte meine Zeit dann meist in irgendeinem Ferienlager. Das jetzt aber war wie ein Schlag in die Magengrube!

Da freute man sich monatelang auf diese Reise, und schon wieder … nichts! Ich wusste in dem Augenblick wirklich nicht, wie ich darauf reagieren sollte.

Mittlerweile kämpfte ich mit den Tränen, aber die Blöße wollte ich mir nicht geben. Also stürzte ich erst einmal aus dem Wohnzimmer, schlüpfte in meine Flipflops, rannte die Treppen aus dem zweiten Stock hinunter und raus an die frische Luft.

Vor unserem Mehrfamilienhaus, das sich in einem Wohngebiet am Stadtrand von Köln befand, lag eine Parkanlage mit einem kleinen See. Dorthin zog ich mich erst einmal zurück, setzte mich auf eine Bank und starrte aufs Wasser. Es war zwar schon später Nachmittag, aber die Sonne knallte noch immer vom Himmel, es war ein unglaublich warmer Sommer. Die Luft stand, das Gras war schon lange nicht mehr grün, und ich hatte mich so sehr auf das Mittelmeer gefreut. Baden, chillen. Eis und Paella essen.

Leider hatte ich mein Handy in der Wohnung liegen lassen. Es wäre gut gewesen, sofort meiner besten Freundin Nicky zu schreiben. So hing ich meinen Gedanken allein nach und ließ dabei den Tränen freien Lauf. Mist! Mist! Bockmist. Tschüss, Mallorca! Ich trat einen Stein mit dem Fuß beiseite, warf einen Ast ins Wasser und bemitleidete mich selbst. Alle fuhren in den Sommerferien mit ihren Familien weg!

»Und ich? Was mache ich in der Zeit, wenn Mama und Papa in der Karibik rumturnen, nach Einzellern suchen und Krebse erforschen?«, flüsterte ich. Dass man mich in den Karibik-Trip nicht eingeplant hatte, war mir schon klar.

So kurzfristig würde sich sicher kein Ferienlager finden. Außerdem wollte ich da nicht mehr hin! Im letzten Jahr war ich in der Rhön gewesen, und das gesamte Ferienlager war drei geschlagene Wochen immer wieder von einem Magen-Darm-Virus heimgesucht worden. Ich hatte nach dieser Fahrt Stein und Bein geschworen, so etwas nie mehr mitzumachen. Never ever again!

Es raschelte hinter mir. Papa war mir gefolgt, setzte sich neben mich, und so schwiegen wir eine Weile. Meine Tränen waren inzwischen getrocknet.

»Tut mir leid«, sagte er schließlich. »Wirklich! Wir holen das nach, Carlotta. Aber es ist für Mama und mich wichtig. Weißt du, wir können das nicht absagen …« Er räusperte sich.

»Schön, dass sämtliche Amöben dieser Welt wichtiger sind als eure Tochter!«, rutschte es mir heraus. Es war gemein, so etwas zu sagen, auch wenn ich wütend war.

Er nahm meine Hand. »Das ist nicht so. Und das weißt du. Mama und ich haben ein sehr schlechtes Gewissen, und wir machen das gut. Versprochen!«

»Wie soll das gehen?«, fragte ich. Mit guten Worten konnte ich nichts anfangen. Ich wollte mit meinen Eltern in den Urlaub!

»Mallorca im Herbst?«, war Papas Vorschlag. »Es ist da unten dann genauso warm und schön.«

»Wird nur eher dunkel«, warf ich ein. Blöd war ich schließlich nicht.

»Gut, noch was obendrauf«, gab Papa nach. »Mallorca-Urlaub inklusive Fahrt im Glasbodenboot zum Fischegucken? Das wolltest du doch immer.«

Das war ja mal eine Ansage. Ich hatte von diesen Ausflugsfahrten gelesen und hätte wirklich Lust dazu, aber meine Eltern sahen das als Touristennepp. Zumal es wirklich viel Geld kostete.

Meine Wut verrauchte etwas. Papa hatte immer so einen Blick drauf. Hundeblick nannte Nicky das. Ich konnte ihm nie lange wirklich böse sein.

»Okay, Deal. Mallorca im Herbst«, lenkte ich schließlich ein, obwohl ich alles noch immer gemein fand. Außerdem stand ja noch die Frage im Raum, wo ich bleiben sollte.

»Was habt ihr denn für Ideen für mich?«, fragte ich. »Wo stellt ihr mich ab?« Es klang eine Spur zu schnippisch.

»Wir stellen dich nicht ab!« Papa klang nun auch verärgert. Aber er hatte nun wirklich keinen Grund dazu. Er bekam doch alles und musste sein Projekt nicht auf die Herbstferien verschieben.

»Hör zu, Mama und ich haben uns den Kopf zerbrochen, da du ja nur ungern wieder ins Ferienlager willst«, begann er.

»Nicht nur ungern. Gar nicht!«, gab ich zurück.

Papa überging das. »Nun, wir haben einen wunderbaren Vorschlag, der dir gefallen wird. Was hältst du davon, zu Tant Ruthie aufs Schiff zu gehen?«

»Zu Tant Ruthie?«, fragte ich entgeistert. »Geht es noch, Papa?«

Tant Ruthie war eine erheblich ältere Cousine meines Vaters. Sie wurde von allen, wirklich von allen, nur Tant Ruthie gerufen, ich wusste spontan nicht einmal ihren Nachnamen. Nur dass sie feuerrote verwuschelte Haare hatte, eine ebenso feuerrote Brille und kunterbunte Klamotten. Vor Jahren waren wir mal bei ihr zu Besuch gewesen, und ich hatte mich gewundert, dass mein Vater Tant zu ihr sagte.

»Das ist typisch für die Nordseeküste«, hatte er damals erklärt. »Da werden viele Frauen einfach Tant genannt, sozusagen als Kosename.«

Also Tant Ruthie von der Nordseeküste. Sie war waschechte Ostfriesin, auch wenn sie viele Jahre mit ihrem Mann und dessen Frachtkahn über den Rhein gefahren war. Jetzt lebte sie in irgendeinem Hafen an der Nordsee auf einem Schiff!

»Zu Tant Ruthie?«, wiederholte ich. »Das ist jetzt nicht dein Ernst, oder?«

»Das wird ein tolles Abenteuer.« Papa nickte mir aufmunternd zu.

Ich zuckte zurück. Abenteuer nannte er das? Gut, wenn man es als spannend empfand, auf einem abgewrackten Boot in Ostfriesland zu wohnen, wo bestimmt sämtliche technische Errungenschaften wie WLAN, Handynetz und Ähnliches Fremdworte waren, dann wäre das tatsächlich ein Highlight. Leider sah ich das Ganze etwas anders. Ich brauchte WLAN zum Überleben! Und die Chats mit meinen Freundinnen auch.

Das alles musste ein schlechter Witz sein.

Aber das war es leider nicht. »Ja, Tant Ruthie freut sich schon auf deine Gesellschaft. Ich habe bereits mit ihr telefoniert.« Papa rieb sich die Hände. »Du wirst sehen, ihr zwei werdet eine Menge Spaß haben.«

Tant Ruthie war sechzig! Wie sollte man da zusammen Spaß haben?

»Als wir vor sechs Jahren da waren, fandest du das Schiff so toll«, schwärmte er.

»Vor sechs Jahren war ich acht und noch ein Kind. Ich habe mich entwickelt, Papa.« Immerhin war ich gerade vierzehn geworden! Obwohl ich damals wirklich noch ein *Kind* gewesen war, hatte ich mich gewundert, wie man so spartanisch wohnen konnte. Tant Ruthie besaß nicht einmal einen Fernseher, nur ein altes Röhrenradio, das sie geerbt hatte.

Papa strich mir über den Kopf. »Ach komm, das wird ganz toll. Die Sommerferien wirst du dort schon rumkriegen.«

Ich schluckte. Das war schlimmer als gedacht. Papa sprach von keinem Kurztrip, sondern von geschlagenen sechs Wochen! Sechs Wochen auf einem alten Boot mit alter Tante! Wie sollte ich das bloß überstehen?

Ich dachte an die altersschwache Dusche auf dem Boot. An das winzige Waschbecken. An die Enge. Ich verzog meinen Mund. Ja, es würde bestimmt ganz toll werden … Super Idee, Mama und Papa. Echt eine super Idee! Ich kam mir ein bisschen vor wie zwischengeparkt. Ich sollte tatsächlich nach Ostfriesland?

Das wog nicht einmal Papas Angebot mit Mallorca im Herbst plus Glasbodenbootsfahrt auf.

»Warum siehst du schwarz?« Papa versuchte, die Situation weiter schönzureden. »Mit dem Handy kannst du doch mit deinen Freunden in Verbindung bleiben!« So war Papa! Er versuchte immer, etwas Gutes in jeder Situation zu sehen. Da war ich ihm eigentlich ähnlich, aber dieses Mal gelang es mir gar nicht. Sie ließen mir allerdings keine andere Wahl, als es zu akzeptieren. Ich überlegte hin und her und versuchte, meine Gedanken zu ordnen.

»Tant Ruthies Boot lag damals in Emden, oder?« Mir war die Stadt eben wieder eingefallen.

»Ja, warum?«

Da war er, der winzige Lichtblick, den ich zumindest überdenken konnte.

Emden war eine Stadt, und sie bot, wenn sie auch in der ostfriesischen Einöde lag, ein bisschen Abwechslung, weil sie nicht sooo klein war. Bestimmt konnte man die Zeit mit Shoppen herumkriegen, und der ein oder andere Jugendliche würde dort auch abhängen.

Außerdem existierten in Städten oft kostenfreie Hotspots. Für junge Menschen wie mich überlebenswichtig!

Papa guckte aber schon wieder so eigenartig. »Das Boot liegt jetzt woanders.«

»Und das wäre wo?« Meine Laune fiel zurück auf den Nullpunkt. Nicht, dass Tant Ruthie in irgendein Kaff gezogen war! Papas Gesicht nach hatte er voll das miese Gewissen. Und dann kam es auch schon.

»Sie hat die *Mathilda* in ein kleines Fischerdorf bringen lassen. Nach Lüttjesiel. Da sind die Liegegebühren günstiger, und es ist viel ruhiger. Und sehr idyllisch.« Papa sah mich vorsichtig abwartend an. »Das wird ein wunderbarer Urlaub, Carli. Ich beneide dich!«

Das konnte Papa unmöglich ernst meinen. In meinem Kopf rasselten die Gedanken durcheinander. Lüttjesiel klang tatsächlich nach einem Kaff mitten in der Pampa. Nicht nach shoppen. Und Fischerdorf klang nach noch weniger Möglichkeiten, einen Hotspot zu finden. Und nach anderen Jugendlichen klang das schon gar nicht. Da hatte ich wirklich den Jackpot gewonnen!

»Freust du dich ein bisschen? Wäre das was für dich?«, fragte Papa. Wieder dieses verunsicherte Lächeln, das aber so wirken sollte, als hätte er mir eben eine Reise nach New York versprochen. Hatte er aber nicht. Ich sollte nach Lüttjesiel!

Papa wusste bestimmt ziemlich genau, was er mir gerade antat.

»Ich beneide dich wirklich«, wiederholte er.

Schwacher Versuch. Eltern konnten so peinlich sein, wenn sie ihren Kindern etwas Blödes als tolle Idee verkaufen wollten.

»Doch, wirklich, es ist eine richtig gute Lösung«, sagte ich betont sachlich und stand auf. »Ich geh dann mal meine Reisepläne zurechtrücken. Ich kann die Abreise kaum erwarten. Nach Lüttjesiel.« Das letzte Wort spuckte ich förmlich aus.

Ich beeilte mich, zurück zum Haus zu kommen. Die Sonne war hinter einer Wolke verborgen, und noch nie war mir das Grau der Hauswand so trist vorgekommen. Papa folgte mir wie ein geschlagener Hund.

An der Haustür drehte ich mich noch einmal um. »Ich mach das mit der Reise zu Tant Ruthie, weil ihr das ja sowieso beschlossen habt und ich wirklich auf keinen Fall mehr ins Ferienlager gehe. Aber! Ich! Bin! Stinkesauer!«

In der Wohnung ging ich auch nicht auf Mama zu, die im Flur stand und mit einem verzweifelten Blick zu Papa schaute.

Ich musste jetzt echt erst einmal in meinem Zimmer abtauchen und mich sammeln. Zuallererst chattete ich mit Nicky. Sie hatte mich unglaublich um die Mallorca-Reise beneidet, weil sie selbst mit ihren Eltern nur nach Rügen in irgendein Seebad fuhr und die absolute Langeweile befürchtete.

- Dann brauchst du den neu gekauften Bikini wohl nicht, du Arme! ☹
- Doch, dort gibt es auch einen Strand. Ein Fischerdorf liegt normalerweise am Meer.
- Hoffentlich laufen in Lüttjesiel nicht nur alte Leute rum. ☹
- Alles echt total frustrierend. Muss ich wohl durch. ☹
- Ich denk an dich, Carlotta. Wir versuchen, in Verbindung zu bleiben, okay?

Nach dem Chat ging es mir schon etwas besser.

Weil ich mich so auf die Reise nach Mallorca gefreut hatte, stand der Trolley bereits geöffnet in meinem Zimmer. Ich hatte schon ein paar Sachen hineingeworfen, die ich auf keinen Fall vergessen wollte. Nun musste ich wohl ganz andere Klamotten mitnehmen als geplant. An der Küste war mit Wind und schlechtem Wetter zu rechnen, anders als auf Mallorca im Sommer. Zusätzlich brauchte ich also auch ein paar dickere Pullover. Und eine größere Menge von allem, weil ich geschlagene sechs Wochen in Lüttjesiel sein würde. Auch wenn ich erst in einer Woche zu Tant Ruthie reisen würde, war es wohl besser, wenn ich gleich mit dem richtigen Packen begann, damit ich wirklich nichts vergaß.

Mit jedem Kleidungsstück, das ich aus dem Schrank nahm, wuchs meine Wut erneut. Mallorca gegen Lüttjesiel! Und das alles wegen der blöden Jobs meiner Eltern, die mal wieder viel wichtiger waren als ich.

Schnell war klar, dass mein Trolley zu klein war, und ich kippte alle Kleidungsstücke frustriert aufs Bett.

Ich musste dringend runterkommen, sonst würde ich platzen. Und da half bei mir nur eins: nähen.

Meine Freunde joggten bei Stress und mieser Laune wie wild durch die Landschaft oder stemmten Hanteln, wieder andere dröhnten sich mit lauter Musik zu. Ich hingegen brauchte nur meine Nähmaschine und das gleichmäßige Rattern, wenn die Nadel ihre Nähte machte.

Tant Ruthie näht auch, schoss es mir durch den Kopf, während ich die Nähmaschine aus der Ecke zerrte. Papas Cousine war Klamottendoktor und besserte das Zeug von anderen Leuten aus. Aber das half mir auch nicht weiter. Zum einen brauchte sie ihre Maschine selbst, und zum anderen flickte ich keine Sachen, sondern designte meine eigenen Nähmodelle. Nichts Weltbewegendes, aber immerhin hatte ich schon etliche Taschen, Mützen und Schals entworfen und genäht. Alles aus Stoffresten, die ich günstig gekauft hatte.

Ich setzte mich an die Nähmaschine, nahm die Mütze, die ich bereits zugeschnitten hatte, und legte los. Das Rattern der Nadeln beruhigte mich schnell und ließ mein Entsetzen über die bevorstehende Reise etwas schrumpfen. Ich zermarterte mir weiter den Kopf nach irgendeinem positiven Aspekt des Urlaubs – irgendetwas, sonst würde ich die sechs Wochen nicht überstehen.

Als ich die letzte Naht tätigte, kam mir endlich die zündende Idee, wie die Sommerferien vielleicht noch zu retten waren: Meine Nähmaschine, ein bisschen Stoff und ein paar Schnitte mussten mit! Wenn es in Lüttjesiel zu schrecklich wäre, würde ich einfach nähen und die Zeit damit herumbekommen.

Ich überlegte, wie ich meine Nähsachen neben dem Klamottenberg auf meinem Bett auch noch mitbekommen sollte. Da fiel mir Papas großer, uralter Koffer auf dem Dachboden ein. Er hatte einen altmodischen Handgriff, war aus schwarzem Leder und besaß nicht einmal Rollen. Der Koffer war sauschwer, aber groß genug für mein Vorhaben. Meine Nähmaschine konnte ich in den Transportkoffer packen. Jetzt, wo ich nicht flog, gab es schließlich keinen Grund, auf eine Gewichtsbegrenzung zu achten. Ich klopfte mir in Gedanken selbst auf die Schulter. Das war ein grandioser Einfall!

Sofort machte ich mich auf den Weg zum Speicher und wuchtete den Koffer durchs Treppenhaus. Papa hatte mein Rumoren gehört und half mir, ohne zu fragen.

»Ich brauche den Koffer für Stoffe und so«, erklärte ich ihm. »Sonst wird das nichts mit Lüttjesiel.«

Er widersprach mir nicht.

2

»Ist das nicht eine wunderbare Landschaft?«, flötete Mama eine Woche später, als wir die Autobahn verlassen hatten und durch die flache Küstenlandschaft fuhren.

Ja, die Sonne schien, das Gras war grüner als zu Hause, und die Maulwurfshügel waren echt der Hingucker! Dafür waren wir um sieben Uhr morgens aufgestanden und in Richtung Norden gefahren. Rechts von uns zog sich in der Ferne ein grünes Band, auf dem sich weiße Flecken tummelten.

»Sieh nur, wie romantisch. Der Deich mit den Schäfchen darauf. Und dahinter liegt die Nordsee. Oder der Blanke Hans, wie man hier so schön sagt.«

»Mama«, antwortete ich genervt. »Ich bin kein Kleinkind mehr, das beim Anblick von Schafen vor Verzückung in Ohnmacht fällt.«

Mama wirkte zwar leicht gekränkt, aber sie hörte endlich damit auf, mir die Vorzüge der Gegend und den Urlaub bei Tant Ruthie schmackhaft zu machen. Es war ohnehin nicht mehr weit bis Lüttjesiel.

Als wir das Dörfchen durchquerten, fielen mir zuerst die vielen roten Dächer und die weißen und grünen Sprossenfenster in den geduckt wirkenden Häuschen auf. In fast allen hingen kleine Spitzenvorhänge, und vor den Eingangstüren standen Bänke mit Blumengestecken. Es gab ein Café und ein Fischrestaurant, eine Pizzeria, eine Bäckerei, einen Souvenirladen und ein Muschelmuseum. Lüttjesiel wirkte zwar klein und gemütlich, aber alles andere als aufregend. Bevor wir zum Hafen abbogen, entdeckte ich noch ein winziges Lebensmittelgeschäft mit Leuchttürmen in allen Größen und Farben sowie bunten Keschern und Muschelnetzen in der Auslage. Draußen vor dem Laden waren ein paar Tische und Stühle aufgebaut. Immerhin hing auch noch ein Postschild dran. Es gab also tatsächlich einen Hauch von Zivilisation!

Der Hafen war klein und von einer Mauer umgeben. Ein geschlossener Kiosk in schlichtem Weiß, von dem die Farbe schon abblätterte, befand sich in der Mitte. Dem Aufsteller nach gab es hier Eis und Backfisch, nebst Pommes und Getränken. Nicht zu vergessen der »Coffee to go«.

Ich seufzte und schaute mich weiter um.

Am Kai lagen etliche bunte Fischkutter, dazwischen ein paar Holzboote und vereinzelte Segelschiffe. Der Kahn von Tant Ruthie war größer, als ich ihn in Erinnerung hatte, und ragte aus den anderen Booten heraus.

Papas Cousine erwartete uns schon an Deck und winkte freudig, als sie das Auto entdeckte. Sie sah noch immer nicht aus wie eine Tant, sondern genauso schräg wie damals. Das rot gelockte Haar war wild verwuschelt, und unter dem knallbunten Rock ragten lila Leggings hervor. Außerdem war sie gertenschlank und trug eine knallrote Brille.

Obwohl sich meine Begeisterung darüber, die nächsten Wochen in diesem verschlafenen Dorf zu verbringen, in Grenzen hielt, machte ich gute Miene zum bösen Spiel. Tant Ruthie konnte für all das nichts, und ich wollte sie nicht kränken. Es war auch nicht ihre Schuld, dass ihr merkwürdiges Zuhause mit einem Urlaub auf Mallorca nicht so richtig mithalten konnte.

Wir stiegen aus dem Wagen. Weil Papa die Klimaanlage angehabt hatte, war es darin angenehm kühl gewesen, und nun kam es mir draußen sehr heiß vor, obwohl es längst nicht so drückend wie in Köln war. Immerhin wehte hier ein frischer Wind.

»Da seid ihr ja endlich!«, rief Tant Ruthie aus, während sie über die Gangway zum Kai stürmte. Sie schien sich tatsächlich über meinen Urlaub hier zu freuen. Ihre Augen strahlten förmlich, und sie drückte mich sehr herzlich. Ein bisschen beruhigte mich das. Wenn sie nun meinetwegen auch noch schlechte Laune gehabt hätte, wäre das nicht so toll gewesen.

Während Tant Ruthie Mama und Papa umarmte, betrachtete ich den alten Kahn genauer. Er war grün gestrichen, und vorn am Bug stand in geschwungenen roten Buchstaben *Mathilda*. Auf dem Deck befand sich ein kleiner weißer Aufbau, von dort ging es meiner Erinnerung nach ins Innere des Bootes. Dann blieb mein Blick an einem winzigen Schild rechts neben dem Schiffsaufgang kleben. *Ruth Janßen – Änderungsschneiderei.*

Das hatte sich also nicht geändert, Tant Ruthie flickte noch immer die Sachen der anderen Leute. Ich überlegte die ganze Zeit, wo sie die Schneiderei auf dem Boot versteckt hatte, denn darin waren wir gar nicht gewesen. Damals, vor sechs Jahren, hatte ich noch andere Interessen.

»Dann willkommen an Bord!« Tant Ruthie deutete einladend auf die Gangway. »Ich habe Butterkuchen mit Füllung gebacken und echten Ostfriesentee gekocht. Oder möchtet ihr lieber Kaffee?«

Irgendwie rührte mich ihre Mühe. Tant Ruthie machte wirklich einen freundlichen Eindruck. Ich mochte sie sofort, auch wenn sie etwas eigenartig herumlief. In einem Dorf wie Lüttjesiel hätte ich eine so bunte Tante auf jeden Fall nicht erwartet.

»Tee ist gut, Tant Ruthie«, antwortete Papa schnell, während wir an Bord gingen. Er wollte wie immer keine Mühe machen und würde auch Salzwasser trinken, wenn es dem Gastgeber recht war.

Tant Ruthie deutete zu den Stühlen auf dem Deck. Sie hatte unter einem großen Sonnensegel eine Art Terrasse eingerichtet. »Es ist so warm, da können wir draußen sitzen. Bitte nehmt Platz! Carli, dir zeige ich erst einmal, wo du auf dem Kahn wohnen wirst. Das interessiert dich doch bestimmt. Tee trinken können wir danach immer noch, bevor ihr zurück nach Köln müsst«, schwatzte sie weiter. »Macht es euch derweil gemütlich, bis ich mit Carli aus der Kajüte zurück bin.«

Kajüte, wie das schon klang! Und Carli! Das war mein Spitzname aus Kinderzeiten. So nannte mich Mama immer nur dann, wenn es etwas Unangenehmes zu sagen gab und sie mich damit ein bisschen verniedlichte. Trotzdem biss ich mir auf die Zunge. Tant Ruthie hatte mich lange nicht gesehen, woher sollte sie denn wissen, dass aus Carli längst eine Carlotta geworden war.

»Wo hast du dein Gepäck?«, fragte sie.

»Ist noch im Auto.« Papa eilte zum Kai zurück und schleppte meinen riesigen Koffer, den Rucksack und den Nähmaschinenkoffer auf den Kahn.

Tant Ruthie fiel der eckige Kasten sofort auf. »Oh, du hast deine Nähmaschine mit?« Ihre Augen strahlten noch ein bisschen mehr.

»Das ist ihr größtes Hobby«, sagte Mama. »Dieser Fummelkram! Von mir hat sie das auf jeden Fall nicht. Ich habe Handarbeiten immer gehasst.« Sie verstummte, wahrscheinlich war ihr eingefallen, dass Tant Ruthie ebenfalls nähte.

»Hab schon deine Tasche gesehen, sieht gut aus.« Tant Ruthie zwinkerte mir zu. »Und dein T-Shirt ist auch selbst genäht, oder?«

Ich nickte. Auf das gelbe Teil war ich besonders stolz, weil ich da nicht eine Naht versemmelt hatte und ich den weiten, schrägen Schnitt echt cool fand.

»Nun komm, es geht abwärts! Ich nehme den Koffer. Die Nähmaschine lass mal erst oben an Deck.«

Tant Ruthie nahm Papa den Koffer aus der Hand, aber er war viel zu schwer, sodass Papa ihn doch die schmale Treppe nach unten wuchtete. Es polterte laut, dann kam er schon zurück. »Boah, ist das heiß da unten!« Papa wischte sich über die Stirn.

Tant Ruthie sah ihn schulterzuckend an. »Ist eben Sommer, und Holz speichert die Wärme, aber abends ist es kühl genug.«

Ich schnappte mir den Rucksack.

»Ach, ist das herrlich hier!«, schwärmte Mama schon wieder, während sie sich auf einen Klappstuhl fallen ließ. »Carli, du bist zu beneiden«, hörte ich sie noch, bevor ich im Inneren des Schiffs verschwand. »Das wird der tollste Urlaub deines Lebens!«

»Das siehst du bestimmt anders als deine Mutter, was? Ferien in einem Fischerdorf auf einem altersschwachen Kahn mit alter Frau.« Tant Ruthie kicherte und deutete auf den Handlauf rechts. »Halt dich besser fest, die Stufen sind schmal und steil.«

Ich folgte ihr schweigend. Unten bestätigten sich meine schlimmsten Ahnungen. Die Küche, Tant Ruthie sprach von der Kombüse, hatte sich überhaupt nicht verändert. Hier befanden sich ein zweiflammiger Gasherd mit Backofen, ein kleiner Kühlschrank nebst Hängeschrank sowie ein Tisch mit einer Bank, auf der maximal zwei Leute Platz hatten, und ein Stuhl. Man konnte sich kaum drehen, ohne etwas umzustoßen. Trotzdem sah es gemütlich aus mit den karierten Gardinen vor den zwei Bullaugen und den Häkeldeckchen. Sogar die Kissen waren farblich auf die Gardinen abgestimmt.

Ich ertappte mich zum ersten Mal bei dem Gedanken, dass es hier tatsächlich irgendwie ganz cool war. Doch dann betraten wir das Badezimmer, und sofort löste sich dieser positive Gedanke in nichts auf. Allein der Begriff Badezimmer war völlig überzogen. Den meisten Platz nahm die Toilette ein, daneben befanden sich ein winziges Waschbecken und eine Handbrause mit einem Duschvorhang.

»Nach dem Duschen müssen wir immer alles abtrocknen«, erklärte Tant Ruthie. »Wird ringsum immer klitschnass. Das Trockentuch hängt da.« Sie zeigte in die Ecke zu einem Haken.

»Und wo bewahrst du deine Sachen auf?«, fragte ich. Die Zahnbürste, die Cremes, die Schminke, die Bürste, den Föhn …? Mich beschlich der gruselige Gedanke, dass Tant Ruthie das alles womöglich gar nicht besaß. Geschminkt war sie jedenfalls nicht, dafür zierten etliche Sommersprossen ihre braun gebrannte Haut.

»Die nimmst du einfach jedes Mal aus deiner Kajüte mit, legst sie vor die Badtür und holst sie nach dem Duschen rein.« Tant Ruthie betrachtete meine langen dunklen Locken. »So komfortabel wie bei dir zu Hause ist es hier natürlich nicht. Aber die paar Wochen wird es schon klappen mit uns und der Wascherei.« Sie lief weiter, zeigte mir, wo sie schlief, und dann, wo meine Kajüte war. Alles winzig klein. Für meinen großen Koffer würde es eng werden. Zum Glück bestand die Möglichkeit, ihn unters Bett zu schieben.

»So, nun kennst du unseren Wohnbereich. Aber du hast dich bestimmt schon gefragt, wo ich arbeite?« Tant Ruthie schob ihre Brille zurecht.

Ich nickte. Zum Nähen war es hier eindeutig zu eng.

»Besonders gesprächig bist du nicht, Carli. Tut mir leid, dass du nun mit mir alter Schachtel vorliebnehmen musst, aber wir machen uns das nett. Komm, nun geht es nach achtern.«

Ich folgte Tant Ruthie wieder die Treppe rauf. Mama hatte ihren Stuhl ein Stück weggerückt und ließ sich die Sonne ins Gesicht scheinen. Papa saß unter dem Sonnensegel und tippte auf seinem Handy herum. »Sag mal, Ruthie, gibt es hier kein Netz? Hast du kein WLAN?«

Tant Ruthie stoppte in der Bewegung. »W-was? Nein, so was hab ich nicht. Ich weiß ehrlich gesagt nicht mal richtig, was das ist.« Sie zog die Brauen zusammen. »Schau, da drüben ist eine Telefonzelle, wenn du telefonieren möchtest. Und ich bin über den Kiosk da zu erreichen.« Sie zeigte auf die weiße Bude, deren Rollläden immer noch unten waren. »Wenn sie nicht geschlossen haben. So hast du mich doch vor ein paar Tagen auch anrufen können. Ich bin damit eigentlich immer gut zurechtgekommen.«

Willkommen im Gestern, dachte ich und folgte Papas Blick. An der Hafenmauer stand tatsächlich eine gelbe Telefonzelle, so als hätte man sie vergessen abzuholen. Wo gab es denn diese altmodischen Dinger noch?

Ich seufzte. »Tant Ruthie, es gibt hier in Lüttjesiel doch bestimmt irgendwo einen Hotspot, oder?«

Sie sah mich ratlos an. »Einen was?«

Ich sparte es mir, sie aufzuklären. Wie auch immer Papas Cousine in der heutigen Zeit ohne die technischen Selbstverständlichkeiten überlebt hatte. Wenigstens erkannte ich einen Funken Mitleid in Papas Blick. Aber das nützte mir natürlich gar nichts.

Ich klickte mein Handy an. Es gab zwar einen Hotspot für den Hafenbereich, aber der war kostenpflichtig, und er überstieg beim Dauergebrauch mein Taschengeld. Wenn ich zukünftig mit Nicky chatten wollte, ging das nicht spontan, sondern nur auf Ansage, und es kostete Geld. Meine Laune sank auf den Tiefpunkt. Denn auch mein Telefonguthaben war begrenzt, ich hatte nämlich nur ein Prepaid-Handy. Das Problem musste ich später lösen.

Tant Ruthie winkte, und ich folgte ihr zum hinteren Teil des Schiffes. Dort war eine weitere Treppe mit einer Luke in den Boden eingelassen.

Seitlich vom Gang ging eine Tür ab, hinter der sich ein mittelgroßer Raum befand, der mit Gerümpel und Kartons vollgestellt war. Daran gingen wir vorbei.

Danach folgte ich Tant Ruthie in einen recht großen Raum, in dem sich ihr Nähatelier befand. Hinter dem Tisch mit der Nähmaschine standen Kleiderständer, an denen allerdings nur wenige Teile hingen.

Tant Ruthie bemerkte meinen fragenden Blick.

»Das Geschäft läuft gerade nicht so gut. Bin ja noch neu hier«, erklärte sie.

»Wie lange wohnst du denn schon in Lüttjesiel?«, fragte ich.

»Fast ein Jahr.«

Das fand ich nun nicht gerade neu, aber mit Geschäften kannte ich mich schließlich auch nicht aus.

Ich sah mich weiter um. In der Ecke standen übereinandergestapelt ordentlich beschriftete Kisten mit Reißverschlüssen, Knöpfen und Nähgarn. Und eine weitere Maschine mit vier dicken Garnrollen.

»Du hast sogar eine Overlock-Maschine?« Ich war erstaunt, denn auch ihre andere Nähmaschine war ein modernes, programmierbares Modell.

»Ich muss schließlich sauber arbeiten«, sagte Tant Ruthie. »Aber nun komm, Carli! Du willst doch auch wissen, wo du nähen kannst, damit dir die Zeit nicht zu lang wird. Das hier unten ist ein bisschen mein Heiligtum.«

Ich folgte ihr über den Gang in einen dritten Raum, den ich noch gar nicht bemerkt hatte. Er war wie der andere recht hell, weil er richtige Sprossenfenster und keine Bullaugen hatte. In der Ecke stand ein Tisch zum Zuschneiden. Auf den Kleiderständern daneben hingen verschiedene Röcke und Kleider. Auf Regalen stapelten sich die unterschiedlichsten Stoffe. Alle farblich und nach Gewebe sortiert. Ein richtiges Paradies für Nähfreaks wie mich.

»Du kannst deine Nähmaschine gerne hier aufbauen«, sagte Tant Ruthie. »In diesem Raum entwerfe ich ab und zu ein paar Einzelstücke. Deshalb lasse ich auch keine Kunden rein. Aber solange du hier bist, kannst du dir alles nehmen. Und die Stoffe auch, such dir einfach was aus! Ich habe sie alle günstig im Outlet, auf dem Großmarkt oder Stoffmarkt erworben. Und du sollst dich ja wohlfühlen.« Sie ging zu einem kleinen Schränkchen und zog die Schubladen auf. »Wenn du noch was brauchst: Hier findest du alles. Auch Bücher und Kopierpapier.«

»Ich habe auch Stoffe mit, deshalb ist der Koffer so voll. Aber danke.«

Ich sah von den Stoffen zu Tant Ruthie, und mich überkam ein warmes Gefühl. Sie ließ mich tatsächlich in ihr Heiligtum, und ich durfte alles einfach so für mich nutzen?

Sie bemerkte, wie erstaunt ich darüber war. »Ich freu mich wirklich, dass du da bist, Carli. Und wir Nähfrauen müssen doch zusammenhalten. Für mich ist Nähen Kunst und Können und kein Fummelkram.«

Von oben hörten wir Mamas Stimme. »Nun kommt wieder rauf! Oder sollen wir den Kuchen alleine essen?«

Ich folgte Tant Ruthie und warf dem Raum einen letzten, sehnsüchtigen Blick zu. Trotz fehlenden Internets gab es mit diesem Nähzimmer wenigstens *einen* Lichtblick in Lüttjesiel. Nun würde mir auf keinen Fall langweilig werden.

Draußen wurde ich von der Sonne geblendet.

»Nicht, dass du das schöne Wetter vergisst und dich den ganzen Tag hinter deiner Nähmaschine verkriechst!« Mama legte sich ein Stück Butterkuchen auf den Teller.

»Irgendwas muss ich ja tun«, murmelte ich. »Sechs Wochen sind eine lange Zeit.«

»Die kriegen wir schon rum.« Tant Ruthie schenkte allen Tee ein. »Bald ist in Emden in der Nordseehalle holländischer Stoffmarkt. Da können wir auch noch einmal nach Schnäppchen Ausschau halten, Carli.«

Das Klappern eines Fahrrades unterbrach das Gespräch. Ein Junge fuhr auf einem bunt angemalten Hollandrad mit großem Lenkerkorb heran. Was sollte das denn für ein Bike sein? »Ach, entschuldigt«, sagte Tant Ruthie. »Das ist Pepe. Er bringt mir immer die Zeitung! Heute wohl etwas später.«

Der Junge grinste herauf und rief: »Moin, Tant Ruthie! Mein Onkel hat heute länger zum Lesen gebraucht. Hier, bitte!« Er warf die Zeitung hoch. Dabei blieb sein Blick kurz an mir hängen. »Carlotta, wenn ich mich nicht irre. Tant Ruthie hat dich schon angekündigt. Bis morgen! Wir sehen uns.«

Wir sehen uns? Was sollte denn das heißen? Aber von mir aus gerne. Ich sah ihm noch lange nach. Mann, hatte der dunkle Augen! Wie Schokolade.

3

Am nächsten Morgen wurde ich von einem leisen Glucksen geweckt. Ich musste einen Moment lang überlegen, wo ich war. Es kam mir vor, als wäre es noch mitten in der Nacht. Und das war es auch, jedenfalls wenn man den Sommerferienmodus zugrunde legte. Es war gerade acht, und da schlief ich normalerweise noch tief und fest, wenn mich kein Wecker ungnädig daran erinnerte, aufzustehen und in die Schule zu gehen.

Bei Tant Ruthie auf dem Schiff gab es jetzt sechs Wochen lang nichts anderes zu tun, als zu faulenzen. Und ab und zu das eine oder andere Teil zu nähen. Also konnte ich mich entspannt noch einmal umdrehen. Doch aus irgendeinem Grund gelang es mir nicht, wieder einzuschlafen.

Schließlich schälte ich mich aus dem Federbett, das sich wie ein monströser Berg über mir auftürmte und seltsamerweise trotz der Hitze draußen nicht zu warm war.

Ich öffnete die Kajütentür, und schon schlug mir der leichte Duft von Meer und Holz entgegen. Es roch ein bisschen süßlich und eigentlich ganz angenehm.

Als ich an Tant Ruthies Schlafraum vorbeikam, lag sie nicht mehr in ihrem Bett, aber aus der Kombüse drang leises Singen. Es hörte abrupt auf, als sie mich hörte. »Ach, du bist schon wach, Carli. Ich habe Frühstück gemacht. Es wird ein wunderbarer Sommertag, wir können an Deck frühstücken.«

»Ich geh noch rasch Zähne putzen und so.«

Tant Ruthie trällerte wieder los. Ich holte mein Waschzeug, quetschte mich in das enge Bad und versuchte, mich fertig zu machen. Ständig stieß ich mich irgendwo, dauernd purzelte etwas zu Boden. In diesem blöden Badezimmer konnte man sich wirklich überhaupt nicht zurechtmachen! Aber ich musste mich wohl oder übel daran gewöhnen.

Verzweifelt suchte ich nach einem Spiegel, denn die Lockenpracht auf meinem Kopf musste in eine gewisse Ordnung gebracht werden. Glücklicherweise fand ich im Reißverschluss des Koffers meinen Vergrößerungsspiegel, den ich in der Kajüte auf dem kleinen Tisch aufbaute. Als ich mich schließlich an Deck an den Frühstückstisch setzte, war ich einigermaßen zufrieden mit meinem Aussehen.

»Hast du gar keinen Spiegel?«, fragte ich Tant Ruthie als Erstes.

»In meinem Schlafzimmer. Im Bad wird er ja nur nass und beschlägt. Hätte ich dir wohl sagen sollen.« Tant Ruthie schenkte mir Kakao ein. »Das magst du doch sicher, oder? Alle Kinder mögen Kakao.«

Kinder ja, ich war aber keins mehr. Mit der Zeit würde sie das schon noch begreifen. Heute hielt ich den Mund.

Tant Ruthie hatte in der Bäckerei Brötchen gekauft, die wirklich gut dufteten. Genüsslich hieb ich meine Zähne in das dick mit Nuss-Nugat-Creme beschmierte Oberteil. Nuss-Nugat-Creme ging auch in meinem Alter. Das ging eigentlich immer, sogar Papa aß das. Mir klebte das Zeug gerade bis zu den Wangenknochen, als dasselbe Klappern wie gestern ertönte.

»Ach, da kommt Pepe«, sagte Tant Ruthie. »Der ist ja früh dran heute.«

Verzweifelt versuchte ich, die Nuss-Nugat-Creme mit der Serviette aus dem Gesicht zu bekommen, aber ich verschmierte sie nur noch mehr. Außerdem flockte das rote Papier aus, und die Fetzen blieben in meinem Gesicht kleben. Wie peinlich! Ich tauchte unter den Tisch ab und tat so, als wäre mir etwas runtergefallen. Hoffentlich verschwand der Typ gleich wieder, bevor er mich so sah!

»Bist du aus dem Bett gefallen, mien Jung?«, hörte ich Tant Ruthie.

»Ja, mein Onkel ist heute nicht da, da kannst du die Zeitung schon gleich haben.«

»Fein, beim Frühstück Zeitung zu lesen ist wunderbar. Sieh nur, Pepe, Carlotta ist auch schon auf.«

Ich wäre vor Scham am liebsten im Erdboden versunken. Ein letzter Versuch, mein Gesicht irgendwie sauber zu bekommen, scheiterte kläglich, mir blieb nichts anderes übrig, als so aufzutauchen, wie ich war: mit einem Gesicht voller brauner Creme und roten Serviettenpunkten! Wenigstens hatte Tant Ruthie nicht Carli gesagt.

Pepe grinste breit. »Auch wenn wir uns gestern schon gesehen haben: Willkommen im hintersten Teil der Welt, wo alle Wege enden!«

»Hi!«, sagte ich. »Sorry, wie ich aussehe …«

»Wie siehst du denn aus? Ich erkenne nur, dass du Nuss-Nugat-Creme magst, und das macht dich sympathisch, weil es zeigt, dass du auf Schokogeschmack stehst.« Pepe lächelte mich an und stieg wieder auf sein Klapperrad. »Ich mag übrigens am liebsten Schokominzpfefferlade – und du?«, rief er beim Wegfahren.

Ich wischte mir vorsichtig übers Gesicht. Sofort waren meine Finger braun. Verdammt, musste ich übel aussehen! Überall um den Mund bis zu den Wangen hin klebte es. Wie unangenehm! Und das vor einem Typen, der echt einen zweiten Blick wert war.

Verdutzt bemerkte ich, dass er sich sogar noch einmal umdrehte und mir zuwinkte.

»Schokominzpfefferlade«, murmelte ich vor mich hin. »Pfefferminzschokolade tut es auch.« Tant Ruthie holte einen feuchten Waschlappen und hielt ihn mir hin. »Die Creme in deinem Gesicht sieht nicht so doll aus, mien Deern. Mach das mal fix weg!« Sie zwinkerte mir zu.

Ich wollte lieber gar nicht wissen, wie ich aussah. Das Schlimmste beseitigte ich mit dem Waschlappen, aber ich huschte zur Sicherheit noch mal in meine Kajüte und zerrte den Spiegel aus dem Koffer. Alles hatte ich nicht wegbekommen. Das fing ja super an!

4

Eine Stunde später hatten wir abgewaschen und aufgeräumt. Die kleine Kombüse blitzte. Seltsamerweise hatte mir die Küchenarbeit richtig Spaß gemacht.

»Ich muss jetzt meinen Laden öffnen. Was möchtest du heute machen? Lesen? Lüttjesiel angucken?« Tant Ruthie schaute mich etwas hilflos an. Klar, sie hatte schließlich keine Ahnung, wie man Teenager beschäftigte, wobei ich eigentlich ja auch gar nicht beschäftigt werden musste. Zumindest nicht, wenn ich Internet hätte und mit Nicky und meinen anderen Freunden in Köln chatten könnte.

»Ich komm schon klar«, beruhigte ich Tant Ruthie. »Ich kann ja nähen und mich ein bisschen in Lüttjesiel umsehen.« Was auch immer man dort entdecken konnte, wenn man gerade keine Muschelnetze oder Kinderkescher erstehen wollte. Ich zuckte mit den Schultern. »Gibt es etwas, was man im Dorf nicht verpassen sollte?«

Tant Ruthie wackelte bedächtig mit dem Kopf. »Nicht viel. Für das Muschelmuseum interessierst du dich sicher nicht. Im Lädchen gibt es Zeitschriften. Für das Kinderspielzeug bist du zu alt. Aber du kannst dir dort ein Eis kaufen, das stellt Pepes Tante selbst her. Sie hat draußen extra ein paar Stühle und Tische hingestellt, das ist fast wie eine Eisdiele. Der Kiosk gegenüber hat noch zu. Er öffnet erst am Nachmittag, wenn mehr los ist.«

Ich schluckte. »Dann wäre ich also mit der Erkundung von Lüttjesiel einschließlich des Eisessens in etwa fünfzehn Minuten durch?«

Tant Ruthie nickte. »Ja, leider. Obwohl du das Eis wirklich probieren musst. Es schmeckt wie in Italien.«

Meine Tante tat ja fast so, als befände ich mich an der friesischen Riviera! Und das, wo Eis essen und Kescher kaufen die Highlights in Lüttjesiel waren. Super Aussichten für die nächsten sechs Wochen! Gleich würde ich einen hysterischen Lachkrampf bekommen. »Und der Strand? Wie weit ist der weg?« Meine letzte Hoffnung, dann würde ich wenigstens braun gebrannt nach Hause kommen, wenn das Wetter sich hielt.

»Mit meinem Rad zehn Minuten. Du kannst es immer gern nehmen.« Das klang doch schon mal nicht schlecht. Ich war zwar etwas misstrauisch, was Tant Ruthie wohl für ein Rad hatte, schließlich war dieser Pepe auch mit so einem merkwürdigen Gefährt hier aufgetaucht. Aber es war sicher gut, einen fahrbaren Untersatz zu haben, so war ich ein bisschen mobiler. An den Strand zu radeln, war eine gute Möglichkeit, den Tag rumzukriegen. Ich konnte dort Musik hören, chillen und so tun, als wäre ich auf Mallorca am Strand.

»Wo finde ich denn das Fahrrad?«, fragte ich.

»Im Bug in der Klappe. Das kannst du dir gleich holen.«

Ich wollte mir das Gefährt zumindest mal ansehen, suchte die Klappe und hievte ein schwarzes Damenrad mit breitem Ledersattel heraus. Es war sehr gepflegt, aber wirklich genau so ein altersschwaches Modell, wie ich es insgeheim befürchtet hatte.

Tant Ruthie trat neben mich. »Ist ein feines Hollandrad! Musst du nur immer festschließen, auch an der Küste wird geklaut. Das darfst du die ganzen Ferien über benutzen. Ich brauche es nur ab und zu, wenn ich was einkaufen will.« Sie strich mir übers Haar. »Ach, Carli, wir zwei kriegen die Zeit schon rum«, wiederholte sie sich. »Ich bin ja so froh, dass du da bist.«

Das fand ich so lieb! Ich drückte Tant Ruthie einen Knutsch auf die Wange. Sie wollte wirklich, dass es mir hier gut ging.

Danach betrachtete ich unschlüssig mein neues Gefährt. Es hatte vorn einen großen Korb. Und es war unglaublich schwer. Auf diesem Fahrrad würde ich mit angewinkelten Armen durch die Gegend radeln und aussehen, als hätte ich beim Fahren einen Stock verschluckt. Es hatte nur einen Vorteil: Offenbar besaßen fast alle hier solche Dinger, und ich fiel damit nicht auf. Zu Hause hätte man mich mit einem solchen Fahrrad ausgelacht. Aber zu Hause war weit weg.

»Hey, Carlotta!«, rief plötzlich jemand vom Kai her. Die Stimme kannte ich doch. Sofort klopfte mein Herz schneller.

»Das ist Pepe«, sagte Tant Ruthie und schaute kurz auf. »Er ist mit seinen Freunden da. Bestimmt wollen sie dich abholen.« Sie hielt kurz inne. »Benno ist auch dabei, hörst du? Der kommt bestimmt gleich um die Ecke gepest.«

»Warum tun sie das? Die kennen mich doch gar nicht.«

»Dann lernen sie dich eben kennen, Carli. In einem Dorf bleibt man nie lange allein.«

Pepe und drei andere Jugendliche in meinem Alter hatten Tant Ruthies Kahn erreicht. Dann wusste ich auch, wer Benno war, denn in dem Moment schoss ein Fellknäuel um die Hafenmauer und sprang wie ein Flummi am Bein eines blonden Jungen hoch.

Pepe wischte sich den Schweiß von der Stirn, es war mittlerweile ziemlich heiß geworden. »Hi«, rief er zu mir hoch. »Wir dachten, wir fragen mal, ob du mit uns mitkommen möchtest. Das sind Jonas, Mona und Greta, meine Freunde. Na, und Benno.«

Ich liebte Hunde und hätte immer gern selbst einen gehabt, und natürlich wollte ich gern bei den anderen dabei sein. Ich sah fragend zu Tant Ruthie.

»Nun geh schon! Mit dem Rad kannst du ein anderes Mal fahren, du weißt ja jetzt, wo es steht.« Tant Ruthie nickte mir auffordernd zu.

»Hey, supi, wenn du auch ein Fahrrad hast«, sagte Pepe. »Das können wir in den nächsten Tagen mal nutzen und zum Strand fahren. Das Wetter soll ja gut bleiben.«

Ich sah ihn unschlüssig an. »Eigentlich wollte ich das jetzt gerade tun. Mich im Dorf umsehen und dann dorthin.« Es kam mir einfach merkwürdig vor, dass die vier wie selbstverständlich davon ausgingen, dass ich sie begleiten würde. Aber Pepe und seine Freunde schienen das tatsächlich ernst zu meinen. »Wohin soll ich denn mitkommen?«

»Wir wollen mit dem Boot raus. Es ist so ein super Wetter!«

»Mit dem Boot?« Das klang wirklich nach einem besseren Plan, als mit Tant Ruthies Mammutrad allein zum Strand zu fahren und die Sehenswürdigkeiten von Lüttjesiel zu genießen.

»Und was brauche ich für diese Tour?«

»Badesachen«, sagte Pepe. Er sah mich abschätzend an. »Und Sonnencreme.« Ich schaute an mir hinunter. Gegen Pepes tiefbraune Haut wirkte ich tatsächlich noch recht blass.

»Warte, ich hole alles. Brauche ich eine Jacke?« Auf hoher See würde es sicher kühl werden.

Pepe schüttelte den Kopf. »Brauchst du nicht. Wir bleiben auf dem Lüttje Meer. Getränke und was zu essen haben wir dabei.« Er deutete auf einen großen Picknickkorb zu seinen Füßen.

Ich wusste zwar nicht, was das Lüttje Meer war, aber da hier alles irgendwie lüttje, also klein, hieß, konnte es ja nichts Gewaltiges sein. Schwimmen klang allerdings gut.

Ich huschte rasch in meine Kajüte und steckte den neuen Bikini, Sonnencreme und ein Handtuch in meine Strandtasche. Ich hatte sie, genau wie meinen Rucksack und verschiedene andere Accessoires, selbst entworfen und genäht. Eigentlich für Mallorca. Sie war blau-weiß gestreift mit blauem Kunstlederboden. Vornedrauf hatte ich einen Anker appliziert, hinter dem ein Hundekopf aus Fell hervorlugte. Voll knuffig. So etwas besaß zumindest niemand anders.

Kurz darauf stand ich vor der Clique. Alle schauten mich freundlich an und schienen sich wirklich zu freuen, dass ich mitkam.

»Schön, dass du dabei bist!«, sagte Pepe.

Er hatte nicht nur diese tollen Schokoaugen, sondern auch eine wunderbare dunkle Stimme, die jeden Vokal so rund und voll klingen ließ, als würde er vorher gestreichelt.

Tant Ruthie verabschiedete sich, wünschte uns viel Spaß und verschwand in ihrem Atelier.

»Ich mach euch mal bekannt.« Pepe zeigte auf ein aschblondes Mädchen mit kurzen Haaren. Es wurde feuerrot, als Pepe es vorstellte. »Das ist Greta.« Greta wirkte kumpelhaft, trug Shorts und Top, dazu Sneakers. Sie war ein völlig anderer Typ als das andere Mädchen, das mich nun begrüßte.

»Ich bin Mona«, sagte die Blonde mit Haaren, die ihr bis zum Po reichten und die sie ständig nach hinten strich. Sie musterte mich von oben bis unten. Auf ihrem Gesicht zeigte sich ein feines Lächeln, das aber die Augen nicht erreichte. Sie kam mir unnahbar vor. Trotzdem konnte ich den Blick nicht von ihr lassen, denn sie war wunderschön.

»Und ich bin Jonas«, riss der andere Junge mich aus meinen Betrachtungen. Er wischte sich eine blonde Haarsträhne aus der Stirn, allerdings fiel sie gleich wieder zurück. »Mit Benno, meinem kleinen Straßenköter.« Er kraulte den Hund kurz am Nacken. Jonas hatte es liebevoll gesagt, nicht abwertend.

»Ein Straßenköter also?«, stellte ich fest. »Von der Straße aufgelesen?«

»So ungefähr. Man wollte ihn töten, weil sie keinen für ihn gefunden haben. Aber jetzt hat er mich.«

Ich strich Benno über den Kopf, und er leckte freudig meine Hand. Er war etwa kniehoch, hatte strubbeliges graues Fall mit hellerer Brust und schien die ganze Zeit zu grinsen. Man konnte wirklich nicht erkennen, welche Rassen sich ihn ihm zusammengetan hatten. »Er ist ziemlich bunt gemixt, oder?«

Jonas nickte. »Benno ist eine Mischung aus allen Rassen, die Lüttjesiel im Laufe der Zeit beherbergt hat.«

»Voll süß«, sagte ich.

»Wollen wir nun endlich los?«, fragte Pepe, und wir folgten ihm über den Kai. Am Ende wies er auf ein kleines Boot, das versteckt an einem Holzsteg vertäut lag.

»Mein Kreuzfahrtschiff *Luna.*« Er zwinkerte mir zu. »Nun komm, auf zu deiner ersten Bootsfahrt in diesen Ferien!« Pepe nahm meine Hand, um mir ins Boot zu helfen. Er hielt sie einen Augenblick lang fest, und mein Herz klopfte eine Spur schneller, als er mir dabei tief in die Augen sah. Ich hatte wirklich noch nie solche Augen gesehen! Das Boot schaukelte heftig, bis wir alle saßen und auch der Picknickkorb und Benno ihren Platz gefunden hatten.

»Was ist denn das Lüttje Meer?«, fragte ich, als wir ablegten und durch eine Enge schipperten. Es war zu fünft ganz schön eng auf der *Luna.* »Ich dachte, wir sind hier an der Nordsee, aber die ist doch noch ein Stück weg.«

Pepe nickte. »Das Lüttje Meer ist ein Binnenmeer. Früher lag der alte Hafen von Lüttjesiel direkt an der Nordsee, aber dann haben sie Land gewonnen, neu eingedeicht und so weiter.« Er wies nach rechts.

»Schau mal, es gibt sogar zwei Deichlinien. Den alten Deich hier, den Innendeich, und da vorne den neuen, den Außendeich. Der ist auch viel höher, wegen der Sturmfluten.« Jetzt sah er mich wieder an. »Jedenfalls ist bei dieser Landgewinnung vor vielen Jahren das Lüttje Meer entstanden. Das muss man durchqueren, um zur Schleuse und zum neuen Hafen zu kommen, von wo aus es in die Nordsee geht. Dort könnten wir mit dem kleinen Boot aber nicht rumrudern, das Ding würde kentern, weil zu viel Seegang ist.«

»Es weht doch gar kein Wind!«

»Hier nicht.« Pepe grinste. »Da draußen schon. Und außerdem wäre es wegen der Strömung gefährlich, mit einem Ruderboot rauszufahren. Uns reicht aber auch unsere Insel. Da fahren wir nämlich jetzt hin.«

Ich kam mir ganz schön blöd vor und beschloss, nicht mehr so viel zu fragen. Ich konnte zwar prima U-Bahn fahren und fand mich in der Großstadt wunderbar zurecht, aber mit Meeresströmungen und Winden kannte ich mich wirklich nicht aus.

Also streckte ich die Hand ins Wasser und genoss die Kühle an den Fingerspitzen.

Mir schossen dabei so viele Gedanken durch den Kopf, dass ich bei den Gesprächen der anderen erst mal gar nicht zuhörte. Lüttjesiel, Lüttje Meer. Innendeich und Außendeich. Alter Hafen, neuer Hafen. Ich war echt in einer anderen Welt gelandet.

5

Benno saß die ganze Zeit mit gespitzten Ohren im Bug und wirkte wie ein Schiffshund. Er verbellte jedes vorbeifahrende Tretboot und knurrte, wenn uns eine Segeljacht überholte.

Greta taute während der Fahrt merklich auf und reagierte erstaunlich sicher und mit viel Witz auf Pepes und Jonas' Späße, während Mona meist mit zusammengekniffenen Lippen dasaß und vor allem Pepe ständig kritisch zu mustern schien.

Ich schwieg vorsichtshalber und wartete erst einmal ab, mit wem ich mich hier eingelassen hatte. Mit der Strategie war ich bislang immer gut gefahren. Ich fand es voll cool, dass ich mitkommen durfte.

Pepe ruderte die meiste Zeit und schon bald schipperten wir auf die Insel zu.

»Darf man das so einfach?«, wunderte ich mich, als wir dort an einem schmalen Holzsteg anlegten.

»Klar, wir dürfen nur nicht in den nördlichen Teil, das ist Vogelschutzgebiet«, klärte Greta mich auf.

»Kannst du gut erkennen, das ist da, wo der Schilfgürtel beginnt. Da stehen auch Schilder.«

Mona sprang als Erste von Bord und breitete eine Decke auf einem kleinen Sandstreifen aus, den man mit etwas gutem Willen durchaus als Strand bezeichnen konnte. Jonas hievte erst den Picknickkorb, dann Benno aus dem Boot. Der warf sich sofort in den Sand und wälzte sich darin. Erst als auch Greta und ich an Land waren, verließ Pepe das Boot.

»Gehört die Luna wirklich dir?«, fragte ich ihn.

»Jepp, wirklich«, sagte Pepe. »Hast du doch gesehen, der Kapitän verlässt das Schiff zuletzt.«

Ich knuffte ihn in die Seite und betrachtete die Sachen, die Mona schon aus dem Picknickkorb fischte und auf der Decke ausbreitete. Es waren belegte Brötchen, Gurken, Tomaten, Melonen, Weintrauben und Kirschen.

»Wer hat das denn alles eingepackt?«, fragte ich.

»Pepes Tante. Ihr gehört doch das kleine Lädchen gegenüber vom Hafen«, sagte Mona. »Sie verwöhnt uns alle immer gern. Komm, setz dich!« Zum ersten Mal glitt ein wirklich freundliches Lächeln über ihr Gesicht, was sie mir sofort sympathischer machte. Auffällig war nur, dass sie die ganze Zeit über kein einziges Wort mit Pepe gewechselt hatte.

Ich ließ mich neben ihr nieder und angelte eine blaue Weintraube aus der Plastikdose. Sie schmeckte herrlich süß, und als ich danach auf einem roten Melonenstück herumkaute, kam mir sofort eine Idee, die ich später umsetzen wollte. Ich würde eine weitere Sommertasche für Badesachen entwerfen, mit Obst als Applikation. Melonen, Weintrauben und Kirschen waren einfach zu malen und konnten aus den passenden Stoffteilen super darauf appliziert werden. Das würde schön bunt und frisch aussehen. Nach unserem Ausflug würde ich mich gleich an die Arbeit machen.

Jetzt sah ich mich erst mal neugierig um. Wir befanden uns in einer kleinen Sandbucht, umgeben von niedrig gewachsenen Bäumen und ein paar größeren Fichten. Auf der Wasseroberfläche dümpelten ein paar Enten und Möwen vor sich hin. Eben glitt eine Segeljacht vorbei, und weiter rechts mühte sich ein Surfer ab. Die Tretbootfahrer durchfuhren das Wasser ein Stück entfernt. Eine echte Sommeridylle, schoss es mir durch den Kopf, und kurz fragte ich mich, ob es auf Mallorca wirklich schöner war.

Benno schnüffelte die ganze Zeit um uns herum, stieß immer wieder ein heiseres Bellen aus, hörte aber sehr gut auf Jonas' Anweisungen. An mir hatte er offenbar einen Narren gefressen, immer wieder kam er zu mir gerannt.

»Das kenne ich gar nicht von ihm.« Jonas lachte auf. »Er ist Fremden gegenüber sonst sehr kritisch.«

Ich kraulte Benno. Sein Zutrauen schien zumindest bei Jonas bewirkt zu haben, dass er mich mochte. Ich hoffte so sehr, dass es bei den anderen genauso war. Pepe biss eben genüsslich in eines der Brötchen. Es war dick mit Salami und Salat belegt. Ob es ihn störte, dass ich Vegetarierin war? Ich musste über mich selbst lachen. Es konnte mir doch egal sein, wie er das fand. War es aber seltsamerweise nicht.

Ich nahm mir das letzte Käsebrötchen und schaute wieder über die in der Sonne glitzernde Wasseroberfläche. »Warum heißt ein See bei euch denn Meer, wenn es doch gar kein Meer ist, sondern doch eigentlich ein Binnensee?« Wieder eine wahrscheinlich dumme Frage, aber mir fehlte einfach die Erklärung. Bei uns war ein See ein See und kein Meer.

Pepe rückte ein Stück näher. Er schien die Frage gar nicht so dämlich zu finden. »Die Benennung ist friesisch. In Holland nennt man das auch so. Das Meer heißt hier die See, und diese Binnengewässer sind eben Meere. Da gibt es das Hooksmeer, das Ijsselmeer, das Große Meer und eben das Lüttje Meer.« Pepe nahm sich eine Weintraube. »Aber jetzt ist es genug, wir haben Ferien!« Er ließ sich auf den Rücken fallen und kniff die Augen fest zusammen. Seine dunklen Locken kräuselten sich auf der Decke rings um seinen Kopf.

»Mir ist so heiß. Eine Runde schwimmen? Dann ab ins Wasser!«, schlug Jonas vor.

»Gute Idee«, kam es von allen Seiten.

Ich zog mich rasch hinter einem Busch um. Mein neuer Bikini saß wie angegossen. »Ey, cool, das Teil! Wow«, sagte Mona auch gleich bewundernd.

»Ja, schick«, bestätigte Greta. »Aber wir wollen baden und keine Modenschau machen.«

Pepe kraulte bereits durchs Wasser und sah mein Badeoutfit leider nicht mehr, weil er keinen Blick zurückwarf.

Ich machte mich vorsichtig nass, denn das Lüttje Meer war verdammt kalt. Aber ich wollte mir keine Blöße geben, biss die Zähne zusammen und folgte den anderen hinein. Benno blieb am Ufer stehen und bellte wie verrückt.

»Er ist wasserscheu!«, rief Jonas, als ich versuchte, den Hund ins Wasser zu locken. »Der legt sich gleich in den Schatten und wartet.« So war es dann auch.

Uns Mädchen wurde nach einer Weile kühl, die Jungs wollten noch ein wenig kraulen.

Als ich mich abgetrocknet hatte, sah ich, dass Mona meine Strandtasche musterte. »Wo hast du die her?«, fragte sie. »Die war bestimmt teuer. Na ja, du kommst ja auch aus der Stadt, oder?«

»Aus Köln«, bestätigte ich. »Aber sie hat nur sechs Euro gekostet. Nein, neun, wenn ich die Kordel mitrechne.«

»Das ist doch ein Witz! So eine Strandtasche kostet richtig viel Kohle.« Mona betrachtete sie von allen Seiten. »So etwas gibt es nicht überall, die ist handmade.«

»Stimmt, die ist selbst genäht. Von mir!«

Jetzt wurde auch Greta neugierig. »Du kannst nähen?«

»Jepp. Ich nähe Taschen, Mützen, einfache Hosen …«

»So was kann man selbst machen?« Mona guckte ungläubig. »Tant Ruthie näht auch, stimmt's? Da hängt doch so ein Schild an ihrem Boot, dass sie Sachen flickt und ändert. Ziemlich schräg, auf einem alten Kahn ohne Komfort zu leben, finde ich.«

Ich zuckte mit den Schultern. »Das ist Tant Ruthie. So gefällt es ihr.«

»Da kommen die Jungs!« Greta zeigte auf Jonas und Pepe, die offenbar einen Wettkampf ausfochten, wer zuerst den Steg erreichte. Das fand auch Benno spannend, er war aufgesprungen und lief aufgeregt am Ufer auf und ab.

»Seid ihr eigentlich mit Pepe und Jonas … zusammen?«, fragte ich Mona und Greta.

Mona lachte laut. »Mit den beiden? Nee, das wäre wohl eine Katastrophe. Pepe als Freund? Vergiss es!« Die letzten beiden Worte spuckte sie förmlich aus. Das schien meine Beobachtung von vorhin zu bestätigen: Mona hatte etwas gegen Pepe.

»Was heißt das?«, fragte ich vorsichtig.

»Nichts«, sagte Mona schnell, und Greta nickte. Sie strich bewundernd über meine selbst genähte Tasche.

»So etwas möchte ich auch können«, sagte sie schließlich nach einer merkwürdig lang erscheinenden Pause.

»Was gibt es denn für ein Problem mit Pepe?«, hakte ich nach. Ich mochte es nicht, wenn man nur Andeutungen machte und nicht sagte, was Sache war.

»Pass auf, Carlotta«, begann Mona zögernd. »Pepe kann echt der beste Kumpel der Welt sein, aber manchmal …« Weiter kam sie nicht, weil die beiden Jungs das Ufer erreicht hatten und Benno vor Freude wie verrückt kläffte, weil Jonas zurück war.

Pepe hatte gewonnen. Seine Brust hob und senkte sich vor Anstrengung, aber er hatte ein glückliches Strahlen in seinen Augen. Die beiden klatschten sich ab. Jonas schien überhaupt nicht sauer darüber zu sein, dass er verloren hatte.

Wir aßen und tranken noch was und chillten ein wenig in der Sonne. Dann tauschten wir unsere Handynummern aus, wobei ich gleich darauf hinweisen musste, dass ich auf der *Mathilda* kein Netz hatte und deshalb kaum übers Handy erreichbar war. Immerhin bemitleideten mich alle, erklärten aber, dass sie dann einfach immer vorbeikommen würden, damit ich nicht völlig abgeschnitten war.

Als mir die Sonne zu heiß wurde, nahm ich mein Handtuch und breitete es ein Stück entfernt im Schatten einer Fichte aus.

Pepe folgte mir und legte sich neben mich. »Du hast recht, in der Sonne verbrennt man heute.«

Wieder klopfte mein Herz etwas schneller. Aber was hatte Mona nur eben gemeint? Warum warnte sie mich vor Pepe? Er wirkte auf mich freundlich und unkompliziert. Und aufregend, obwohl ich mir das nur ungern eingestand. Verlieben wollte ich mich in Lüttjesiel lieber nicht. Ich war schließlich nur kurz hier, und eine Ferienliebe war doch von vorneherein zum Scheitern verurteilt. Ich drehte mich auf den Bauch, um das Geschehen auf dem Wasser besser beobachten zu können. Und um Pepe nicht die ganze Zeit anzugucken. Seine Blicke machten mich ganz nervös.

Mona und Greta waren schon wieder im Wasser, und Jonas wollte mit Benno ein Stück laufen. Ich war also mit Pepe ganz allein.

»Wie alt bist du?«, fragte ich, bloß um etwas zu sagen. »Ich bin gerade vierzehn geworden.«

»Ich werde in zwei Monaten fünfzehn.«

»Bist du in Lüttjesiel geboren?«

»Nein. Ich komme aus Bremen, lebe aber schon sechs Jahre hier. Und du?« Pepes Antworten waren knapp. Mir schien, als wollte er nicht über sich reden, aber mir war es wichtig, mehr über ihn zu wissen.

»Ich lebe in Köln«, sagte ich. »Wie bist du hier im Dorf gelandet?«

»Schicksal.« Schon wieder antwortete er nur im Telegrammstil.

»Ach komm, Schicksal. Du bist ja wohl kaum zufällig mit einer Orkanböe hierhergeweht worden.«

»Dicht dran, Carlotta. So ähnlich war es.« Er schielte zu mir rüber. »Aber das ist uninteressant.«

Ich zog es vor, erst einmal nichts mehr zu fragen, obwohl ich gern mehr erfahren hätte. Es war wirklich merkwürdig: Pepe suchte offensichtlich meine Nähe, aber gleichzeitig wich er mir aus, wenn sich das Gespräch um ihn drehte.

»Ich mag übrigens auch Pfefferminzschokolade«, versuchte ich es mit einem neuen Thema. Schokolade war unverfänglich. Außerdem wollte ich, dass er dieses Wort noch einmal sagte. Und das tat er auch.

»Es ist zwar nicht dasselbe, aber nah dran an meiner Vorliebe für Schokominzpfefferlade.« Er zog das Wort in die Länge. »Auf jeden Fall klingt es nach einer langen Freundschaft, denn wer ähnliche Schokolade mag …« Pepe grinste, verfiel dann aber in ein längeres Schweigen. Mir fiel zum Schokoladenthema auch nichts Intelligentes mehr ein. Vielleicht sollte ich ihm mal eine Tafel kaufen, aber nicht dass er womöglich dachte …

Als das Schweigen komisch wurde, beschloss ich, ein bisschen von mir zu erzählen, vielleicht ließ ihn das ja auftauen.

»Meine Eltern sind Biologen und gerade in der Karibik. Was machen deine so?«

Pepe zuckte kurz zusammen, dann sprang er auf und winkte

Mona und Greta zu, die fast an Land waren. Sie kletterten am Steg aus dem Wasser, und Greta lachte. Mona hingegen warf mir einen finsteren Blick zu. Sie schien nicht begeistert darüber zu sein, dass ich neben Pepe auf dem Handtuch gelegen hatte. So ganz verstand ich ihren vernichtenden Blick aber nicht.

Pepe hatte ihn auch bemerkt und half mir hoch. »Lass uns zu den anderen gehen!«

Ich zuckte mit den Schultern. So hatte das keinen Zweck. Er wollte offenbar nicht mit mir über sich sprechen.

6

Am nächsten Morgen brachte Pepe Ruthies Zeitung wieder recht früh vorbei. Er warf sie dieses Mal nicht hoch, sondern schlenderte, die eine Hand in der Hosentasche, die Gangway hinauf. »Moin, Tant Ruthie. Hier ist die Zeitung«, sagte er und legte sie auf den Tisch. Danach ging er allerdings nicht, sondern blieb einfach stehen. Er kam mir tatsächlich ein bisschen unsicher vor, wie er da stand und sich das Haar gleich zweimal hintereinander aus der Stirn strich. Schließlich holte er tief Luft. »Hast du heute schon was vor, Carlotta?«

Allein wie er Carlotta sagte! Ich schmolz schon wieder dahin. Ich machte mir selbst was vor, wenn ich mir einredete, dass ich Pepe nicht absolut süß fand und insgeheim hoffte, dass es umgekehrt genauso war. Immerhin sah er mich ständig so an. Er kam dauernd vorbei … Ich riss mich zusammen und antwortete so lässig wie möglich: »Was sollte ich denn vorhaben? Einen ausgedehnten Shopping-Trip in Lüttjesiel? Gut, ich könnte bei deiner Tante ein paar Leuchttürme für den Balkon zu Hause erstehen und einen Keschergroßeinkauf tätigen. Die Dinger bringen auf dem Schwarzmarkt in Köln bestimmt richtig viel Kohle.«

»Es gibt auch noch Muschelnetze oder Schwimmringe.« Pepe grinste breit. »Du hast den Wert von Lüttjesiel ja schon erkannt. Aber komm, so schlimm ist es hier gar nicht!« Er biss sich auf die Unterlippe, bevor er fragte: »Möchtest du mit mir zur Insel rudern? Die anderen haben heute keine Zeit, aber wir beide könnten dorthin.« Er scharrte verlegen mit der Schuhspitze über das Holz.

Jetzt lief ich puterrot an. Wie unangenehm!

Tant Ruthie bemerkte die peinliche Situation und benahm sich großartig. »Ihr kommt sicher ohne mich klar. Ich habe eben eine Hose reinbekommen, bei der schnellstens der Reißverschluss eingenäht werden muss.« Sie verschwand in ihrem Atelier.

Ich wusste von keiner Hose, weil niemand auf dem Boot gewesen war. Aber Hauptsache, Pepe und ich waren allein.

»Ich komme gerne mit. Wieder mit Badeklamotten?«

Pepe nickte. »Und es wäre gut, wenn du was zu trinken mitnimmst. Brötchen und einen Apfel habe ich dabei, aber das Wasser reicht nicht.«

»Okay.« Schnell lief ich in meine Kajüte und packte alles zusammen.

Ich sagte Tant Ruthie noch Bescheid, und dann machten wir uns auf dem Weg zum Boot.

Wieder half Pepe mir beim Einsteigen. Als sich unsere Finger dabei berührten, war es, als träfe mich ein kleiner Stromschlag. Mich hatte es tatsächlich erwischt. Ich wusste nur noch nicht, wie ich damit umgehen sollte.

»Zuerst schippern wir ein bisschen rum«, schlug Pepe vor und ruderte los. Nach einiger Zeit standen ihm die Schweißperlen auf der Stirn, obwohl auf dem Wasser ein leichter Wind wehte und die Oberfläche kräuselte.

»Soll ich dich mal ablösen?«, fragte ich. »Ich bin zwar noch nie gerudert, aber ich würde es gern mal probieren. Zeigst du es mir?«

Pepe rutschte von der Ruderbank. Er fand meinen Wunsch kein bisschen seltsam. Mit den Jungs aus meiner Clique hätte ich jetzt stundenlang diskutieren müssen. Die waren voll die Machos und hätten ihre Witzchen darüber gerissen, ob ein Mädchen das kann oder nicht. Die meisten Jungs in meinem Alter waren einfach ätzend, aber Pepe …

»Du musst die Ruder nur gleichmäßig ins Wasser tauchen, ganz easy«, sagte er und zeigte mir die Bewegung.

Das gelang mir zuerst überhaupt nicht, und wir drehten uns schon bald im Kreis.

»Hey, Carlotta, wir wollen nicht Karussell fahren!« Pepe lachte. »Mir wird ja ganz schwindelig. Komm, ich zeig es dir noch einmal!« Er setzte sich hinter mich auf die Ruderbank und legte seine Arme über meine, bis unsere beiden Hände das Ruder festhielten. Verdammt, war er mir nah! Aber Pepe schien wirklich nur das Rudern im Sinn zu haben. Ich spürte seinen Atem im Nacken, als er mir ruhig erklärte, wie man das Boot manövrierte. Mein Herz klopfte so sehr, dass ich mich kaum konzentrieren konnte. Pepe schien davon aber nichts zu bemerken. Bald darauf befanden wir uns mit seiner Hilfe wieder mitten auf dem Lüttje Meer.

»Geschafft.« Er strahlte mich an. »Willst du weitermachen oder soll ich?«

Ein Stück wollte ich schon noch allein rudern, und dieses Mal klappte es auch viel besser. Wir kamen gut voran, aber bald taten mir die Hände weh. Außerdem war Rudern ziemlich anstrengend. »Du darfst wieder. Ich kann nicht mehr!« Ich rutschte zurück auf meinen Platz, lehnte mich zurück und schaute in den blauen Himmel, über den nur wenige weiße Wölkchen zogen.

Pepe ließ die Ruder sinken, und wir ließen uns eine Weile treiben. »Eine Pause tut gut«, sagte er und hielt seine Hand ins Wasser. Ich ahnte, was er vorhatte, und duckte mich, aber es war zu spät und ich konnte der Fontäne nicht mehr ausweichen.

»Na warte!«, kreischte ich, und ruckzuck waren Pepes Haare nass.

Natürlich ließ er das nicht auf sich sitzen, und schon waren wir mitten in einer Wasserschlacht, die das Boot bedenklich ins Wanken brachte.

Am Ende waren wir klitschenass. Mir tropfte das Wasser aus dem Haar ins Gesicht, Pepe wischte sich lachend die Stirn mit dem Handrücken trocken.

Danach schauten wir gemeinsam den Möwen zu, die sich um ein Stück Brot stritten, das im Wasser schwamm. Und wir amüsierten uns über einen Surfer, der ständig von seinem Board ins Lüttje Meer rutschte und schwer zu kämpfen hatte, bis er wieder auf dem Brett stand.

Das Boot trieb auf den leichten Wellen, Sonne und Wind trockneten unsere Sachen schnell.

»Du lebst gern hier, oder?«, fragte ich Pepe nach einer Weile. Vielleicht war er heute, ohne die anderen, etwas offener.

»Ja, es ist ruhig in Lüttjesiel. Ich mag einfach keine Hektik. Da bin ich wie ein Krebs, der buddelt sich dann ein.«

»Das Sternzeichen Krebs? Oder was meinst du?«

Pepe schüttelte den Kopf. »Nee, das Krabbeltier am Nordseeboden. Ich finde es toll, wie die laufen und sich sonst so verhalten. Abgesehen davon, dass sie keine Schokolade fressen, sind das echt entspannte Zeitgenossen. Kein Stress, nichts.«

Ich sah Pepe fragend an. »Ich weiß ehrlich gesagt nicht so genau, wie Krebse sich verhalten. Sorry!«

»Du bist ja auch nicht von hier«, meinte er verständnisvoll. »Bei Ebbe verkriechen sich die Krebse zwischen den Steinen an Wällen, oder sie graben sich im Schlick ein, bis die Flut kommt. Das ist schlau, auch wenn Krebse so einfach wirken.«

Ich zog die Stirn kraus und war mir nicht sicher, ob das nicht eher

Instinkt als Klugheit war. Aber ich wollte, dass Pepe mehr erzählte, und deshalb fragte ich weiter. »Und was tut ein Krebs noch so?«

Pepe biss sich auf die Unterlippe und überlegte kurz. »Wenn sie laufen, dann tun sie das seitwärts. Voll cool.«

»Schräg«, sagte ich nur. »Seitwärtslaufen findest du cool?«

»Ja, weil es anders ist.« Er sah mich mit seinen Schokoaugen an. »Du bist auch anders. Genau wie Tant Ruthie auf ihrem Schiff.«

»Ich?« Jetzt klopfte mein Herz nicht nur, es galoppierte. »Warum bin ich anders? Ich bin doch ganz normal. Nur eben nicht von hier, sondern aus Köln.«

Pepe zuckte mit den Schultern. »Du plapperst nicht wie Mona, bist aber auch nicht so zurückhaltend wie Greta. Und überhaupt …« Er machte eine hilflose Handbewegung. »Shit, ich kann dir das nicht erklären, aber du bist … etwas Besonderes.«

Ich schluckte. War das eine Liebeserklärung? Ich wusste absolut nicht, wie ich damit umgehen sollte. Aber Pepe sah mich gar nicht mehr an, sondern stierte aufs Wasser.

»Was Besonderes«, wiederholte ich. »Okay.«

Pepe erwiderte nichts darauf, so als wäre ihm das Gesagte jetzt unangenehm. In solchen Fällen hatte es sich bewährt, locker zu bleiben. Vor allem, damit die Stille nicht zu peinlich wurde.

»Stimmt, ich bin anders«, sagte ich deshalb. »Ich komme aus der Stadt und stelle dumme Fragen.«

Er schüttelte den Kopf. »So sehe ich das nicht. Du fragst nicht dumm, du *hinter*fragst Sachen. Das finde ich klasse.«

Pepe nahm die Ruder in die Hand, denn wir näherten uns immer mehr dem Ufer der Insel. »Nicht, dass wir versehentlich ins Naturschutzgebiet treiben«, erklärte er. Er brachte uns mit ein paar kräftigen Schlägen zurück aufs Lüttje Meer.

»Ich finde es ungewöhnlich, dass du einen Krebs als dein Lieblingstier auserkoren hast«, sagte ich nach einer Weile, weil mich das Thema immer noch beschäftigte. »Hunde oder Katzen sind eigentlich normaler, oder? Meinetwegen noch Pferde oder Wale. Aber Krebse?«

»Ich bin eben auch anders.« Pepe sah mich eine Weile an. »Stell dir mal vor, du könntest ein Tier sein. Hier von der Küste. Welches würdest du spontan wählen?«

»Puh, keinen Plan. Ich kenn ja kaum was.«

»Du musst dich entscheiden. Ohne groß nachzudenken!«

»Okay, ich gucke mal, was mich inspiriert.« Ich sah zu den Möwen, die am Himmel kreisten. Eine kleinere mit schwarzem Kopf flog eben mit einem merkwürdigen Krächzen von einem Poller auf der Insel auf. »Die da, die klingt, als ob sie sich totlacht.«

»Eine Lachmöwe also. Finde ich gut, das sind flinke und fröhliche Vögel. Es ist eine kleine Möwe, sie passt zu dir.«

Ich und eine Lachmöwe! Gut, dass das keiner von zu Hause hörte. Ich wäre zum Gespött der Schule geworden. Aber es bekam ja niemand mit. Ich war mit Pepe allein auf dem Boot. Und es fühlte sich gut an.

Wir ließen uns noch eine Weile treiben, aßen die beiden Brötchen, und dann ruderte Pepe zur Insel. Er machte das Boot am Steg fest, und wir kletterten nacheinander hinaus. Am Strand breiteten wir wieder unsere großen Handtücher aus. Ich schlüpfte im Schutz der Büsche in meinen Bikini. Pepe hatte seine Badeshorts schon an.

Anschließend legten wir uns eine Weile in die Sonne. Weil es hier windgeschützt war, wurde mir rasch warm.

»Wollen wir baden?«, fragte ich.

Kaum hatte ich das ausgesprochen, setzte Pepe sich auf. »Das ist eine super Idee. Ich habe das Gefühl, mein Blut beginnt gleich zu kochen.«

Pepe musterte interessiert meine Tasche, als ich ein zweites Handtuch herauszog. »Die sieht interessant aus. Anders als die, die man sonst so sieht.«

»Das hast du bemerkt?« Ich wunderte mich, dass ein Junge Augen für eine besondere Tasche hatte. »Die hab ich selbst genäht.«

Pepe machte große Augen. »Das kann man?«

Ich sah ihn erstaunt an. Er schien das tatsächlich nicht zu glauben. »Aber ja. Ist gar nicht so schwer, wenn man es einmal richtig begriffen hat. Ich nähe auch meine Mützen oder Loops selbst. Und noch andere Sachen. Hier – meine Handyhülle!« Ich zeigte sie ihm. Sie war aus Filz genäht, grau und an der Klappe mit einem eckigen Knopf verziert. »Manchmal schneidere ich auch eine Hose oder ein einfaches Shirt. Dann trägt man Sachen, die kein anderer hat.«

»Ein merkwürdiges Hobby für eine Vierzehnjährige. Ich dachte, nähen ist was für alte Frauen wie Tant Ruthie. Aber da habe ich mich wohl getäuscht.«

Ich knuffte ihn in die Seite und sprang auf. »Das hast du wohl. Gehen wir jetzt endlich baden?«

Er musterte mich immer noch. »Hast du den auch selbst genäht?« Er zeigte auf den neuen Bikini.

Ich schüttelte den Kopf. »Nein, den habe ich mir gekauft. Auch wenn ich viele Dinge selbst nähe, gehe auch ich für mein Leben gern shoppen. Wie fast alle Mädchen.«

Pepe sprang jetzt doch auf und sprintete ins Wasser. Noch im Laufen rief er: »Sie ist doch nichts Besonderes! Überhaupt nicht!«

»Hey, vorsichtig!« Ich folgte ihm lachend und spritzte ihn nass. Pepe tauchte unter – um gleich neben mir mit einer Wasserfontäne wieder hochzukommen. Gemeinsam schwammen wir los und ließen uns dann auf dem Rücken treiben.

»Ich mag es, dass du besonders und doch auch normal bist«, sagte Pepe. »*Nur* besonders hätte mir Angst gemacht.« Jetzt wurde er rot.

Als wäre ihm das schon wieder peinlich, drehte Pepe sich blitzschnell um und kraulte weg.

Das hätte er wohl gerne! Erst so was sagen und dann einfach verschwinden! Ich folgte ihm und überholte ihn schon bald. Kraulen konnte ich nämlich richtig gut. Ich kam knapp vor ihm am Strand der Insel an.

»Du bist ganz schön schnell«, keuchte er und wirkte wieder ganz entspannt.

»Dreifache Schulmeisterin! Ich war jahrelang im Schwimmverein, da kommt so schnell keiner an mir vorbei«, antwortete ich und hätte mir am liebsten sofort die Hand vor den Mund geschlagen. Nicht, dass er mich nun für eine Angeberin hielt.

Aber Pepe nahm es locker. »Also nicht nur besonders, sondern auch noch sportlich.« Er reichte mir das Handtuch. »Jetzt können wir uns noch ein bisschen aufwärmen, ehe wir zurückrudern.«

Wir legten uns wieder in die Sonne, und ich wagte einen weiteren Versuch, doch mehr über Pepe zu erfahren. »Erzählst du nun mal was von dir?« Ich stieß ihn vorsichtig an. »Du weißt jetzt eine Menge von mir, aber was machst du denn gerne?«

Schon als ich das fragte, hatte ich das Gefühl, dass sich um ihn herum wieder eine Mauer aufbaute. Stein für Stein erhöhte sie sich, bevor er hervorstieß: »Da gibt es nichts zu erzählen, außer, dass ich Krebse cool finde.«

Ich beschloss, nicht weiter nachzubohren. Der Tag war zu schön gewesen, und ich wollte ihn nicht mit meiner Fragerei verderben.

Für Pepe war das Thema ohnehin durch, er wühlte jetzt in seiner Tasche und nahm einen Apfel heraus. »Wollen wir den teilen? Ich bin da wie Goliath und kann ihn mit bloßen Händen halbieren.« Er umfasste den Apfel, verdrehte die Hände und schaffte es tatsächlich, ihn zu teilen. Der Saft lief an seinen Händen hinunter, als er mir meine Hälfte reichte.

Ich nahm das Apfelstück gerne an und biss auch gleich hinein, während Pepe sich zunächst die Hände im Lüttje Meer wusch.

Danach holte er noch eine Tafel Schokolade aus der Tasche. »Hier, extra für uns Schokofans.«

»Ist es Schokominzpfefferlade oder Pfefferminzschokolade?«, fragte ich.

Pepe studierte die Verpackung. »Für jeden die Hälfte in seiner Geschmacksrichtung!«

Wir aßen den Apfel und vertilgten zum Abschluss die Schokolade.

Ich wurde aus Pepe nicht schlau. Auf der einen Seite sagte und tat er so süße Sachen, auf der anderen Seite war er verschlossen und blockte total ab. Ich war fest entschlossen, herauszufinden, was dahintersteckte.

1

Es war später Nachmittag, als wir zurückkamen. Der Ausflug mit Pepe war wunderschön gewesen.

Tant Ruthie saß draußen an Deck. »So hab ich mit Onkel Kurt nach Feierabend auch immer dagesessen«, sagte sie und lächelte mich an.

Von Onkel Kurt, Ruthies Mann, wusste ich nicht viel. Außer, dass sie mit einem großen Lastkahn den Rhein rauf- und runtergeschippert waren. Tant Ruthie kam allerdings aus Ostfriesland, und es musste ihr damals schwergefallen sein, ihre Heimat zu verlassen. Aber dass sie auf dem Boot leben durfte, hatte es für sie wohl erträglich gemacht. So hatte Papa sich mal ausgedrückt. Bestimmt war das auch der Grund, warum sie sich keine Wohnung auf dem Festland gesucht hatte.

Tant Ruthie stand auf. »Möchtest du etwas essen? Dann mache ich uns gleich Abendbrot.«

Ich hatte keinen großen Appetit. »Wenn, dann nur eine Kleinigkeit. Wir haben auf der Insel erst einen Apfel und ein Brötchen und gerade noch Schokolade gegessen. Ich hänge nur rasch meine nassen Badesachen an die Leine, dann komm ich zu dir, und wir können ein bisschen reden.«

»Gute Idee, Carli!« Tant Ruthie sagte das so komisch, und sie wirkte auf mich plötzlich geknickt, deshalb beeilte ich mich.

Ich setzte mich ihr gegenüber und nahm ihre Hand, die sich

weich und gar nicht alt anfühlte. »Geht es dir nicht gut? Eben warst du noch so munter, und jetzt? Du guckst so traurig.«

Sie stand abrupt auf. »Ich mache uns jetzt doch ein paar Häppchen. Dann klönt es sich besser.« Ihr Lächeln wirkte verrutscht.

Ich blieb zurück und dachte nach. Es war wirklich eigenartig. Warum wollten mir weder Pepe noch Tant Ruthie verraten, was sie bedrückte?

Ich hasste es, wenn Leute nicht einfach sagten, was los war. Was war daran so schwer? Man konnte Probleme doch nur lösen, wenn man sie ansprach! Und wenn es etwas gab, was nicht lief, musste man das Beste draus machen. So hatte ich es von meinen Eltern gelernt. Nie den Kopf in den Sand stecken, sondern Lösungen suchen.

Tant Ruthie rumorte in der Kombüse, und ich beschloss, ihr zu helfen. Als ich die Treppe hinunterkletterte, sah ich sie am Spülbecken stehen. Sie schnippelte ein paar Tomaten und Gurken und hielt den Kopf dabei gesenkt. Ihre Schultern zitterten. Als ich genau hinsah, bemerkte ich, wie Tränen aufs Brett tropften. Ich stürzte zu ihr und nahm sie in den Arm. »Was ist denn los? Du weinst ja.«

Tant Ruthie wischte sich die Tränen mit dem Ärmel aus den Augen. »Nichts, es ist die Zwiebel.«

»Ich sehe keine Zwiebel«, sagte ich.

Tant Ruthie wies in die Ecke, wo eine gehäutete lag. »Da!«

»Darum weinst du aber nicht.«

»Stimmt.« Jetzt sah sie mich an. »Vorhin dachte ich noch, dass alles halb so wild ist. Aber dann kam die Angst.«

»Was ist los?«

»Es ist die Änderungsschneiderei«, erklärte Tant Ruthie. »Ich habe kaum Kunden, und ich weiß nicht, wie lange ich das noch durchhalte. Es war in Emden schon so schwierig, deshalb bin ich ja dort weg, obwohl ich da noch ein Modehaus in der Hinterhand hatte. Hier sind die Liegegebühren geringer, ich dachte, das rechnet sich. Aber jetzt ist es eine Katastrophe. Ich musste vor ein paar Jahren mal einen Kredit für das Schiff aufnehmen. Und jetzt wachsen mir die Restschulden über den Kopf. Meine Witwenrente reicht vorne und hinten nicht.«

Ich wusste nicht, was ich tun sollte. Tant Ruthie umarmen? Ich legte ihr die Hand auf die Schulter, und sie lehnte ihre Wange an meine Finger.

»Darum hängen da kaum Sachen«, begann ich. »Und das mit der Hose heute Morgen war auch gelogen.«

Tant Ruthie legte das Messer beiseite. »Ja, das Geschäft läuft sehr schlecht«, seufzte sie. »Heutzutage lassen die Leute ihre Sachen kaum noch ausbessern, weil es günstiger ist, sich in den Billigläden einfach neue zu kaufen.«

Ich bekam plötzlich ein mieses Gewissen. Wie schnell war ich damit, Teile, die mir nicht mehr gefielen oder ein kleines Loch hatten, einfach in den Altkleidersack zu schmeißen? Mama hatte davon in letzter Zeit so die Nase vollgehabt, dass sie alles zumindest in ein Soziales Kaufhaus gebracht hatte. Aber geflickt hatte ich selten etwas, obwohl ich nähen konnte. Und ich kannte auch sonst keine Leute, die ihre Klamotten in eine Änderungsschneiderei brachten – da hatte Tant Ruthie schon recht.

Aber vielleicht lag ihr Geschäft auf dem Kahn auch einfach nur ungünstig, und es würden doch ein paar Kunden mehr den Weg zu ihr finden, wenn ihr Laden zentraler lag? Ich überlegte: In Köln gab es in unserem Viertel auch eine Schneiderei, und die hatten ihre Kleiderständer immer vollhängen. »Warum mietest du dir denn kein Geschäft an Land? Da, wo viele Leute einkaufen. Das wäre doch viel leichter. Auch mit dem Wohnen.«

Tant Ruthie drückte meine Hand. »Ach, Carli. Ich bin ein Mensch, der Wasser unter dem Kiel braucht. Mein Leben lang habe ich Planken unter den Füßen gehabt. Ich würde an Land verdursten!«

»Aber du schipperst doch gar nicht mehr«, wandte ich schüchtern ein.

»Das nicht, aber ich wache morgens auf und höre das Schlagen der Wellen ans Holz. Dadurch fühle ich mich frei, verstehst du? Ich kenne es nicht anders.«

Tant Ruthie fuhr sich ein letztes Mal mit dem Unterarm über die Augen. »So, genug des Selbstmitleids. Du bist schließlich nicht hier, um dir die Sorgen einer einsamen Frau anzuhören, sondern um Ferien zu machen!«

Tant Ruthie tat mir so leid. Wenn Erwachsene weinten, war das immer sehr komisch. In dem Augenblick hätte ich alles darum gegeben, wenn Tant Ruthie wieder so lachen würde wie an den anderen Tagen. »Kann Papa dir denn kein Geld geben?« Schon als ich es aussprach, wusste ich, wie dumm und kindisch diese Frage war. Mein Vater war schließlich kein Superheld, der Tant Ruthie oder gar die Welt mal eben vor dem Ruin bewahren konnte. Meine Eltern stöhnten doch selbst darüber, wie knapp es auch bei uns oft war und dass sie schon ans Umziehen dachten, weil die Miete für unsere Wohnung zu teuer wurde. Wie sollten sie da Tant Ruthie etwas abgeben können?

Sie ging auf meinen Vorschlag auch gar nicht weiter ein. »Ich finde schon einen Weg. Es braucht eben seine Zeit, aber die habe ich leider nicht. Irgendwann wird die Bank ihre Forderungen stellen. Und mein Schiff ist ihre Sicherheit für den Kredit. Es ist wirklich kurz vor zwölf, wie man so schön sagt.«

Ein Ruck ging durch ihren Körper, und aus der eben noch verzagten Tant Ruthie wurde wieder die allzeit Strahlende. Darin, ihre Schwierigkeiten einfach wegzulächeln, war sie offenbar ganz groß.

»Nun essen wir an Deck erst einmal was. Komm!« Tant Ruthie schnappte sich ein Tablett und stellte die geschnittenen Tomaten und Gurken sowie Brot, Butter und Käse darauf. Damit stapfte sie hoch und tat so, als wäre nichts gewesen.

Sie grüßte freundlich alle, die am Kai vorbeispazierten und uns interessiert beim Abendessen zusahen, freute sich über eine Seeschwalbe, die dicht über unsere Köpfe hinwegsauste, und erzählte von einem neuen Stoff, aus dem sie am Morgen begonnen hatte, ein Kleid zu nähen.

Schließlich versiegte ihr Redefluss. Da ich ihr am Ende gar nicht mehr richtig zugehört hatte, weil meine Gedanken schon wieder bei Pepe waren, rutschte mir die Frage raus: »Kannst du mir eigentlich was über Pepe erzählen? Und ich meine nicht, dass er dir die Zeitung seines Onkels vorbeibringt.«

Schon als ich das sagte, kam ich mir wie eine Verräterin vor. Wenn Pepe mir gegenüber verschlossen war, musste ich das so lange akzeptieren, bis er sich öffnete. Es stand mir nicht zu, hinter seinem Rücken zu forschen. Aber ich war einfach zu neugierig.

Tant Ruthie nahm sich Zeit mit der Antwort. »Viel kann ich dir nicht sagen. Er ist ein freundlicher Junge. Ein bisschen verschlossen. Seine Mutter lebt nicht mehr, er wohnt seit sechs Jahren bei seiner Tante und seinem Onkel, denen das Lädchen gehört.«

Ich schluckte. Weil seine Mutter gestorben war, lebte er also bei seiner Tante. Das erklärte sicher, warum er nicht gern über sich selbst redete. Aber da Tant Ruthie davon wusste, war es im Ort wohl kein Geheimnis. Warum sprach er nicht einfach darüber? »Woran ist die Mutter gestorben?«

Tant Ruthie zuckte mit den Schultern. »Das weiß ich nicht. Genauso, wie ich nicht weiß, was mit seinem Vater ist. Den habe ich noch nie gesehen. Pepe erinnert mich manchmal ein bisschen an ein vom Wind übers Land getragenes Blatt, das zufällig hier gelandet ist. Ich frag da auch nicht. Geht mich schließlich nichts an.«

Ein Blatt, das zufällig hier gelandet ist, wiederholte ich in Gedanken. Dabei fiel mir Pepes Antwort über meine Bemerkung ein, er wäre vielleicht zufällig mit einem Orkan nach Lüttjesiel gekommen. So ähnlich wäre das gewesen, hatte er gesagt. Er ließ mich einfach nicht los.

Nachdem wir aufgeräumt hatten, hatte ich das Gefühl, dass Tant Ruthie gern ein bisschen alleine sein wollte. Das passte mir ganz gut, denn ich wollte dringend Nicky schreiben. Ich hoffte, dass wenigstens SMS rausgingen.

Aber selbst das klappte nicht. Ich musste mir wirklich dringend überlegen, wie ich mit meiner Freundin Kontakt aufnehmen konnte. Vielleicht würde ich mir doch mal einen Tag lang den Zugang am Hafen erkaufen. Greta, Mona oder die anderen zu fragen, ob ich bei ihnen zu Hause ins WLAN durfte, traute ich mich nicht, wir kannten uns ja kaum.

Ich setzte mich auf die Koje, doch ich fand keine Ruhe. Also stand ich auf, ging von Bord und rannte am Hafen so lange herum, bis ich wenigstens ein paar Teilstriche hatte. Deshalb schrieb ich Nicky nicht, sondern rief sie an.

Es war wegen der Kosten ein kurzes Gespräch, aber ich konnte ihr von Pepe und der Clique erzählen, und es tat einfach gut, ihre Stimme zu hören.

8

Am nächsten Vormittag standen Pepe, Jonas, Grete und Mona samt Benno wieder vor der *Mathilda*.

Dieses Mal hatten sie Räder dabei, und Benno wuselte schwanzwedelnd um ihre Beine herum. Als er mich sah, begann er freudig zu bellen.

»Wir wollen zum Strand!«, rief Pepe, nachdem er Tant Ruthie die Zeitung hochgeworfen hatte.

»Ich komme«, antwortete ich mit einem Seitenblick zu meiner Tante, die mir aufmunternd zunickte.

Wir radelten los, und ich war ziemlich schnell aus der Puste. Der Gegenwind setzte mir ordentlich zu, Tant Ruthies alte Krücke schien mit jedem Meter schwerer zu werden.

Als Mona das bemerkte, grinste sie mich an. »Auf dem Rückweg wird das nicht besser. Mach dir da keine Hoffnungen. Der Wind bläst an der Küste immer von vorne. Zumindest kommt es einem so vor!« Sie sah mit ihren extrem kurzen Shorts und dem leichten Top, das ihre Taille umspielte, heute wieder total klasse aus. Ich beneidete sie um diese Figur. Mein Hintern war viel runder, meine Beine längst nicht so lang wie ihre. Eben alles normal, während Mona bestimmt eine Zukunft als Model ins Haus stand, wenn sie es darauf anlegte. Allein diese langen blonden Haare, die selbst bei Wind immer super gestylt wirkten. Meine Lockenpracht würde später bestimmt genauso wirr aussehen wie die von Tant Ruthie.

Ich war froh, als wir den Deich endlich erreichten und die Räder abstellen konnten. Wegen Benno hatten wir uns für den Hundestrand entschieden. Der Kleine hechelte, aber er tobte ununterbrochen um uns herum. Die Hitze schien ihm absolut nichts auszumachen. Bevor wir weitergingen, gab Jonas ihm noch Wasser aus einer Feldflasche. Überhaupt kümmerte er sich absolut rührend um seinen Hund.

»Er ist neben Pepe eben mein bester Freund«, erklärte er, als ich Benno über den Kopf strich.

Erst als der Hund keinen Durst mehr hatte, überquerten wir den Deich. »Wo ist das Meer?«, fragte ich, als wir auf der Krone standen und über den Strand blickten. Denn es schlugen keine Wellen ans Ufer. Vor uns erstreckte sich eine weite, grau-braune geriffelte Fläche, die am Horizont von einer Insel abgegrenzt wurde. »Es herrscht Ebbe, oder?«, setzte ich hinzu, um nicht als völlig blöd dazustehen. Dass es an der Nordsee Gezeiten gab, wusste ich auch als Stadtkind.

Pepe nickte. »Das Wasser kommt erst in ein paar Stunden zurück. Es ist eben erst abgelaufen. Aber das ist super, da kann man ein Stück ins Watt gehen.«

»Können wir bis zu der Insel? Das wäre cool!«, rief ich begeistert aus. »Es wirkt so nah. Guckt doch, der rot-weiße Leuchtturm lockt geradezu!«

»Geht's noch? Wenn du dorthin allein losmarschierst, bist du so gut wie tot!« Es war das erste Mal, dass Jonas sich derart lautstark zu Wort meldete. Diesen aggressiven Tonfall kannte ich nicht von ihm.

»Warum das denn? Ich bin nicht von hier, erklär mir mal, was daran gefährlich sein soll, auf dem Sand da zu laufen? Mein Käppi gegen einen Sonnenstich habe ich schließlich dabei.«

Die anderen musterten mich mit einem merkwürdigen Blick.

»Und du glaubst, mit einem Käppi bist du supergut fürs Watt

gerüstet?« Jonas schüttelte den Kopf. »Solche wie du sind echt die Schlimmsten!«

Inzwischen hatten wir eine Stelle am Strand erreicht, wo wir unsere Handtücher im Sand ausbreiteten und uns daraufsetzten. Für Benno baute Jonas eine Strandmuschel als Sonnenschutz auf. Er vermied es, zu mir rüberzuschauen.

Noch immer herrschte betretenes Schweigen. Was hatte ich nur falsch gemacht? Die Insel sah wirklich so aus, als könne man sie rasch und gut zu Fuß erreichen.

»Das Wasser kommt und geht zwar in regelmäßigen Abständen«, begann Pepe nach einer Weile. »Bei der einsetzenden Flut laufen allerdings die Priele schnell voll, und wenn man zu weit draußen ist, wird einem der Rückweg abgeschnitten. Jedes Jahr geraten dabei viele Feriengäste in Gefahr, die das einfach nicht glauben wollen. Man darf weite Touren niemals ohne Wattführer machen, verstehst du? Ein kleines Stück raus ist kein Problem, wenn ablaufend Wasser ist.«

»Moment«, unterbrach ich ihn. »Ablaufend Wasser? Was ist denn das für ein Begriff?«

Pepe zuckte mit den Schultern. »Sagen wir bei Ebbe. Flut ist eben auflaufend Wasser.«

»Klingt witzig«, sagte ich. »Also wäre Wattwandern jetzt kein Problem?«

»Wenn du in Strandnähe bleibst, ist alles okay. Weiter draußen kann man wirklich richtig tief einsacken, wenn das Sandwatt ins Schlickwatt übergeht. Von allein kommst du da nicht unbedingt wieder raus.« Er grinste. »Schwups, steckst du fest, und dabei schneidet man sich auch gern noch an den tief liegenden Muscheln die Füße auf.«

»Dann würde ich mit dem Handy Hilfe rufen«, sagte ich herausfordernd.

»Das überschätze mal nicht«, meinte Pepe. »Irgendwo zwischen Festland und Insel gibt es kein Netz mehr. Von einem Meter auf den anderen. Zack: Funkloch.«

Jonas war währenddessen aufgesprungen und ein Stück ins Watt gelaufen. Greta folgte ihm. Benno hatte Jonas vorher in der Muschel mit der Leine festgebunden. Halten würde das allerdings nicht, wenn der Hund tatsächlich beschließen würde, loszulaufen.

»Sag du es ihr!«, meinte Mona zu Pepe und ging Jonas und Greta nach. »Wir fahren Jonas derweil mal runter.«

»Was sollst du mir sagen?«, fuhr ich Pepe an. »Ihr seid hier alle furchtbare Geheimniskrämer, glaube ich. Jeder deutet was an, schweigt sich dann aber aus. Du bist so, Tant Ruthie und jetzt auch Jonas!« Ich war bei meinen Worten laut geworden und ebenfalls aufgestanden. Mir reichte es jetzt wirklich.

Pepe zog mich zurück aufs Handtuch. »Setz dich! Du hast ja recht. Aber wir kennen dich kaum, da kannst du schließlich nicht erwarten, dass wir gleich unser Leben vor dir ausbreiten.«

»Immer nur diese blöden Andeutungen! Ich kann es einfach nicht leiden, wenn man jemandem alles aus der Nase ziehen muss. Wieso kann Jonas mir nicht einfach erklären, warum ihn mein Vorschlag so wütend macht? Ich wusste schließlich nicht, dass es gefährlich ist. Das dürfte doch wohl nicht das Problem des Jahrhunderts sein, oder?«

»Jonas regt sich wirklich nicht umsonst auf. Es betrifft ihn persönlich«, antwortete Pepe. »Sein Vater ist Wattführer und arbeitet zudem auf einem Seenotrettungskreuzer. Er holt jedes Jahr eine Menge Urlauber aus dem Watt oder von ihren Booten, weil sie die einfachsten Gesetze der See nicht beachten, obwohl die überall, wirklich überall stehen. Bei einem Einsatz im letzten Jahr ist Jonas' Onkel umgekommen, und sein Vater wäre auch beinahe ertrunken. Deswegen reagiert er bei diesem Thema ziemlich heftig.«

Ich zuckte zusammen. Da hatte ich ja wirklich eine überaus dämliche Bemerkung fallen lassen. Und noch dazu an die komplett falsche Person. »Ich werde mich bei Jonas entschuldigen, aber ich wusste es wirklich nicht besser.«

»Mach das«, sagte Pepe. »Komm, wir gehen zu den anderen. Du hast recht: Er hätte es dir auch einfach erklären können.«

»Ich komm gleich nach, geh ruhig schon vor!« Ich musste das erst mal verdauen. Es hatte mich schockiert, wie böse Jonas geworden war. Und mein Kommentar war mir peinlich, auch wenn ich versehentlich in die Falle getappt war.

Ich blieb noch eine Weile am Strand sitzen und sah Pepe und seinen Freunden nach. Zur Beruhigung malte ich mit dem großen Zeh Kreise in den Sand und überlegte, ob ich weiter mit den vieren zusammen sein wollte oder ob es besser war, zu Tant Ruthie zurückzufahren. Ich hatte plötzlich das Gefühl, wir passten nicht besonders gut zusammen.

Greta konnte ich überhaupt nicht einschätzen, still, wie sie war. Aber sie schien sich für Jonas zu interessieren, so wie sie ihn immer ansah. Jonas war ein Hundefreund, was ihn sympathisch machte, aber das gerade eben war schon heftig gewesen. Und Mona? Sie war schön. Selbstbewusst und – eine Diva. Mit ihr konnte man vermutlich nur gut auskommen, wenn man ihr ständig die Füße küsste. Und dazu hatte ich keine Lust.

Ich blieb sitzen. Wegen Pepe. Immerhin hatte er mir eben erläutert, was los war.

Die Clique würde sicher bald aus dem Watt zurückkommen, und mit etwas Glück kam das Thema Wattwanderung zur Insel dann nicht mehr auf den Tisch, weil Jonas sich abgeregt hatte.

Ein Schatten fiel auf mich, und als ich hochsah, stand Mona vor mir. Sie sah auch in ihrem knappen roten Bikini und mit der leicht gebräunten Haut umwerfend aus. Ich konnte bei ihrem Anblick kaum glauben, dass sich weder Jonas noch Pepe für sie interessierten.

»Kommst du mit, Carlotta? Jonas tut es schon leid, dass er dich so angefahren hat. War nicht so gemeint. Woher sollst du das auch wissen. Manchmal reagiert er ein bisschen über, wenn es um das Thema ›Ich lauf mal allein durchs Watt‹ geht. Pepe hat dir ja erklärt, warum. Schwamm drüber, okay? Lass uns Spaß haben!«

Auch wenn ich es blöd fand, dass Jonas mir das nicht selbst sagte, stand ich auf und folgte ihr ins Watt. Der Boden war fest und fühlte sich unter meinen Fußsohlen an wie feuchter, fester Sand. Wenn man mal von den merkwürdigen wellenartigen Vertiefungen absah, die die gesamte Wattfläche bedeckten.

»Das sind Riffelmarken«, erklärte Mona. »Und die Hügel dazwischen, die aussehen wie Sandspaghetti, kommen von den Wattwürmern.« Danach passte ich auf, keines dieser Hügelchen platt zu treten, mit Würmern hatte ich es nicht so.

Als wir Greta, Jonas und Pepe erreichten, bewarfen sie sich gerade laut kreischend mit Matsch. Sie waren schon über und über mit Schlamm bespritzt.

»Wie die kleinen Kinder«, kommentierte Mona mit einem Kopfschütteln. »Das kostet sie gleich eine Stranddusche.«

Kurze Zeit später hatten wir einen kleinen Priel erreicht, durch den das Wasser seewärts plätscherte. Und der sollte einfach so zu einem reißenden Bach werden? So gefährlich, wie Jonas behauptet hatte, würde es schon nicht sein. Wahrscheinlich hatten sie alle maßlos übertrieben, um mir Landratte ein bisschen Angst zu machen. Das Wasser war weit weg, und wenn es kam, würde man das schon rechtzeitig bemerken.

»Die großen Priele werden später wirklich zu reißenden Flüssen, aber auch die kleinen schwellen an. Du siehst ja, wie tief sie zum Teil liegen. Das sind echte Gräben. Dahinter liegen oft Sandbänke«, erklärte mir Greta, als hätte sie meine Gedanken erraten. »Da glauben viele, sie seien sicher, aber wenn dann der Weg abgeschnitten ist, hilft das nichts.« Sie reichte mir die Hand. »Zu zweit geht es einfacher«, sagte sie, und wir sprangen gemeinsam über den Priel. »Etwas weiter draußen aalen sich jetzt die Seehunde in der Sonne. Um die zu sehen, müssten wir aber mit dem Kutter raus.«

Plötzlich spürte ich etwas Feuchtes im Nacken. Jonas hatte auch mir eine Ladung Schlick verpasst.

Na warte, dachte ich. Er konnte gar nicht so schnell gucken, wie er auch von mir beworfen wurde. Das machte einen Heidenspaß, und weil ich immer noch ein bisschen sauer auf Jonas war, bekam er von mir zwei weitere volle Dröhnungen. Danach war meine Wut verraucht.

Wir benahmen uns wie die kleinen Kinder. Suhlten uns im Matsch, bewarfen uns mit Schlick und kreischten dabei laut.

Nun war ich froh, vorhin nicht gegangen zu sein. In diesem Augenblick freundete ich mich mit dem Gedanken an, ein paar Wochen hierzubleiben. Die vier waren in Ordnung, und ich sollte endlich aufhören, überall Probleme zu sehen. Es waren nicht meine, ich hatte Ferien, und wenn ich hier weg war, konnte ich ohnehin für keinen mehr etwas tun.

Mit jeder geworfenen Handvoll Schlick fühlte ich mich befreiter.

Irgendwann hatten wir genug und gingen zurück zum Strand unter die Dusche, die natürlich eiskalt war.

Ich war froh, als wir uns in der Sonne wieder aufwärmen konnten. Mir fiel ein, was Greta mir erzählt hatte. »Kann man die Seehunde wirklich in freier Wildbahn betrachten?«, fragte ich.

»Klar«, sagte Pepe. »Seehunde gibt es schließlich genug. Wie wäre es mit morgen? Wir müssten zwar früh raus. Dein Onkel fährt doch sowieso zum Fischen, oder?« Er schaute fragend zu Greta.

Die nickte. »Ich sag ihm Bescheid, dass du mit Carlotta mitfährst. Aber ich habe Ferien, da stehe ich nicht bei Sonnenaufgang auf, um aufs Meer zu schippern. Eine grausame Vorstellung!«

»Ich komme auch nicht mit. Wir wollen euch schließlich nicht stören.« Obwohl sie grinste und es vermutlich als Witz rüberkommen sollte, hatte Mona wieder diesen eigenartigen Blick drauf.

Jonas spürte mein Unbehagen, denn er nickte mir freundlich zu und sagte: »Pepe, spiel du mal fein den Fremdenführer. Mal sehen, wie Carlotta mit den Wellen auf See zurechtkommt. Ist ja mit der Rheinschifffahrt nicht zu vergleichen.« Jonas zwinkerte in meine Richtung, und ich wusste, dass zwischen uns wieder alles in Ordnung war.

»Willst du?«, fragte Pepe mich.

Ich nickte.

»Gut, ich hole dich um vier Uhr morgens ab. Der Kutter liegt eurem Kahn direkt gegenüber. Und zieh dich warm an, auf See herrscht eine steife Brise!«

Morgen würde ich also mit Pepe in See stechen.

Zu Hause bei Tant Ruthie schrieb ich Nicky noch eine SMS, die tatsächlich rausging. Sie antwortete kurz, dass es auf Rügen auch ganz schön wäre, und beneidete mich darum, andere Jugendliche kennengelernt zu haben. Allerdings nicht um die Kutterfahrt. Das hatte ich mir schon gedacht, Nicky hasste frühes Aufstehen wie die Pest. Danach verkroch ich mich ins Atelier und entwarf die neue Strandtasche mit den Obstapplikationen, die ich mir auf der Insel überlegt hatte. Weil ich noch nicht müde war, suchte ich auch noch den passenden Stoff raus und schnitt alles zu. So konnte ich in den nächsten Tagen mit dem Nähen beginnen.

9

»Eine Seefahrt, die ist lustig!« Pepe stand am frühen Morgen pünktlich um kurz vor vier fröstelnd vor dem Kahn. Es war wirklich noch ganz schön frisch. »Aufgeregt?«

Ich war schon seit über einer Stunde wach, weil ich so nervös war, aber das hätte ich nie im Leben zugegeben. Deshalb schüttelte ich heftig den Kopf, obwohl mein Herz bis zum Hals schlug. Ich war zwar schon einmal mit einer großen Fähre von Kiel nach Oslo gefahren, aber noch nie mit einem Kutter über die Nordsee. Das war schon ziemlich spannend.

»Jetzt ist Flut, aber bald kommt die Ebbe. Wenn wir zurückfahren, kommen wir an den Seehundbänken vorbei, da kannst du die Tiere dann sehen«, sagte Pepe. »Es gibt hier sogar Wale.«

»Wie Moby Dick, oder was?« Er wollte mich doch auf den Arm nehmen. Wale in der Nordsee, und noch dazu hier vor der Küste! Das waren doch wohl nur die, die sich verirrt hatten und nun als Skelette in den Museen ausgestellt waren.

Aber Pepe meinte es ernst. »Es gibt hier Schweinswale. Sie sind so groß wie Seehunde oder Robben. Die drei sind unsere größten Tiere hier an der Nordsee.«

Um zum Kutter zu gelangen, mussten wir den Hafen umrunden. Das kleine Boot wirkte wenig vertrauenerweckend, eher wie eine bunt bemalte Nussschale. Aber nun gab es kein Zurück, ich musste an Bord, wenn ich mich nicht vor Pepe und den anderen blamieren wollte.

Gretas Onkel begrüßte uns mit einem knappen, aber freundlichen »Moin«. Er sah genau so aus, wie man sich einen echten Fischer an der Nordsee vorstellte: Schippermütze, dunkelblauer Troyer und eine Pfeife im bärtigen Mund. Er trat beiseite und ließ uns auf sein Schiff.

»Und ihr wollt mit mir auf große Fahrt? Denn man tau!« Er nickte mir kurz zu und nahm dabei die Pfeife aus dem Mund, sodass die nächsten Sätze nicht ganz so genuschelt klangen. »Ich bin Hein. Sind doch recht spät dran. Müssen uns beeilen, damit wir uns später nicht im Watt festfahren. Bis um acht sind wir unterwegs, denke ich.«

Also über vier Stunden auf See. Das kam mir ganz schön lange vor, aber es war auch ungemein spannend.

Ich sprang nach Pepe aufs Schiff, das ich zunächst ausgiebig betrachtete. Es war ein dunkelblauer Kutter mit roter Reling und viel kleiner als Tant Ruthies *Mathilda*. Vorn befand sich ein kleines Fahrerhäuschen, hinten lagen zahlreiche Taue samt Netzen. Es stank nach Fisch, was ich seltsamerweise nicht unangenehm fand.

Hein zeigte uns, wo wir uns aufhalten durften. »Zimperlich dürft ihr nicht sein. Ich fische, wenn auch nur noch im kleinen Rahmen, und die Fische werden später gegessen. Bin ja längst in Rente, aber der Kater lässt das Mausen nicht, wie man so schön sagt.« Dann blieb sein Blick an meiner Tasche hängen, die ich über der Schulter trug. »Pass auf, dass deine schicke Tasche nicht schmutzig wird, mien Deern.«

»Die hat Carlotta selbst genäht«, sagte Pepe.

Ich nickte.

»Das würde den Touris hier gefallen. Willst du deiner Tante nicht mal anschnacken, ob die solche Taschen nicht in ihrer Nähstube verkaufen will?«

»Sie bessert aber nur Sachen aus«, sagte ich. »Wenn Reißverschlüsse defekt sind oder etwas zu weit oder zu eng ist.« Doch ich fand die Idee gut. Das würde ich Tant Ruthie mal vorschlagen.

Hein löste mit Pepes Hilfe, der sich erstaunlich gut auf dem Kutter auskannte, die Taue, und wir legten ab. Zuerst tuckerten wir durchs Lüttje Meer. Als wir an der Schleuse ankamen, staunte ich. Es war beeindruckend, wie der kleine Kutter sich in den engen Becken mit dem Wasserstand hob und senkte.

Nun durchquerten wir den Außenhafen, wo auch der Seenotrettungskreuzer festgemacht hatte und leicht in den Wellen schaukelte.

Pepe stieß mich an. »Guck mal da rüber!« Er zeigte auf ein Loch in der Hafenmauer. Es war nur über eine Metallleiter zu erreichen und lag knapp über der Wasseroberfläche. »Das ist ein echter Geheimgang. Man kann nur gebückt gehen, und nach ein paar Metern endet er in einer kleinen Höhle. Irgendwann schleichen wir uns dort mal rein.«

»Da rein?« Ich kicherte. »Da bringen mich keine zehn Pferde hin. Ich bin eine Möwe und kein Krebs. Ich brauche das Licht.« Ich fürchtete mich total vor solchen Gängen. Dahinein konnte Pepe getrost allein kriechen.

Dann ging es raus auf die Nordsee. Doch die Brandung dort war lange nicht so stark, wie ich erwartet hatte.

»Warte ab, bis wir an der Insel vorbei sind, dann schaukelt es richtig«, sagte Pepe. »Hein hat mir versprochen, einen kleinen Abstecher dorthin zu machen, auch wenn er dort nicht fischt. Aber das Meer hinter der Insel ist so anders, das musst du gesehen haben! Der Blick auf die weite Nordsee ist fantastisch.«

Mir hätte die Fahrt im Wattenmeer gereicht, allein das war aufregend genug. Mir war auch kalt, obwohl ich einen dicken Pulli anhatte. Pepe bemerkte das und legte seinen Arm um mich. Das fühlte sich gut an, und ich kuschelte mich ein bisschen dichter an ihn heran. Die kleinen Wellen schlugen recht heftig gegen die Bordwand und brachten den Kutter zum Wackeln.

Pepe drückte mich fester. »Kann nichts passieren«, beruhigte er mich. Mein Herz klopfte. So nah bei Pepe ... Sein Geruch, seine warmen Augen. Verdammt, davon wackelten meine Knie noch ein bisschen mehr.

Ob es ihm genauso ging? Er ließ sich nichts anmerken, sondern schaute konzentriert auf die See.

»Jetzt haben sich alle Krebse vergraben und warten stundenlang darauf, aus ihren Verstecken zu kommen«, sagte er.

Wir passierten die Insel, und dahinter wurde der Seegang tatsächlich erheblich stärker. Aber Pepe hatte recht. Was für ein Anblick! Das Meer war hier blauer als davor, und das Ende wurde mit der scharfen Linie des Horizonts gezeichnet. Die Wellen trugen Schaumkronen, und es war wesentlich kühler.

Hein stand konzentriert am Ruder. »Wir kehren um, das ist doch eine steife Brise, die die Deern nicht vertragen wird. Außerdem muss ich ja nun meine Netze auswerfen.«

Das begeisterte mich nicht gerade, weil ich das Töten von Tieren als Vegetarierin nicht mochte, aber ich hielt meine Klappe. Es war schließlich nett, dass Hein mich mitgenommen hatte.

Er drehte bei, und schon bald befanden wir uns wieder im Wattenmeer. Lange hätte mein Magen das Geschaukel wirklich nicht mehr mitgemacht.

Hier zwischen dem Festland und der Insel empfand ich aber einen unglaublichen Frieden. Ich war der Natur so nah wie noch nie in meinem Leben. Sie war so gewaltig, so endlos. Wirklich fantastisch!

Pepe hatte mich noch nicht losgelassen, was sicher auch dazu beitrug, dass ich alles sehr genoss.

Hein warf im Wattenmeer seine Netze aus. Während der Wasserstand allmählich niedriger wurde, näherten wir uns dem Hafen.

Vorher kamen wir aber tatsächlich noch an einer Seehundbank vorbei, auf der mehrere Tiere in der Morgensonne lagen. Sie scherten sich gar nicht um den Kutter, sondern schauten uns nur gelangweilt an. Es war einfach nur toll.

»Das sind Seehunde«, Pepe deutete hinüber, »aber schau, dahinten ist auch eine Kegelrobbe!«

»Ich glaube, ich ändere meinen Tierwunsch«, sagte ich zu Pepe. »Ich möchte doch lieber ein Seehund sein und mich im Sand wälzen. Das hat schon gestern so einen Spaß gemacht.«

»Erstens sind Seehunde ziemlich fett …«

Das hatte ich nicht bedacht.

»Und zweitens«, fuhr Pepe ungerührt fort, »müsstest du Tag für Tag Heringe essen, das würde ich mir gut überlegen!«

»Das müssen Möwen auch«, konterte ich. »Kennst du eine, die vegetarisch lebt? Sonst muss ich mich wohl umstellen.« Ich lachte laut auf. Als über mir eine Lachmöwe keckerte, fühlte ich mich fast wie eine Verräterin. »Ist schon gut, ich ändere mein Tier nicht. Aber fressen Möwen nicht auch kleine Krebse?«

Pepe knuffte mich in die Seite. »Vorsichtig!«

»Ich meine ja nur.«

Und so genossen wir die Zeit auf dem Meer, die salzige Luft, die unsere Haut sanft streichelte, und den unvergleichlichen Duft der Nordsee. Leider sahen wir keine Wale, aber es war auch so schön gewesen.

Im Hafen angekommen, musste Hein sich um seinen Fang kümmern und verabschiedete sich zwar mit einem Lächeln, aber sehr knapp von uns.

Pepe stand mit leuchtenden Augen am Kai. »Es ist jetzt fast acht Uhr. Was meinst du? Nehmen wir noch eine Mütze voll Schlaf, und dann hole ich dich ab?«

»Wohin?« Er hatte offenbar immer noch Lust, etwas mit mir zu unternehmen.

»Zu unserer Insel? Nur wir beide?«

Mir blieb die Luft weg. Ich und Pepe … wieder allein …

»Klar, können wir machen. Gern«, stammelte ich.

Wir umrundeten den Hafen. Pepe steuerte auf sein Rad zu, ich ging zu Tant Ruthies Kahn. »Das war schön. Danke!«

Ich sah Pepe lange nach, auch noch, als er den Hafen längst verlassen hatte.

Tant Ruthie war natürlich schon auf, aber sie hatte vollstes Verständnis, dass ich jetzt nichts erzählen mochte, sondern geradewegs in meiner Kajüte verschwand.

Als ich in meiner Koje lag, hämmerte ein Name fast ununterbrochen durch meinen Kopf. Pepe, Pepe, Pepe …

10

Tant Ruthie weinte, als ich gegen Mittag wieder an Deck kam. Als sie mich bemerkte, wischte sie sich rasch die Augen mit einem Papiertaschentuch ab und lächelte mich verlegen an. Neben ihr lag ein Brief, der sehr amtlich wirkte.

Während ich Tant Ruthie in den Arm nahm, schielte ich zu dem Umschlag. Hatte der Brief sie so aus der Fassung gebracht? Tant Ruthie drehte das Kuvert rasch um, sie wollte offenbar nicht, dass ich wusste, von wem er war. »Hast du Hunger, mien Deern?«, lenkte sie gleich ab. Dabei zitterte ihre Stimme sehr.

»Hab ich zwar, aber das ist jetzt gerade unwichtig. Dir geht es nicht gut, kann ich dir irgendwie helfen?«

Tant Ruthie schüttelte den Kopf. »Kannst du nicht, Carli.«

»Dann sag mir wenigstens, was los ist. Du wirkst fix und fertig!« Ich sah sie bittend an.

Tant Ruthie seufzte. »Ich will dich eigentlich nicht mit meinen Sorgen belasten, aber du würdest es ohnehin bald mitbekommen.« Sie schob mir den Brief jetzt doch rüber. Ich drehte ihn um. Er trug als Absender den Stempel einer Bank. Tant Ruthie hatte ja schon geahnt, dass das passieren würde.

»Nun wollen sie Geld?«, fragte ich.

Tant Ruthie senkte den Kopf. »Sie wollen, dass ich meinen Kredit zurückzahle. Ich bin arg überfällig. Es bleibt mir nichts anderes übrig, als endlich mehr zu verdienen, damit ich das kann. Sonst muss ich hier alles verkaufen. Nur, wie stelle ich das an? Ich bin doch keine zwanzig mehr!«

»Aber auch noch nicht alt, Tant Ruthie.« In mir arbeitete es. »Was ist denn genau passiert, dass es so eng ist?«

Tant Ruthie presste die Lippen zusammen. »Lange Geschichte. Als mein Mann in Frührente ging, haben wir einen Kredit für dieses Schiff aufgenommen. Der Kahn auf dem Rhein gehörte uns ja nicht, und wir wollten weiter auf einem Boot leben. Mein Mann hat die *Mathilda* eigenhändig ausgebaut. Nur leider ist er dann plötzlich an einem Herzinfarkt gestorben. Meine Witwenrente ist nicht allzu üppig, und für meine Rente bin ich zu jung. Weil ich gelernte Schneiderin bin, habe ich die Änderungsschneiderei aufgemacht. Für mich zum Leben reicht es locker, aber es fällt mir schwer, die Raten für die Bank abzubezahlen. Einen Teil des Schiffes haben sie damals als Sicherheit genommen.« Tant Ruthie fuhr sich durchs Haar.

»Können sie dir die *Mathilda* wegnehmen?«

»Sie haben mir schriftlich nahegelegt, darüber nachzudenken, das Schiff zu verkaufen, wenn ich die Raten nicht aufbringen kann. Ja, das dürfen sie, es ist ja ihr Geld, das in diesem Schiff steckt.« Sie stützte ihren Kopf auf und legte die rote Brille beiseite. »Mein Verdienst reicht nur für mein Leben und die eine oder andere Anschaffung. Das Geld für die Bank kriege ich einfach nicht zusammen.«

»Und wenn du das nicht tust? Das Schiff verkaufen?«, fragte ich.

»Nun, wenn ich ihnen das Geld nicht zurückzahle, können sie eine Zwangsversteigerung veranlassen. Dann steht irgendwann der Gerichtsvollzieher vor der Tür. So weit will ich es nicht kommen lassen, da würde ich das Schiff lieber selbst verkaufen. Dann kann ich zumindest mitbestimmen, wer die *Mathilda* bekommt.«

Das alles klang gar nicht gut. Ich hatte mir über so etwas noch nie Gedanken gemacht. Ziemlich hilflos strich ich Tant Ruthie über die Hand. Da fiel mir etwas ein. »Hein meinte, so was wie meine selbst genähten Taschen würden die Feriengäste gern kaufen. Wäre das nichts?«

Tant Ruthie kniff die Lippen zusammen. »Ich weiß nicht, ob das was bringt. Im Sommer kommen schon eine Menge Urlauber zum Hafen, aber was mache ich den Rest des Jahres über? Und von ein paar verkauften Taschen kann ich den Kredit auch nicht zurückzahlen.«

Darauf hatte ich auch keine Antwort.

»Ich muss erst eine Nacht drüber schlafen, glaube ich. Lass uns jetzt etwas essen.« Tant Ruthie stand auf.

Ich folgte ihr zur Kombüse, und sie machte die Suppe warm, die sie vorher schon gekocht hatte.

»Willst du gleich noch weg?«, fragte sie, während sie umrührte.

»Ja, Pepe und ich wollen zur Insel.«

Tant Ruthie sah aus dem Bullauge und wies mit dem Kopf zum Kai. »Mit trauter Zweisamkeit wird das wohl nichts. Da kommen gerade Mona und Greta.« Tant Ruthie holte zwei weitere Suppenteller.

Es polterte, und kurz darauf steckten die beiden ihre Köpfe in die Kombüse. »Mann, das riecht vielleicht lecker!«, sagte Greta.

»Dann langt mal zu!«, forderte Tant Ruthie sie auf.

Das ließen sie sich nicht zweimal sagen und setzten sich zu uns an den Tisch.

So ganz passte mir das nicht. Wenn Mona und Greta blieben, würden sie bestimmt mit zur Insel rudern wollen – und ich wäre so gern mit Pepe allein gewesen. Hätte mit ihm dem Spiel der kleinen Wellen zugesehen und über Krebse, Seehunde und Lachmöwen debattiert. Aber ich konnte meine neu gewonnenen Bekanntschaften ja schlecht gleich vergraulen, zumal wir uns gestern endlich ein bisschen nähergekommen waren.

Als wir aufgegessen hatten, lehnte Mona sich zurück. Sie sah schon wieder super aus. Knapper enger Rock, dazu ein weißes Top. In ihrer Gegenwart fühlte ich mich stets wie das hässliche Entlein. Greta hingegen trug schlichte Jeansshorts und ein dunkelblaues T-Shirt, das sie seitlich geknotet hatte. Im Gegensatz zu Mona lächelte sie allerdings meistens.

»Pepe hat geschrieben, ihr wollt später noch zur Insel«, begann Mona.

»Das stimmt. Wollt ihr mitkommen?«, fragte ich und betete gleichzeitig, dass sie Nein sagen würden. »Wo ist denn Jonas?«

»Der ist spontan bei seiner Oma und die nächsten Tage weg«, erklärte Greta. »Und ehrlich gesagt haben wir keine Lust, heute Boot zu fahren.«

Mir wurde ganz leicht ums Herz. »Aber weshalb seid ihr dann da?«

»Wir würden uns gerne mal deine Nähsachen ansehen. Vielleicht kannst du uns ein bisschen zeigen, wie man so was macht. Taschen und Mützen nähen und so.« Greta legte den Kopf schief. »Wirklich nur so lange, bis Pepe kommt. Dann sind wir sofort weg.«

Mein Herz machte einen freudigen Satz. In Köln fanden meine Freunde, bis auf Nicky, mein Hobby sehr merkwürdig. Und nun wollten Mona und Greta wirklich von mir lernen, wie man nähte? Wie krass war das denn? »Das mache ich gern! Ich darf doch, Tant Ruthie?«

Sie nickte. »Ihr dürft auch gern meine Stoffe und was ich da unten habe, verwenden. Nur nicht die aus dem rechten Schrank, das sind meine Schätze und etwas teurer!«

»Ich habe ja auch noch meine Stoffe mit«, sagte ich.

Tant Ruthie schien froh darüber zu sein, dass ich sie nicht weiter auf ihr Problem ansprechen konnte. Und ich auch ein bisschen. Ich würde es ja sowieso nicht lösen können. Bis Pepe mich abholte, hatte ich jetzt eine wunderbare Beschäftigung.

Wir stürmten in »mein« Atelier, und ich zeigte Mona und Greta, wie man einen Schnitt ausradelte, wie man ihn auf dem Stoff platzierte, und erklärte, was zum Beispiel ein Stoffbruch und ein Fadenlauf war.

»Das ist ja voll kompliziert«, sagte Mona nach einer Weile. »Mir brummt schon der Schädel.«

»Aber toll, das will ich unbedingt auch lernen«, meinte Greta, die schon drei Stoffe, die wunderbar zueinander passten, aus meinem Stoffberg gezupft hatte. »Daraus könnte man eine bunte Mütze machen«, sagte sie. »So eine«, und wies auf einen der Schnitte.

»Das ist eine Beanie. Der Schnitt sieht aus wie ein Gebirge, aber es ist nicht sooo schwer, sie zu nähen.« Ich zeigte ihr eine Mütze, die ich aus Resten eines alten Sweatshirts genäht hatte. »Das können wir morgen gerne mal probieren«, sagte ich.

Ich holte aus der Kombüse eine Karaffe mit Wasser, und wir sichteten noch mehr Schnitte, die man auch als Nähanfänger hinbekam.

Mona zeigte auf ein Stück dicken Filz. »Was macht man damit?«

»Zum Beispiel eine Handyhülle«, erklärte ich. Mona fand die Idee toll. Damit die Hülle am Ende nicht zu trist wirkte, erklärte ich ihnen noch, wie man Bilder, Bänder oder Knöpfe auf dem Filz anbrachte und dem Modell so mit einfachen Mitteln eine besondere Note geben konnte.

»Ich werde morgen eine Handyhülle versuchen und darauf diese Knöpfe nähen«, sagte Mona.

»Das mache ich auch und nähe danach eine Strandtasche!« Greta hatte vor Aufregung ganz rote Wangen.

»Das hier hat was«, meinte Mona. »Ich hätte nie gedacht, dass mich Nähen mal faszinieren könnte. In der Schule hat mich Handarbeitsunterricht echt angeödet.« Sie sah auf die Uhr. »Bestimmt kommt Pepe bald. Lass uns gehen, Greta!«

Über dem Erklären und Aussuchen der Stoffe hatte ich wie immer die Zeit völlig vergessen. Nähen war für mich wirklich das beste Mittel, mich abzulenken. Es hatte einen solchen Spaß gemacht, mit Mona und Greta zusammen zu sein.

Die beiden halfen mir noch beim Aufräumen. Wir hatten uns eben so gut verstanden, dass ich es wagte, doch noch einmal nachzuhaken, was sie auf der Insel angedeutet hatten.

»Was meintet ihr auf der Insel eigentlich damit, dass man bei Pepe vorsichtig sein soll?«

»Themenwechsel, Carlotta!«, winkte Mona sofort ab.

»Warum?«

Greta nagte auf ihrer Unterlippe. Sie überlegte offenbar, ob sie etwas dazu sagen sollte oder nicht.

Mona sah sie mit einem langen Blick an, der sie eindeutig stoppen sollte.

Greta antwortete mir dennoch. Allerdings äußerst vorsichtig. »Pepe lebt bei seiner Tante und seinem Onkel. Wenn du was wissen willst, frag ihn selbst. Er mag nicht drüber reden, und ich würde mir mies vorkommen, wenn ich es jetzt rausposaune. Ich verstehe zwar nicht, warum er so ein Theater darum macht, aber es ist seine Entscheidung.«

Mona war schon auf dem Weg zur Tür. »Sei einfach vorsichtig, okay? Pepe eignet sich zu vielem, aber ganz sicher nicht als Lover.

Und überhaupt: Manchmal trägt er zu dick auf. Und wenn man es merkt, ist es zu spät. Ich hab da so meine Erfahrungen gemacht.«

»Dann sag doch, welche!«, forderte ich Mona auf, aber sie schüttelte den Kopf und haute einfach ab.

»Muss die sich wichtigmachen, oder was? Warum kann sie es mir nicht einfach erzählen?« Ich sah Greta an.

»Wenn wir über was nicht reden wollen, dann reden wir nicht. Lass Mona mit dem Thema in Ruhe.«

»Ist sie eifersüchtig?«, hakte ich trotzdem nach. »Wegen mir und Pepe? Also, weil wir uns gut verstehen?«

Greta legte den Finger an die Lippen. »Hey, wenn du eifersüchtig wärst, würdest du das dem anderen Mädchen auf die Nase binden?«

Wahrscheinlich nicht, das wäre peinlich. Aber diese Andeutungen fand ich auch blöd. Ich zuckte mit den Schultern. So würde ich nicht weiterkommen. Eines war sicher: Zwischen Mona und Pepe gab es eine ungeklärte Geschichte.

11

Pepe kam, kurz nachdem die beiden weg waren und mich mit mehreren großen Fragezeichen zurückgelassen hatten.

Mir reichten die Andeutungen der Clique jetzt wirklich. Wenn ich schon bei Mona und Greta nicht weiterkam, dann musste Pepe eben endlich aus seinem Krebsgang herauskommen. Er konnte sich einbuddeln oder seitwärtslaufen, soviel er wollte: Jetzt musste er mit mir reden!

Er brauchte mir ja nicht alles zu erzählen, aber einen kleinen Einblick, damit ich überhaupt verstand, was los war, konnte er mir ja wohl geben. Wir waren uns mittlerweile so nahegekommen, wie sollte es mit uns funktionieren, wenn er derart verschlossen war?

»Hast du genäht?«, fragte Pepe, als er die Gangway hochgelaufen war. Er reichte Tant Ruthie die Zeitung.

»Mona und Greta waren da, und ich habe ihnen erklärt, wie man so etwas überhaupt anpackt«, erzählte ich. »Sich einfach an die Nähmaschine setzen funktioniert ja nicht.«

Meine Stimme musste schärfer als üblich geklungen haben, denn Pepe sah mich eigenartig an. »Woher die Würze im Gespräch?«

»Später!« Ich wollte nicht, dass Tant Ruthie etwas mitbekam. Sie hatte genug eigene Sorgen.

Pepe verstand und winkte mir, ihm zu folgen. Ich griff nach meiner Strandtasche, und wir verließen die *Mathilda* über die Gangway.

»Seid vorsichtig. Das Wetter soll später umschlagen, haben sie im

Radio gesagt. Gestern ist die Sonne extrem rot untergegangen, und wenn ich mir den Himmel so betrachte …« Tant Ruthie warf einen prüfenden Blick nach oben. Doch es waren nur ein paar Federwolken zu sehen. »Auch wenn es momentan nicht so aussieht: Die Schwalben fliegen tief, und die Sonne sticht zu heftig. Gebt also acht!«

»Machen wir.« Pepe drehte sich mit erhobenem Daumen im Laufen um. »Laut meiner Wetter-App ist kein Gewitter im Anmarsch. Erst heute Nacht haben sie was angesagt. Bis dahin sind wir längst zurück. Alles gut!«

Ich blieb verunsichert stehen und sah von einem zum anderen. Wenn Tant Ruthie meinte, dass ein Gewitter drohte, glaubte ich der seeerfahrenen Frau das. Sie lebte schon so viele Jahre am Meer, da irrte sie sich bestimmt nicht. Egal, was irgendwelche Wetter-Apps sagten.

»Wollen wir vielleicht besser auf dem Festland bleiben und hier etwas unternehmen? Ich meine, wenn Tant Ruthie …«

»Es wird nicht gewittern. Nun komm schon!« Pepe zwinkerte mir zu.

Ich zögerte noch immer. Ich war nämlich keine Heldin, wenn es um Donner und Blitz ging. Und ein Gewitter so dicht an der See war bestimmt kein Spaß.

»Wir sind schnell zurück, wenn was heranzieht, und sie haben wirklich erst für den späten Abend eine Gewitterfront angesagt«, beruhigte Pepe mich. »Das sehen wir früh genug. Jetzt ist Nachmittag, wir sind doch höchstens zwei Stunden unterwegs.«

Tant Ruthie stand noch immer an derselben Stelle. »Bestimmt irre ich mich. Das Internet weiß das besser als ich altes Weib. Man tau!« Sie wirkte auf mich etwas abwesend und schien froh darüber zu sein, allein und in Ruhe ihren Gedanken nachhängen zu können.

Ich gab mir einen Ruck. »Dann los! Wird schon nichts passieren.«

Wir gingen zum Boot, das träge auf der ruhigen Wasseroberfläche des Hafens schaukelte. Heute war das Lüttje Meer so glatt wie ein Spiegel. Und Tant Ruthie hatte recht: Die Sonne stach vom Himmel.

Pepe half mir an Bord und löste die Taue.

Er war schweigsam und ich wusste auch nicht so recht, wie ich ihn dazu bringen sollte, endlich mal mehr von sich zu erzählen.

Schon auf halber Strecke zog Pepe die Ruder ein und sah mich an. Viel zu lange, sodass ich meinen Blick senken musste. Ich war puterrot angelaufen, wie peinlich war das denn? »Es war schön heute Morgen mit dir auf dem Kutter«, sagte er. »Das meine ich ernst.«

»Stimmt.« Was sollte ich denn sonst sagen? Ich suchte nach einem intelligenten Satz, aber mir fiel keiner ein.

Wieder sah er mich an. »Ich bin dir noch eine Erklärung schuldig, stimmt's?«

Nun war ich doch erstaunt. »Der Krebs will reden?«, flachste ich.

»Das will er.« Pepe sog die Luft scharf ein. »Ist aber nicht leicht für mich. Uncoole Sache, weißt du.«

»Uncoole Sache?« Mein Gott, warum wiederholte ich, was er sagte, als wäre ich ein Papagei?

Er zögerte, begann dann aber zu reden. »Wie würdest du es finden, wenn du eine tote Mutter hättest und einen Vater, dem du bisher so egal warst wie durchlöcherte Chucks?«

Ich schluckte. »Scheiße. Das würde ich scheiße finden.« Ich dachte sofort an meine Eltern, die zwar viel arbeiteten, sich aber immer um mich sorgten und alles taten, dass es mir gut ging. Sogar mit ihrer Aktion, mich bei Tant Ruthie zu parken.

»Du hast es auf den Punkt gebracht«, sprach Pepe weiter. »Genauso fühle ich mich. Scheiße. Und ich habe kein supergroßes Geheimnis, nur hasse ich es, über meine Familie zu reden. Es tut weh. Also vermeide ich es.«

Ich nagte auf meiner Unterlippe. So hatte ich das noch gar nicht gesehen. Wenn Pepe über den Tod seiner Mutter sprach, riss das alte Wunden auf. Logisch. Wenn er an seinen Vater dachte, fühlte er sich mies. Auch logisch. Und so wie es aussah, stand er ziemlich allein in dieser Welt. Ich war froh, dass er mir das endlich gesagt hatte.

»Verstehst du dich denn mit deiner Tante und deinem Onkel?«

Er nickte. »Klar, die sind voll in Ordnung. Alles super.« Er sagte es eine Spur zu leichthin.

»Aber es ist kein Ersatz für Eltern, auch wenn sie sich kümmern, stimmt's?«

Pepe ließ meine Frage unbeantwortet und nahm die Ruder wieder in die Hand. Mit ruhigen Schlägen glitten wir durchs Wasser in Richtung der Insel. Es war eine eigenartige Stimmung zwischen uns. Ich kam mir vor wie mit Honig übergossen. Einerseits eingelullt, weil er endlich den Mund aufgemacht hatte, andererseits fühlte es sich klebrig an. Pepe wirkte verschlossen wie nie zuvor, und ich kam einfach nicht zu ihm durch. Ich war davon überzeugt, dass das längst nicht alles war, was ihn bedrückte. Aber wenigstens hatte er mir etwas erzählt, und ich wusste vermutlich jetzt genauso viel wie die anderen aus der Clique.

Ich ließ meine Hand durchs Wasser gleiten, das erfrischte mich ein bisschen.

»Gleich sind wir da«, sagte Pepe. Er ruderte etwas schneller.

»Magst du mehr erzählen?«, wagte ich ihn zu fragen. »Wie ist deine Mutter denn umgekommen?«

Pepe standen die Schweißperlen auf der Stirn. Er legte die Ruder wieder ab. »Sie ist von einem Lkw erfasst worden, als sie die Straße überqueren wollte. Sie war sofort tot. Und ich allein mit meinem Alten.« Die Bitterkeit in seiner Stimme war kaum zu ertragen.

»Und trotzdem ist dein Vater abgehauen und hat dich alleingelassen?« Ich konnte es nicht fassen.

Pepe verzog gequält das Gesicht. »Er war schon vorher weg. Als meine Mutter starb, war in seinem neuen Leben schon kein Platz mehr für einen Neunjährigen. Ich hätte ihn wohl zu viel Zeit gekostet. Aufmerksamkeit gebraucht und Hilfe bei der Trauer. Das konnte er wohl nicht. Oder er wollte es nicht.«

Ich schluckte wieder. Am liebsten hätte ich ihn in den Arm genommen, aber das traute ich mich dann doch nicht. Aber ich legte meine Hand auf seine.

Er sah mich dankbar an. »Weißt du, Carlotta, das ist bestimmt schwer zu verstehen, wenn man nicht weiß, wie das ist, immer allein klarkommen zu müssen. Wenn es keinen gibt, der einfach nur da ist. Bedingungslos. Kein Vater, der mit einem Dinge bespricht, für die man einen Vater braucht, keine Mutter, die immer zu einem hält, egal, was man verbockt hat. Nichts. Also habe ich mich eingebuddelt. Wie ein Krebs, wenn das Wasser kommt.«

Nein, das kannte ich wirklich nicht.

»Nun habe ich ein super Zuhause bei meiner Tante und meinem Onkel. Es ist okay so.« Er nahm die Ruder wieder in die Hand. Der gequälte Gesichtsausdruck war mit einem Mal verschwunden. »Dass sie das alles auf sich nehmen und immer für mich da waren, ist echt toll. Ich habe meinen Vater seit Jahren nicht gesehen. Von mir aus kann er bleiben, wo der Pfeffer wächst. Egal, was er sich in seinem Kackleben noch so überlegt.« In seinem letzten Satz schwang so viel Trauer und Verachtung mit, dass es mir wehtat. Helfen konnte ich ihm nicht. Nur zuhören.

»Wo auch immer das ist«, sagte ich, ganz in Gedanken verloren, »wo der Pfeffer wächst, meine ich.«

»In Madagaskar, Indien, Malaysia …«

»Das ist weit weg.«

»Weit genug«, sagte Pepe. »Und das ist auch gut so.« Er steuerte den Steg an und machte das Boot fest.

Ich sprang heraus und nahm ihm seine Badesachen ab. Er hielt meinen Arm fest. »Eins habe ich durch diese ganze Geschichte aber erkannt: Es gibt nichts Wichtigeres, als sich auf Menschen verlassen zu können. Egal, was ist. Menschen wie meine Tante und meinen Onkel. Mit ihnen habe ich echt Glück gehabt, denn es gibt auch noch meine Cou-«

Der Rest des Satzes ging im Hupen eines Schiffes unter. Ein Ausflugsschiff, das als Piratenboot zurechtgemacht war, tuckerte an der Insel vorbei. Die Leute an Deck winkten und johlten.

»Die freuen sich über ihren Ausflug«, sagte Pepe.

»Sieht so aus! Danke, dass du mir das alles erzählt hast.« Ich drückte kurz seine Hand.

12

Während ich das Handtuch ausbreitete, dachte ich weiter nach.

Pepes Vater musste ein eigenartiger Mann sein. Oder feige. Wenn ich sah, was er Pepe mit seinem Verhalten antat, hätte ich ihn am liebsten angerufen und zur Rede gestellt, aber das war natürlich ausgeschlossen.

Wir gingen schwimmen und verplemperten dann den Rest des Nachmittags mit Chillen und Essen. Zum Baden hatten wir keine Lust mehr.

»Bist du eigentlich sehr dicke mit Mona, Greta und Jonas?« Ich fischte mir eine Nektarine aus der Provianttasche, die seine Tante wieder für uns gefüllt hatte.

»Mit Jonas ja. Der weiß auch das mit meinen Eltern. Jonas ist …« Pepe suchte nach dem passenden Wort. »Jonas ist ein Wal. Der weicht nicht von der Stelle und kennt seine Route durchs Leben. Verhält sich absolut sozial! Aber so was von. Ein super Kumpel. Er würde niemals einen Freund verraten.«

»Und Greta?« Mir gefiel es, wie Pepe seine Freunde mit Nordseetieren verglich.

»Greta ist zurückhaltend, mag es aber, mit uns anderen zusammen zu sein. Ich denke, sie ist wie eine Brandseeschwalbe.«

Ich lachte auf. Carlotta, die Lachmöwe, traf auf eine Brandseeschwalbe, einen Wal und einen Krebs. Eine wunderbare Kombination.

»Und jetzt interessiert mich, was für ein Tier Mona ist«, sagte ich. Mein Herz klopfte. Zwischen den beiden musste etwas vorgefallen sein. Es gefiel mir gar nicht, mir die beiden als Paar vorzustellen. In Gedanken sah ich Mona und Pepe ständig zusammen, er hatte seinen Arm um sie gelegt, so wie er es am Morgen bei mir getan hatte. Ich bekam die Bilder nur schwer aus dem Kopf. Ich konnte mir aber einfach nicht vorstellen, dass Pepe ein Typ war, der mit einem Mädchen mies umging.

»Mona ist für mich ein Seestern«, sagte er.

»Die sind doch voll süß!« Das gefiel mir gar nicht!

Pepe griff nach einem belegten Brötchen und biss hinein. »Auf den ersten Blick, ja. Seesterne sind hübsch anzuschauen.« Er lachte bitter auf. »Sie leben aber räuberisch und saugen sich an den Muscheln fest, die sie verspeisen wollen.«

»Du meinst, Mona sieht zwar hübsch aus, aber sie kann hinterhältig sein und zum Raubtier werden?«, kombinierte ich.

»Das meine ich. Der Schein trügt. Aber nun reicht die Philosophiestunde! In der Tierwelt ist das ja auch okay, aber wenn ein Mensch sich so verhält …« Pepe stopfte sich das letzte Stück Brötchen in den Mund und ließ sich wieder hintenüberfallen. Ich wurde nicht schlau aus ihm. Kaum dachte ich, er hätte eine Tür aufgemacht, folgten zehn weitere, die verschlossen waren.

Wir aßen eine Weile schweigend, dann brachte Pepe das Gespräch auf Tant Ruthie.

»Ist was mit ihr?«, fragte er, während er sich eine Gurkenscheibe in den Mund schob. »Sie sah vorhin traurig aus, so ganz anders als sonst.«

Ich zögerte kurz, weil ich unsicher war, ob ich Pepe von Tant Ruthies Sorgen erzählen sollte. »Sie hat Ärger mit der Bank«, gab ich dann doch Auskunft. »Der Laden läuft nicht. Aber bitte behalte es für dich.«

»Ehrensache«, sagte er. »Wem soll ich das auch groß erzählen?«

Ich zuckte mit den Schultern. »Was weiß ich? Jedenfalls würde ich ihr gern helfen. Sie tut mir so leid.«

»Na ja, in so einem kleinen Ort ist es vermutlich schwer, nur davon zu leben, Sachen zu flicken. Das mag in einer Stadt ja anders sein. Macht sie denn Werbung?«, fragte er.

Das konnte ich ihm auch nicht sagen. Ich kannte nur ihr kleines Schild draußen am Kahn, und das war nun wirklich keine Reklame.

»Und was ist mit Heins Idee von heute Morgen? Könnte sie nicht solche Taschen nähen?«

»Das hab ich Tant Ruthie schon vorgeschlagen. Aber sie meint, das läuft höchstens im Sommer und bringt auch nicht genug ein.«

Pepe legte sich zurück und ließ sich die Sonne ins Gesicht scheinen. »Tant Ruthie müsste das alles ganz anders angehen. Von nichts läuft nichts. Weder auf dem Land noch in der Stadt. Sie hat keine Homepage, oder?«

»Sie hat nicht einmal ein Telefon, geschweige denn Internet oder ein Handy! Ich kann von der *Mathilda* aus keine Whatsapps an meine Freunde verschicken, wie du weißt. Manchmal SMS, wenn ich an der richtigen Stelle auf dem Kahn stehe oder einfach Glück habe.« Ich lachte laut auf. »Pepe, ich habe in meinem ganzen Leben noch keinen Menschen getroffen, der so hinterwäldlerisch lebt wie Tant Ruthie.«

»Dann kennst du einen großen Teil unseres Dorfes noch nicht. Hier ist die Zeit stehen geblieben, und das nicht nur auf der *Mathilda*. Auch wenn Tant Ruthie erst ein Jahr hier lebt, sie passt perfekt nach Lüttjesiel.«

Ein lautes Rumpeln ließ uns zusammenfahren.

Pepe stand abrupt auf, lief ein Stück zur Seite und musterte den Himmel hinter uns. Wir hatten die ganze Zeit nur vorn aufs Wasser geschaut und waren völlig vertieft in unser Gespräch gewesen. »Shit«, sagte er. Und noch einmal: »Shit!«

»Was ist?« Aber ich ahnte es schon. Alte Seebären wie Tant Ruthie irrten sich nun mal nicht, egal, was irgendwelche Apps von sich gaben.

»Da kommt ein Gewitter, und es ist schon verdammt nah. Wir schaffen es im Leben nicht mehr, zurückzurudern.«

13

Die dunkle Wand, die plötzlich hinter uns aufgetaucht war, sah in der Tat bedrohlich aus.

»Und was machen wir jetzt?«, fragte ich ängstlich. Mir schlug das Herz bis zum Hals. Ich hasste Gewitter wie die Hölle. Sogar, wenn ich geschützt in einem Haus saß. Aber erst recht, wenn ich dem Ganzen, so wie jetzt, schutzlos ausgeliefert war.

»Gute Frage.«

»Super Antwort.« Ich war lange nicht so cool, wie ich tat.

Pepe sah sich suchend um. »Das war wirklich nicht so früh gemeldet, und es ist bestimmt kein harmloses Sommergewitter.«

Wie zur Bestätigung donnerte es bedrohlich. Die dunkle Wand wirkte mittlerweile schwarz. Dazu kam plötzlich ein Sturm auf, der das Schilf fast platt drückte. Die Äste der kleinen Bäume neigten sich, und es war mit einem Mal richtig kalt. Fröstelnd zog ich meine Schultern hoch und angelte nach meinem T-Shirt.

Pepe rannte am Ufer auf und ab und sah sich immer wieder um. »Carlotta, wir haben keine Wahl. Das wird jetzt echt nicht witzig, aber da müssen wir durch!«, rief er schließlich. »Es wird gleich schütten wie aus Eimern und vermutlich auch donnern und blitzen, als gäbe es kein Morgen. Wir müssen den Mist hier auf der Insel überstehen. Ich verspreche dir, dass ich dich danach in Rekordzeit nach Hause rudere, aber jetzt wirst du sehr nass werden.«

Er versuchte noch, das Boot an Land zu ziehen, weil wir uns dann darunter hätten verstecken können, aber es war trotz meiner Hilfe viel zu schwer für uns beide, zumal es auf den Wellen wie eine Nussschale auf und nieder tanzte.

»Wo verbringt man denn am besten ein Gewitter, wenn nichts da ist, wo man sich unterstellen kann?« Ich bekam vor lauter Angst kaum Luft.

»Weg von den Bäumen!«, schrie Pepe. »Und weg vom Strand!«

»Blödi, hier ist doch nichts anderes!«

Jetzt begann es zu regnen. Nein, nicht zu regnen. Es war, als schüttete der Himmel einen ganzen Stausee über uns aus, sodass wir binnen kürzester Zeit bis auf die Haut durchnässt waren.

Neben uns fuhr ein Blitz ins Lüttje Meer, begleitet von einem lauten Donner. Ich hielt mir die Ohren zu und schrie und schrie und schrie.

Pepe umfasste meine Hand und zog mich ein Stück vom Wasser weg. Ich folgte ihm mit zitternden Knien, aber er begann zu rennen. »Wir müssen weg vom Wasser. Komm, dahinten ist eine Mulde! Die bietet uns einen gewissen Schutz.« Er zerrte mich hinter sich her und hielt dabei meine Hand fest umklammert. Ohne ihn wäre ich wie angewurzelt stehen geblieben. Hinter uns schlug ein weiterer Blitz ins Wasser. Vor lauter Regen konnte man kaum die Hand vor Augen sehen, und es donnerte, als stürze die Welt rings um uns ein. Endlich hatten wir die kleine Senke erreicht.

»Hinhocken, Beine zusammen!«, befahl Pepe. »Mach dich so klein wie möglich, dann passiert schon nichts.« Seine Stimme zitterte, aber mir blieb nichts anderes übrig, als ihm einfach zu vertrauen. Die Luft um uns herum war schwer und nass, alles wirkte wie durch einen Grünschleier betrachtet. Es blitzte und donnerte ohne Unterlass, dazu peitschte der Wind über die Insel und trieb die Regenmassen vor sich her. Mir war furchtbar kalt, und ich zitterte.

»Ich würde dich gerne wärmen, aber es ist besser, wir sitzen getrennt, weißt du.« Auch Pepe klapperten die Zähne, die vorher so schwülwarme Luft war bestimmt um zehn Grad heruntergekühlt. Die nassen Klamotten machten alles noch schlimmer. Als ein Blitz einen Baum in der Nähe in zwei Teile spaltete, glaubte ich nicht mehr, dass wir hier lebend herauskommen würden.

»Der hat den Baum nur getroffen, weil er groß ist und herausragt«, versuchte Pepe mich zu beruhigen, aber ich glaubte ihm kein Wort, denn er zitterte genauso doll wie ich. Und das sicher nicht nur von der Kälte.

»Hast du ein solches Gewitter schon mal so hautnah erlebt?«, fragte ich in der Hoffnung, bestätigt zu bekommen, dass man das locker überleben konnte.

Leider schüttelte Pepe den Kopf. »Normalerweise ziehe ich bei solchen Witterungsverhältnissen ein festes Dach über dem Kopf vor«, antwortete er geschwollen und verzog seinen Mund zu einem Grinsen, das hoffnungslos misslang, zumal der Sturm in dem Augenblick ein paar Meter weiter eine Tanne entwurzelte und ein Ast dicht vor unseren Füßen zerbarst.

Ich legte den Kopf auf die Knie, schloss die Augen und hoffte einfach nur, dass es vorüberging.

Nach einer endlos erscheinenden Zeit verlängerte sich die Spanne zwischen Blitzen und Donnern, Sturm und Regen ließen nach.

»Das Unwetter zieht ab«, sagte Pepe. »Lass uns noch ein paar Minuten hocken bleiben, nicht dass uns ein letzter verirrter Blitz darniederstreckt.«

»Heute redet der Herr wohl arg gestelzt«, witzelte ich, erleichtert darüber, dass die größte Gefahr offenbar vorbei war. Ich hob vorsichtig den Blick. Die ganze Insel war verwüstet, so als hätte sich ein wütender Riese darauf ausgetobt. Etliche Fichten waren entwurzelt oder abgeknickt, das Gras platt geregnet.

Als das Gewitter endgültig abgezogen war, standen wir auf und fielen uns in die Arme. »Scheiße, hatte ich eine Angst«, sagte Pepe.

»Ich auch«, antwortete ich, erstaunt, dass er nicht den großen Macker spielte, sondern ganz selbstverständlich zugab, dass er sich gefürchtet hatte.

»Nun müssen wir sehen, dass wir es irgendwie zurückschaffen. Leicht wird das nicht.«

Ich sah, was Pepe meinte. Das Lüttje Meer schlug mächtige Wellen ans Ufer und war mit Schaumkronen geschmückt. Niemals hätte ich gedacht, dass das vorhin noch so spiegelglatte Gewässer so aufgewühlt sein könnte. Die Gischt wehte teilweise bis zu uns herüber. Wie sollte man darauf rudern?

Pepe packte mich am Arm. »Oh nein!«

»Was ist denn?« Noch während ich die Frage stellte, sah ich, was er meinte. Unser Boot trieb weit draußen auf dem Lüttje Meer. Unerreichbar für uns.

14

Ich war mir sicher, noch nie in meinem Leben so gefroren zu haben wie nach diesem Gewitter.

Pepe hatte in seiner Tasche zwar ein Feuerzeug, aber es gab auf unserer Insel keinen einzigen trockenen Ast, den er damit hätte entzünden können, sodass wir den Gedanken an ein wärmendes Lagerfeuer vergessen konnten.

»So was klappt nur in Abenteuerfilmen oder bei den Indianern«, sagte ich.

»Das ist genauso wie mit dem Eintreten von Türen in den Krimis. Das funktioniert im Normalfall auch nicht und ist echt Bullshit. Probier mal, eine Zimmertür so einzutreten, dass sie aufgeht, wenn sie abgeschlossen ist. Wir haben das mal versucht, als meine Tante sich versehentlich eingesperrt hatte. Da ging gar nichts, obwohl wir uns mit zwei Leuten gegen die Tür geschmissen haben. Und im Film treten sie immer einmal locker dagegen, und schon ist sie offen.«

»Diese Erkenntnis hilft uns jetzt auch nicht weiter«, sagte ich. »Aber sie werden uns sicher bald suchen. Tant Ruthie weiß ja, wohin wir wollten. Sie wird sich schon sorgen, zumal sie das Wetter vorhergesagt hat.«

»Hoffen wir, dass sie sich beeilen, mir ist nämlich arschkalt.« Pepe rieb sich die Oberarme und hüpfte wie ein Flummi auf und ab. »Wenn ich ein Krebs wäre, würde ich mich jetzt eingraben. So tief es irgendwie geht.«

»Hätte ich meine Nähmaschine dabei, würde ich mir ganz fix eine Decke nähen.«

»Als Lachmöwe könntest du losfliegen und Hilfe holen«, schlug Pepe vor.

»Ich bin aber leider keine.«

Eine Zeit lang versuchten wir noch, uns mit diesen belanglosen Gesprächen abzulenken, doch irgendwann ging das nicht mehr. Es war einfach zu kalt und zu ungemütlich.

Und dann sah ich die Lichter. Ich packte Pepe am Arm. »Sieh nur, da kommen sie! Sie suchen uns, Pepe!«

Heins Kutter kämpfte sich durch die Wellen und steuerte auf die Insel zu. Als Hein das herrenlose Boot entdeckte, stoppte er das kleine Schiff.

»Hey, was kümmerst du dich um das Boot! Hier sind wir!«, schrie Pepe aus Leibeskräften. Ich unterstützte ihn, und dann bemerkte er uns endlich. Weil der Kutter mehr Tiefgang als ein Ruderboot hatte, konnte Hein sein Schiff nicht allzu nah an die Insel heranfahren. Er tuckerte noch ein Stück auf uns zu, drehte dann längsseits und ließ ein kleines Rettungsboot zu Wasser, das in den Wellen bedrohlich auf und nieder tanzte.

Ich erkannte jetzt neben Hein noch Tant Ruthie an Bord und einen fremden Mann mit Pudelmütze.

»Das ist mein Onkel«, erklärte Pepe. »Guck, er klettert zu Hein ins Beiboot.« Das schlingerte heftig, als die beiden Männer sich niederließen.

»Was machen wir, wenn nun auch der Kutter abtreibt?«, sorgte sich Pepe.

Ich sah Tant Ruthie am Steuer. »Da mach dir mal keinen Kopf. Das Boot hat einen erfahrenen Steuermann.«

Der Kutter wurde in den Wellen hin und her geworfen, aber Tant Ruthie hielt ihn gut auf Kurs. Wer einen Lastkahn über den Rhein lenken konnte, der war auch in der Lage, einem Kutter auf dem Lüttje Meer seinen Willen aufzuzwingen. Mehr Sorge bereitete mir das Beiboot. Die beiden Männer hatten große Mühe, sich durch die Brandung zu kämpfen. Mehr als einmal sah es so aus, als würde das Boot kentern. Dann wieder warf sich eine Welle so gegen die Bordwand, dass es unter den Wassermassen zu versinken drohte.

Pepe und ich hielten uns fest an den Händen, bis das kleine Boot den Steg erreichte.

Pepe stürzte hin und fing das Seil, das Hein ihm rüberwarf. Er befestigte es am Poller und überprüfte mehrfach, ob der Seemannsknoten hielt, damit sich nicht auch noch das zweite Boot selbstständig machte.

Hein sprang auf den Steg. Er und Pepes Onkel trugen Ölzeug, sodass sie nicht völlig durchnässt waren. Nur die Pudelmütze konnte Pepes Onkel auswringen.

»Geht es euch gut?«, rief Hein.

»Ja, wir frieren uns nur den Hintern ab!«, antwortete Pepe. »Sonst haben wir alles heil überstanden.«

Sein Onkel nahm ihn sofort in den Arm, schob ihn dann weg und verstrubbelte seine Haare. »Mien Jung! Mien Jung! Mensch, mien Jung!« Die Sorge klang in seiner Stimme mit. Ich mochte den Mann sofort. Schade, dass er nicht Pepes Vater war. Sie wirkten auf mich wie eine Einheit.

Dann schaute er zu mir. »Du bist Carlotta? Siehst wirklich völlig verfroren aus. Hein bringt erst dich zum Kutter, dort haben wir warme Decken und trockene Kleidung.« Er wandte sich an Pepe. »Danach holt er uns. Aber nacheinander. Bei dem Seegang sollten wir das Boot nicht zu stark beladen. Meine Pfunde sind eine Gefahr!« Er lachte, als er sich über den Bauch strich.

Ich war einfach nur froh, so rasch wie möglich von der Insel zu verschwinden. Trotzdem fragte ich Pepe, ob es okay wäre, wenn ich als Erste ging.

»Klaro, ich zittere gern noch ein bisschen für dich«, scherzte er. Pepe hatte dunkelblau gefrorene Lippen, und das Haar hing ihm strähnig ins Gesicht, aber ich sah vermutlich kein Stück besser aus.

»Nun komm«, sagte Hein, »ich hab auch die Kajüte ein bisschen angeheizt. Dann stinkt es zwar noch stärker nach Fisch, aber besser erstinken als erfrieren.«

Ich kletterte mit klopfendem Herzen ins Boot. Ganz wohl war mir bei der Überfahrt nicht. Was, wenn wir sanken? Konnte ich mich bei diesem Seegang über Wasser halten?

Klar, Carlotta, du bist eine gute Schwimmerin, und das hier ist nicht das offene Meer, machte ich mir innerlich selbst Mut.

Hein musste seine ganze Kraft aufwenden, um zurück zum Kutter zu gelangen, aber dann hatten wir es geschafft. Ich kletterte die Strickleiter hinauf und wurde von Tant Ruthie in Empfang genommen.

Sie herzte mich kurz, musste dann aber rasch zurück ans Steuerrad. »Die Klamotten liegen da unten. Und dann ganz fix unter die Decke!«, befahl sie. Auf dem Schiff als Kapitänin war sie ganz anders als in ihrer Schneiderei. Hier wirkte Tant Ruthie total selbstsicher.

Ich fand auch ein Handtuch, trocknete mich ab und schlüpfte in die frische Kleidung. Danach hielt mich aber nichts im Steuerraum. Ich wollte sichergehen, dass auch Pepes Rettung gelang.

Hein hatte jetzt mehr Probleme, zurück zum Kutter zu kommen, man merkte, dass seine Kräfte nachließen. Aber er musste ja trotzdem noch einmal zur Insel, um Pepes Onkel zu holen.

»Das klappt kein drittes Mal«, murmelte Tant Ruthie vor sich hin. »Wir hätten doch die Rettungswacht anrufen und nicht auf eigene Faust losfahren sollen.«

Pepe kletterte an Bord. Er zitterte so sehr, dass ich ihm helfen musste, sich zurechtzufinden.

»Hein!«, rief Tant Ruthie. »Komm hoch! Du machst erst mal eine Pause. So wird das nichts!«

Ich hörte ein Klappern, und dann kam auch Hein die Strickleiter herauf. Er sah wirklich völlig geschafft aus.

Der Regen setzte wieder ein, und auch der Wind frischte merklich auf.

»Mein Onkel«, sagte Pepe, »er muss doch von der Insel weg!« Seine Zähne klapperten so stark, dass ich ihn kaum verstand.

»Ich hole ihn jetzt«, sagte Tant Ruthie.

»Du?« Hein sah meine Tante erstaunt an. »Das schaffst du nicht!«

Tant Ruthie kicherte. »Meinst du, ich sitze zum ersten Mal in meinem Leben in einem Ruderboot? Lass mich mal machen. Halt du den Kutter auf Kurs.« Ihre Stimme duldete keinen Widerspruch. Hein übernahm das Steuerrad.

Tant Ruthie schlüpfte in ihren Ostfriesennerz, setzte sich den Südwester auf und kletterte in Windeseile die Strickleiter hinunter. Das Beiboot hüpfte in den Wellen auf und nieder, aber Tant Ruthie kletterte routiniert hinein, löste das Tau und ruderte los.

Pepe und ich starrten ihr nach. Ich war so nervös, dass ich mir auf der Faust herumbiss. Einmal schwankte das Boot so sehr, dass wir glaubten, es würde kentern, aber Tant Ruthie manövrierte es geschickt zur Insel.

Pepes Onkel kletterte sofort hinein und wollte das Rudern übernehmen, aber da hatte er die Rechnung ohne Tant Ruthie gemacht.

Sie drehte um und lenkte das Boot zurück zum Kutter, wo die Männer es an Bord hievten.

»Nun gibt es erst einmal heißen Tee«, bestimmte Tant Ruthie. Sie zog sich die nasse Regenjacke aus.

»Habt ihr denn gar nichts von dem aufziehenden Unwetter bemerkt?«, fragte Pepes Onkel.

Wir schüttelten den Kopf.

»Meine App hat es auch nicht angesagt«, meinte Pepe.

Sein Onkel schaute ihn mit einem kritischen Blick an. »Na egal, Hauptsache, ihr lebt.«

Pepe drückte meine Hand. »Ja, das hätte schiefgehen können. War echt … sagen wir mal, unangenehm.«

So konnte man das auch ausdrücken.

»Ja, wir leben.« Ich freute mich einfach nur noch auf meine warme, mollige Koje.

Pepe aber sah noch aufs Lüttje Meer hinaus. »Und mein Boot?«

»Das sammeln wir jetzt auch noch ein«, bestimmte Hein. »Wenn wir schon dabei sind!« Er ließ den Kutter an und fuhr los.

Ich war so am Ende, dass ich einfach die Augen schloss und mich auf die Bank fallen ließ.

15

»Er ist tatsächlich mit dir zur Insel gerudert, obwohl es eine Unwetterwarnung gab?« Mona blähte empört ihre Backen, als wir am nächsten Morgen zusammen im Atelier saßen und auf Greta warteten. »Erzähl mal, was genau passiert ist. Du siehst total fertig aus.«

Kein Wunder. Ich hatte in der letzten Nacht sehr schlecht geschlafen, weil ich die Bilder der umstürzenden Bäume und dieser furchtbaren Blitze kaum aus dem Kopf bekam.

»Magst du nicht drüber reden?«, riss Mona mich aus meinen Gedanken.

»Es war schrecklich«, sagte ich und fasste mit wenigen Sätzen zusammen, was wir erlebt hatten. Am besten fand ich nach wie vor, wie lässig Tant Ruthie zur Insel gerudert war, um Pepes Onkel zu holen. Niemals hätte ich ihr das zugetraut.

Mona fand das weniger spektakulär und begann gleich wieder, auf Pepe herumzuhacken. »Das ist wieder mal typisch für ihn. Immer weiß er alles besser. Hauptsache, er kann den Helden spielen.«

Ich versuchte, ihn in Schutz zu nehmen. »Er sagt, es gab keine Warnung. Erst für den späten Abend.«

»So, sagt er das? Das behauptet er doch jetzt nur, um keinen Ärger zu bekommen! Das hätte so was von ins Auge gehen können!«

»Ist es aber nicht«, gab ich scharf zurück. Sie sollte endlich aufhören, Pepe immer schlechtzumachen.

»Glaub ja nicht alles, was Pepe erzählt«, sagte Mona. »Und verlieb dich bloß nicht in ihn.«

»Das habe ich auch nicht vor«, erwiderte ich, konnte aber nicht verhindern, dass sich mein Gesicht rot färbte.

»Ich seh doch, wie süß du ihn findest. Glaub mir, das geht am Anfang allen Mädchen so. Aber wer den Fehler macht, sich mit ihm einzulassen …« Sie winkte ab.

Ich wollte es nicht, aber Mona verunsicherte mich. Hatte Pepe schon vielen Mädchen, die hier Urlaub gemacht hatten, den Kopf verdreht? Und was war zwischen ihm und Mona gewesen? Jetzt wollte ich es wirklich wissen. »Was hast du denn mit Pepe erlebt, dass du mich ständig vor ihm warnst? Warst du mal mit ihm zusammen?«

Monas Gesicht verfinsterte sich.

»Das ist eine längere Geschichte. Willst du sie hören?«

Ich nickte.

»Ich war mal mit ihm zusammen, das stimmt.«

»Und was ist schiefgelaufen?«, hakte ich sofort nach.

Mona winkte ab. »Nun warte doch! Wusstest du, dass Pepe surft? Sogar ziemlich gut.«

»Echt? Das wusste ich nicht.«

»Und letzten Sommer hat er meinen kleinen Cousin mitgenommen und ihn ein bisschen gecoacht.«

»Bisher klingt das aber alles ganz normal«, warf ich ein.

Mona stieß die Luft aus. »Das wäre es auch gewesen, wenn er meinem Cousin nicht eingeredet hätte, dass er voll gut auf dem Brett ist.«

Ich schluckte. »Was ist passiert?«

»Der Kleine ist fast abgesoffen, weil er zu weit draußen auf dem Lüttje Meer war. Hallo? Der ist erst neun, und dann fährt er so weit raus, dass er die Kontrolle über das Board verliert! Er hat sich auch noch an der Finne verletzt.«

Ich verschluckte mich fast. »Und daran ist Pepe schuld?«

Jetzt druckste Mona herum. »Ja, klar«, sagte sie dann. »Mein Cousin hätte sich niemals so weit raus gewagt, wenn Pepe ihm nicht erzählt hätte, dass er das locker schafft.«

»Aber Pepe war nicht dabei, oder?«, hakte ich nach. Mir kamen Monas Anschuldigungen etwas weit hergeholt vor.

»Nein, das nicht. Aber trotzdem trägt er die Verantwortung.«

»Wer sagt denn, dass Pepe ihn wirklich ermuntert hat?« Ich bezweifelte Monas Worte.

»Na, mein Cousin«, behauptete sie giftig.

Ich konnte auch bei längerem Nachdenken Pepes Schuld an dem Unfall nicht erkennen.

»Und Pepe und du?«, fragte ich schließlich. »Wart ihr da noch zusammen?«

Mona schüttelte heftig den Kopf. »Nein, ich hatte am Tag zuvor Schluss gemacht. Und mein Cousin musste das ausbaden. Dass ihm etwas passierte, war Pepes Rache. Er kann nicht verlieren, weißt du? Aber das habe ich so nicht auf sich beruhen lassen.«

»Klingt trotzdem schräg. Pepe würde doch ein Kind nicht dafür büßen lassen.«

»Hat er aber. Du kennst ihn nicht. Lass ihn einfach nicht zu nah an dich ran, okay? Das sage ich dir, weil ich dich wirklich mag.«

Ich wusste nicht, was ich dazu sagen sollte. Nach Monas Geschichte hatte ich das Gefühl, dringend mit Nicky chatten zu müssen. Ich würde doch Greta fragen, ob ich bei ihr zu Hause mal ins Internet durfte.

In diesem Moment betrat sie das Atelier. Greta schien die Spannung im Raum zu spüren und sah uns mit einem eigenartigen Blick an. »Dicke Luft?«

Ich schüttelte energisch den Kopf. »Nicht direkt. Mona meinte nur, Pepe wäre gestern extrem unvorsichtig gewesen, als er mit mir rausgefahren ist.«

Greta strich sich durchs Haar. »Na, Jungs halt. Wahrscheinlich hat er gedacht, das Gewitter kommt nicht so rasch rüber. So heftige Unwetter sind bei uns nicht häufig. So, und nun auf zum fröhlichen Nähen! Ich bin auf meine erste Handyhülle schon sehr gespannt!«

Ich war froh, dass Greta die Situation mit ihrer lockeren und praktischen Art gerettet hatte und wir das Thema wechseln konnten.

Wir sprachen nicht mehr über das Gewitter und auch nicht über Pepe, sondern suchten unsere Stoffe zusammen, die wir gestern schon rausgelegt hatten.

Mona und Greta waren mit Feuereifer dabei, aber ich war abgelenkt. Mir gingen Monas Worte nicht aus dem Kopf. Sie hatte ja nicht ganz unrecht. Ich kannte Pepe kaum. Es war so schön gewesen, als er sich mir gestern anvertraut hatte. Ich hatte mich ihm noch nie so nah gefühlt.

Aber gab es da doch eine Seite an ihm, die er bisher vor mir verborgen hatte? War er tatsächlich so ein Draufgänger und setzte sogar das Leben eines Kindes aufs Spiel? Ein Typ, der ständig Mädchenherzen brach, sich selbst überschätzte und dabei andere in Gefahr brachte? Ich wollte das nicht glauben. Mir war er gestern ganz anders vorgekommen.

»Hey, Erde an Carlotta!« Greta stupste mich an. »Du wolltest mir zeigen, wie ich den Schnitt auf den Stoff legen muss.«

Ich erklärte beiden, was ein Fadenlauf war und wie man ihn ausmaß. »Das braucht ihr bei den Handyhüllen nicht zu tun, Filz hat keinen Fadenlauf. Aber du möchtest danach ja auch eine Strandtasche nähen. Dazu nimmst du den Baumwollstoff.« Ich reichte ihr einen bunt gemusterten rüber, legte den Schnitt darauf und griff nach dem Maßband. »Pass auf! Du musst jetzt vom Stoffrand aus genau bis zu der Einzeichnung ›Fadenlauf‹ abmessen, ob der Abstand exakt gleich ist. Sonst wird die Tasche nachher schief.« Anschließend zeigte ich Greta, wie man die Nahtzugabe hinzufügte. Danach stellten wir gemeinsam den Schnitt für die Handyhülle her. Das lenkte mich von den Gedanken an Pepe ab.

Bald waren wir tief in unsere Arbeit versunken. Zum Glück gelang es Mona und Greta, ihre Modelle sauber zuzuschneiden. Das war sehr wichtig. Wenn man beim Zuschneiden nachlässig vorging, war eigentlich schon das ganze Projekt gescheitert.

»Nun erkläre ich euch, wie eine Nähmaschine funktioniert«, sagte ich. Das war etwas kniffeliger. Die beiden hatten noch nie genäht, und ich musste damit beginnen, ihnen zu zeigen, wie man einfädelte, welchen Nähfuß man wann verwendete und auch, was ein Ober- und was ein Unterfaden war.

»Das ist ja voll kompliziert«, stöhnte Greta.

Schließlich konnten sie beide ihre ersten Nähte setzen. Sogar Greta war zufrieden mit sich.

Plötzlich hörten wir Schritte an Deck und laute, aufgeregte Stimmen. Eine davon gehörte Tant Ruthie.

»Was ist denn da los?«, fragte Greta. »Das klingt nicht gut.« Sie sah mich besorgt an.

»Das klingt total mies«, sagte ich. »Ich geh mal nachsehen.«

Die Stimmen waren noch lauter geworden. Ich fürchtete schon, dass jemand dabei war, Tant Ruthie zu überfallen.

Aber als ich das Deck betrat, sah ich einen Mann im grauen Anzug und mit streng gegeltem Haar. Tant Ruthie hielt ein Schreiben in der Hand und wedelte damit aufgeregt vor seiner Nase herum.

»Das ist mein Zuhause, junger Mann. Ich habe sonst nichts. Sie verstehen nicht, wie wichtig das für einen älteren Menschen ist, oder?«

Der Anzugmann hatte ein eingefrorenes Lächeln im Gesicht. »Ich muss den Wert des Schiffes schätzen, schließlich ist das die Sicherheit für den Kredit. Das wissen Sie doch!« Er zuckte mit den Schultern. »Sie sind knapp sechzig, Frau Janßen. Da können Sie noch eine Menge auf die Beine stellen, das ist doch noch kein Alter. Auch ohne Schiff ist da noch was drin. Es wird ja auch etwas für Sie übrig bleiben, wir bekommen ja nur die Summe für den Restkredit.«

»Ich will mein Schiff trotzdem nicht verlassen, geht das nicht in Ihren sturen Kopf? Das ist mein Zuhause!« Tant Ruthie holte kurz Luft. »Ich habe mein Leben lang Wasser unter dem Kiel gehabt! Ein Fisch bekommt an Land auch keine Luft, selbst wenn er jung ist!« Tant Ruthies Stimme überschlug sich.

Ich schämte mich ein bisschen fürs Lauschen und verkroch mich unauffällig wieder ins Innere des Schiffes.

»Was ist denn da los?«, fragte Greta. Sie wirkte ernsthaft besorgt.

Mona dagegen blickte gar nicht auf. Sie steckte verbissen die Seiten der Handyhülle zusammen, das Klettband hatte sie schon befestigt. Sie wollte sie heute unbedingt noch zusammennähen.

»Tant Ruthie hat Ärger«, druckste ich herum. »Das ist privat, ich will nicht darüber reden.« Es war schlimm genug, dass ich mich bei Pepe verplappert hatte. Tant Ruthies Geldsorgen sollten in Lüttjesiel lieber nicht die Runde machen.

Greta drückte meinen Arm. »Ich kann mir schon denken, was los ist. Im Dorf wird schon länger darüber geredet, wie sie sich mit ihrer Schneiderei hier über Wasser halten kann.«

»Es ist wohl wirklich nicht so leicht«, wich ich aus. »Sie will aber bestimmt nicht, dass alle darüber Bescheid wissen.«

Greta nickte. »Kann man ja auch verstehen.«

»Sie hat eben kein Konzept, so kann das ja nichts werden«, meinte Mona. Sie legte den Filz unter den Nähfuß und steppte die Nähte zu.

»Aber du hast einen Plan für Tant Ruthie, oder was?«, fuhr ich sie an.

»Einen genauen Plan nicht, aber eine Idee.« Die Maschine ratterte leise über den Filz.

»Und was soll das bitte schön für ein Plan sein?« Ich stemmte meine Fäuste in die Hüften.

Mona blickte nicht auf, sondern hielt konzentriert den Filz in der Spur. »Heutzutage geht gar nichts ohne Internet. Sie muss eine Homepage haben und Werbeflyer, die überall verteilt werden. Und wenn ich mich hier so umsehe, dann kann Tant Ruthie eine Menge mehr als Reißverschlüsse einnähen und Hosen kürzen. Die kann verdammt gut nähen! Genau wie du! Oder vermutlich sogar besser.« Ihre Naht war fertig, und sie hielt die kleine Tasche fürs Handy in der Hand. Es fehlte nur noch der Zierknopf. »Pass auf, ich zeig dir, was ich meine.« Sie stand auf und zog ein Kleid vom Bügel, das Tant Ruthie offenbar vor Kurzem genäht hatte. Es war ein schwarzes Ballkleid, das in Nixenform gestaltet war und in einem weiten Volantrock endete. »Das ist genial.« Sie hielt es sich vor den Körper. »Tant Ruthie muss mehr solcher Sachen entwerfen, dazu Taschen mit Ankern und Muscheln für die Gäste. So etwas, was du nähst. Kinderklamotten sind wahrscheinlich auch nicht schlecht.«

»Sie sagt, das lohnt den Aufwand nicht, weil sie die Sachen ja nur im Sommer verkaufen kann, wenn genügend Feriengäste in Lüttjesiel sind«, verteidigte ich Tant Ruthie.

»Du hast mir nicht zugehört!« Monas Ton war total oberlehrerhaft. Ich kam mir vor wie ein Schulkind ohne Plan. »Sie braucht Internet und eine Homepage. Keine nur zum Angucken. Eine zum Verkaufen. Schon mal was von Online-Shopping gehört? Tant Ruthie muss mit der Zeit gehen!« Mona hängte das Kleid zurück und nahm die Handyhülle wieder in die Hand. »Den Knopf nähe ich beim nächsten Mal dran.«

»Und wer soll das alles machen mit der Homepage, dem Internet und so?«, sagte ich schließlich, froh darüber, dass die Stimmen an Deck verstummt waren. »Tant Ruthie hat doch keine Ahnung, wie so etwas geht. Hallo? Sie besitzt nicht einmal ein Handy, geschweige denn einen PC.«

»Ich sehe das ähnlich wie Carlotta«, mischte sich nun Greta ein. »Im Prinzip hast du recht mit deinen Vorschlägen, aber so ohne Weiteres sind sie nicht umzusetzen. Das alles kostet Geld. Angefangen beim Rechner, dann der Webdesigner, Stoffe für die Nähmodelle und, und, und …«

Ich stimmte Greta zu. Wenn Tant Ruthie das Wasser derart bis zum Hals stand, dass man ihr sogar die *Mathilda* wegnehmen wollte, waren das alles nicht umzusetzende Träume. So wie es aussah, würde sie sich eine kleine Wohnung oder ein Einzimmerappartement suchen müssen und eine andere Arbeit. Da sie ihr Leben lang nichts anders getan hatte, als Boot zu fahren oder zu schneidern, würde da wohl nur ein Putzjob übrig bleiben. Ferienwohnungen gab es hier genug, die ständig gereinigt werden mussten.

Mona war jedoch nach wie vor von ihrer Idee überzeugt. Sie saß mit lässig übereinandergeschlagenen Beinen auf dem Stuhl und sagte: »Sie hat doch auch diese komplizierten Luxusnähmaschinen. Die kann sie schließlich auch bedienen. Alles ist machbar. Man muss nur wollen.« Sie warf einen Blick auf die Uhr. »Wir machen uns dann mal vom Acker. Das Mittagessen ruft.«

Es war zwar erst elf, aber ich war froh, dass Mona und Greta sich verabschiedeten. Ich wollte allein mit Tant Ruthie sprechen, und außerdem musste ich auch selbst nachdenken. In meinem Urlaub war innerhalb kürzester Zeit ein ganzer Berg von Problemen aufgetaucht, und ich war mir nicht sicher, ob ich sie wirklich lösen wollte oder lieber den Kopf in den Sand steckte.

16

Tant Ruthie saß am Küchentisch, den Kopf in den Händen aufgestützt. Sie blickte mit rot geränderten Augen auf, als ich in die Kombüse trat.

»Ich hab den Mann gehört«, erzählte ich ihr, auch wenn es mir unangenehm war, dass ich gelauscht hatte. Ich wollte Tant Ruthie nicht anlügen. »Kann er dich wirklich vom Schiff jagen?«

»Leider ja, Carli, das hatte ich dir ja schon erklärt. Es ist, wie es ist. Ich habe nicht genug Aufträge, und daran kann ich so schnell auch nichts ändern. Es sei denn, ich schicke dich los, und du sorgst dafür, dass es in Lüttjesiel zukünftig viele kaputte Sachen gibt, die ich flicken kann.« Sie lachte bitter auf. »Kannst ja auf den Wäscheleinen ein paar Hosen zerschneiden. Und selbst dann würden die Leute vermutlich Putzlappen daraus machen und sich einfach neue kaufen.«

»Ach, Tant Ruthie!«

»Nun mach dir mal keinen Kopf, Lütte.«

»Ich möchte dir so gerne helfen!«

Tant Ruthie stand auf und schaute aus dem Bullauge. »Leider kannst du nichts für mich tun. Du machst hier Ferien, und die sollst du genießen. Aber bitte nicht wieder so abenteuerlich wie gestern. Was hatte ich eine Angst um dich!« Sie strich mir übers Haar.

»Ich pass in Zukunft besser auf, versprochen. Es war ja wirklich nicht abzusehen, dass so rasch ein solches Gewitter aufzieht.«

»Manchmal muss man doch auf sein Gefühl hören«, seufzte Tant

Ruthie. »Lars meinte allerdings, dass es doch eine Wetterwarnung gab.«

»Lars?«, hakte ich nach.

»Lars Redenius, Pepes Onkel. Er wird dem Jungen wohl ganz schön den Kopf gewaschen haben dafür, dass er mit dir raus zur Insel ist. Pepe muss von der Vorhersage gewusst haben. Ich glaube, der hat sich so in dich verguckt, dass er es einfach riskiert hat, damit er mit dir allein ist.«

Ich schüttelte den Kopf. »Das glaube ich nicht. Pepe hatte offenbar eine andere Info. Die Wetterdienste sind sich ja oft nicht einig. Auf jeden Fall hat er sich auf der Insel verdammt gut verhalten, obwohl er auch wirklich Angst hatte. Ich weiß nicht, ob ich das ohne ihn überstanden hätte.«

Tant Ruthie wirkte skeptisch. »Aus Pepe wird man oft nicht schlau.«

Ich erzählte Tant Ruthie, was Pepe mir über seinen Vater gesagt hatte. Monas Behauptungen verschwieg ich aber. Für das, was ihrem Cousin passiert war, konnte Pepe nichts, egal, was er zu dem Jungen gesagt hatte.

Tant Ruthie nickte. »Lars hat auch schon manchmal etwas angedeutet. Der Vater benimmt sich unmöglich! Wen wundert es, wenn der Jung dann mal ab und zu den Helden spielen will. Na ja, ist ja noch einmal gut gegangen.«

Was wollte Tant Ruthie damit andeuten? Dass Pepe sich und andere bewusst in Gefahr brachte, um dann den Retter zu geben?

Ich holte mein Handy aus der Hosentasche, aber ohne Empfang und Netz hatte ich natürlich keine Nachrichten. Ich musste jetzt dringend mit Nicky chatten, mir wuchs das alles ein bisschen über den Kopf. Greta würde mich bestimmt kurz in ihr WLAN lassen.

Sie hatte mir erzählt, wo sie wohnte. Ich würde jetzt einfach zu ihr radeln.

»Weißt du, wo die Hafenstraße ist?«, fragte ich Tant Ruthie. »Ich wollte zu Greta.«

»Die war doch eben noch da!«

Ich nickte. »Aber ich muss mal ins Internet. Bitte!«

Tant Ruthie erklärte mir den Weg. Es war wirklich ein Katzensprung.

»Ich bin zum Mittagessen zurück«, versprach ich ihr. »Um halb eins?«

»Ja, das passt. Es gibt Matjes«, sagte sie. »Und für dich dann Pellkartoffeln mit Stippe und Salat.«

Draußen war es wieder drückend heiß geworden. Ich holte das Fahrrad und fuhr zu Greta. Sie wohnte in einem roten Backsteinhaus mit weißen Sprossenfenstern und einem überaus sauber gefegten Hof. Greta wirkte kein bisschen erstaunt, als ich bei ihr vor der Tür stand.

»Ich hab mich schon gewundert, dass du noch nicht eher gekommen bist. So ohne Chats und Internet kann das ja kein junger Mensch überleben.« Sie ließ mich rein, und wir verschwanden in ihrem Zimmer. Es war einfach eingerichtet, hatte aber einen gewissen Charme. Die grauen Wände boten einen tollen Kontrast zu den karminroten Vorhängen und den weißen Holzmöbeln. In der Ecke stand ein Zweiersofa, ebenfalls in Rot. Der Knaller aber war der große Spiegel, ebenfalls rot eingerahmt.

»Setz dich!«, forderte Greta mich auf. »Ich hole uns einen Eistee. Ich gebe dir schon mal den WLAN-Schlüssel.« Sie durchstöberte ihre Schublade und fand schließlich den Zettel mit dem Code.

Erleichtert loggte ich mich mit dem Handy ein. Nicky war tatsächlich on! Es tat so gut, mich mit ihr in Ruhe auszutauschen! Greta kam zurück, und ich unterbrach den Chat, obwohl sie ja nicht mitlesen konnte.

»Kannst ruhig weiterchatten, Carlotta.« Greta stellte mir den Eistee auf das kleine Couchtischchen. »Ich lass dich gern allein. Hab mich ohnehin schon gewundert, wie du so von der Außenwelt abgeschnitten auf Tant Ruthies Kahn klarkommst. Und was du mit deinen Freunden zu besprechen hast, geht mich ja nichts an. Du hättest mich schon eher mal fragen können, ob du unser Internet nutzen darfst.«

»Klar, ich frage immer Leute, die ich kaum kenne, ob ich bei ihnen einfallen kann.« Ich lächelte sie an. »Ich habe mich einfach nicht getraut zu fragen.«

Greta zuckte mit den Schultern. »Du darfst wirklich immer kommen, okay? Ich bewundere, wie du die WLAN-freie Zeit überlebt hast!«

»Vermutlich gewöhnt man sich an alles.«

Jetzt grinste Greta breit. »In einer halben Stunde gibt es Essen. Wäre gut, wenn du bis dahin fertig bist. Ich gehe inzwischen mal meinen Haushaltspflichten nach. Auf mich wartet ein Berg Bügelwäsche.«

Es passte zu Greta, dass sie mich einfach mit mir, meinem Handy und dem Chat meiner Kölner Freunde allein ließ. Ich mochte sie immer lieber.

Nicky hatte zu Tant Ruthie auch keine Lösung. Sie fand es voll krass, dass die Bank ihr das Boot wegnehmen wollte. Mich beruhigte aber, dass sie das, was Mona über Pepe und ihren Cousin erzählt hatte, genauso merkwürdig fand wie ich.

»Hallo, wenn der Junge raussurft und Pepe nicht dabei war, kann der doch nichts dafür! Ich glaube, die möchte bloß, dass du Pepe blöd findest, weil sie ihn zurückwill. Du bist Konkurrenz für sie. Und wenn ich so lese, was Pepe und du zusammen anstellt, dann hat sie allen Grund, Angst vor dir zu haben!«

Das beruhigte mich, denn ich mochte Pepe jeden Tag ein Stückchen mehr. Und ich war mir sicher, dass es ihm ähnlich ging.

Ich chattete danach auch noch ein bisschen mit meinen anderen Freunden, aber keinem schrieb ich von Pepe. Das hatte ich nur Nicky erzählt.

Als ich nach einer halben Stunde den Chat verließ, kam ich mir längst nicht mehr so isoliert vor. Trotzdem hinterließ das Ganze ein eigenartiges Gefühl bei mir. Ich war tatsächlich tagelang ohne Internet ausgekommen, und ich hatte es überlebt! Und wenn ich ehrlich war: Wirklich wichtige Dinge hatte ich eben – außer mit Nicky – mit meinen Freunden gar nicht besprochen. Nur so belangloses Zeug. Wer mit wem auf der letzten Party zusammen gewesen war, dass Mira neue Schuhe hatte, die echt der Hit waren. Dass Malte morgen auf die Malediven flog und so. Das alles kam mir langweilig vor gegen das, was ich in Lüttjesiel erlebte. Hier ging es um Pepe, um Tant Ruthie. Um das Meer und das Leben. Komisch, dass ich so dachte.

Ich verabschiedete mich von Greta und fuhr zum Hafen, wo Tant Ruthie schon mit dem Essen wartete.

»Die Matjes sind von Hein. Hab sie gestern noch eingelegt«, sagte sie, als sie meinen skeptischen Blick bemerkte. »Ich mag so was! Aber du isst ja keinen Fisch.«

Matjes, das war roher Fisch mit Zwiebeln oder weißer Joghurtsoße, die man hier Stippe nannte. Meine Begeisterung hielt sich in Grenzen, aber ich musste es ja zum Glück nicht essen.

Die Kartoffeln mit der Joghurtsoße schmeckten wirklich gut, genau wie der Salat.

»Kommt Pepe heute noch?«, fragte Tant Ruthie.

Ich wusste es nicht. Seit dem Unwetter hatte er sich nicht mehr gemeldet.

17

Am nächsten Morgen war Pepe immer noch nicht aufgetaucht. Nachrichten konnte ich auf dem Kahn nicht empfangen, und so blieb mir nichts anderes übrig, als zu warten. Und zu hoffen, denn es wäre zu schön gewesen, ihn auf seinem klappernden Fahrrad hinter der Hafenmauer auftauchen zu sehen. Ich war nach langem Hin und Her zu dem Entschluss gekommen, ihm zu glauben, dass er nichts von dem Unwetter gewusst hatte. Er war selbst zu überrascht gewesen und hatte viel zu viel Angst gehabt. Niemals hätte er sich freiwillig in diese Situation gebracht.

Ich hätte Tant Ruthie fragen können, wo er wohnte, oder im Laden seiner Tante nachsehen, ob er sich da herumtrieb. Aber ich tat es nicht, weil ich zu stolz war. Ich wollte ihm schließlich nicht nachlaufen.

Merkwürdigerweise brachte er nicht einmal die Zeitung vorbei.

Tant Ruthie schien das gar nicht zu bemerken, sie war in sich gekehrt und dachte nach. Immer wenn ich sie dabei ertappte, wie sie vor sich hin starrte, schrak sie zusammen und lächelte flüchtig.

Ich legte mich an Deck in den Liegestuhl und betrachtete den Himmel. Das war die blödeste Idee des Jahrhunderts, denn es flogen ständig Lachmöwen über mich hinweg, sodass es unmöglich war, nicht an Pepe zu denken.

Warum nur tauchte er nicht auf? War ich ihm zu panisch gewesen? War er krank?

Es half nichts, ich musste doch zu ihm fahren.

Tant Ruthie kam an Deck und sah mich dort liegen. »Na, ruhst du dich aus?«, fragte sie.

»Ich chille und denke dabei nach«, antwortete ich. »Mona und Greta haben gestern auch mitbekommen, dass der Mann von der Bank da war. Und Mona hatte da so eine Idee, über die du nachdenken könntest.« Ich stand auf und setzte mich zu Tant Ruthie an den Tisch.

»Mona hat immer gute Ideen«, sagte sie. »Ihr Vater besitzt in Lüttjesiel das Romantikhotel *Deichblume*. Hat sie dir das gesagt?«

Ich schüttelte den Kopf. Nein, ich wusste von Mona nicht allzu viel, aber dass sie nicht arm sein konnte, war mir schon aufgefallen. Ihre schicken Klamotten, ihre teuren Schuhe …

»Wenn man so wenig Sorgen hat wie Mona, kann man sich viele gute Ideen für andere ausdenken und so tun, als wäre alles ganz einfach«, sagte Tant Ruthie. »Was hat sie denn vorgeschlagen?«

Ich erzählte es ihr.

Sie lachte leise. »Das alles kostet Geld. Ich hab aber leider keins.« Tant Ruthie stand auf und schaute über den Kai.

»Da kommt er ja, der Zeitungskurier.«

Ich hörte die Fahrradklingel, und mein Herz machte keinen Satz, sondern einen Hochsprung, mit dem ich Weltmeister geworden wäre. Pepe kam!

Als wäre nichts gewesen, stellte er sein Rad ab und kam an Bord. Heute trug er eine abgeschnittene Jeans anstelle von Shorts und ein weißes T-Shirt, das seine Bräune unterstrich.

»Ich dachte schon, du kommst nicht mehr«, sagte ich.

»Weil du so eine Bangbüx bist, oder warum?« Pepe feixte. »Nee, ich hatte einen anderen Grund, sorry. Ich bin gestern nicht gekommen, weil ich nach unserem Ausflug ein bisschen Stress mit meinem Boss hatte. Da habe ich es vorgezogen, ihnen im Laden zu helfen.«

»Warum hattest du Ärger?«, hakte ich nach.

»Mein Onkel meint, ich hätte wissen müssen, dass das Wetter umschlägt.«

»Woher denn?«, regte ich mich auf. »Wenn die App es doch nicht vorhergesagt hat?« Warum nur hackten alle immer auf Pepe herum?

»Mein Onkel behauptet aber, dass es eine Warnung gab. Und weil ich der totale Computernerd bin und ständig vor dem Rechner hocke, glauben sie mir nun nicht, dass ich das nicht gesehen habe. Sie denken, ich wollte dir imponieren und habe mich verschätzt.«

Dasselbe hatten Mona und Tant Ruthie auch gesagt. »Und? Hast du?«

»So ein Quatsch. Ich bringe uns doch nicht absichtlich in Lebensgefahr! Mir ist was ganz anderes, völlig Dämliches passiert: Ich bin im Tag verrutscht, habe versehentlich das Wetter für den Folgetag aufgerufen. Da hatten sie für die Nacht nur ein leichtes Gewitter angesagt. Und kein Unwetter wie an unserem Ausflugstag.«

Er senkte den Kopf. »Außerdem gucke ich nicht ständig in Wetter-Apps, wenn ich am Rechner bin. Bin doch kein Opa, der sich dauernd übers Wetter schlaumachen muss, weil er sonst nichts zu tun hat.«

Ich kicherte leise. »Einen Gemüsegarten hast du also noch nicht, für den das wichtig wäre.« Ich glaubte Pepe. »Okay, dann haben wir das geklärt.«

»Ja. Und nun auf zu neuen Abenteuern!«

»Lieber nicht«, wehrte ich ab. »Mein Bedarf ist gedeckt.«

»Was Ungefährliches, versprochen!«

»Und was soll das sein?«

»Was hältst du von einer Tour rund ums Lüttje Meer?«, fragte Pepe. »Da gibt es eine schöne Fahrradstrecke. Und wir bleiben an Land, man muss uns nicht mit dem Kutter einfangen.«

Ich überlegte kurz.

»Wenn du nicht willst, ich hätte da noch ein Lockmittel!« Er zog eine Tafel Pfefferminzschokolade aus der Tasche. »Nur für dich, und es ist deine Sorte.«

Ich fand das voll süß. »Ich gebe dir natürlich deinen Teil Schokominzpfefferlade ab.« Ich knuffte ihn in die Seite.

Alles war gut zwischen Pepe und mir – und nach Abenteuer klang eine Fahrradtour ums Lüttje Meer glücklicherweise nicht. Ich sollte wirklich auf Nicky hören, die mir geraten hatte, mich auf die Geschichte mit Pepe einzulassen, und Monas Warnungen in den Wind schlagen. Was hatte ich denn zu verlieren?

18

Ich holte das Fahrrad und folgte Pepe in Richtung Lüttje Meer. Erst führte die Strecke über einen schmalen asphaltierten Radweg, dann ging der in einen Feldweg über. Die Spurrillen waren festgefahren, sodass wir gut vorankamen.

Es war wirklich schön dort. Wir durchquerten einen Wald, bis wir zu einer Surfschule gelangten. Dort setzten wir uns an einen schmalen Sandstrand und schauten den Surfern zu.

»Das kannst du also auch«, sagte ich zu Pepe. »Hat Mona erzählt.«

Er nickte. »Nicht wie ein Meister, aber ich komme voran, ohne ständig ins Wasser zu purzeln. Also etwas laienhaft. Es reichte für den Grundschein.«

»Das würde ich auch gern können«, sagte ich. »Aber dazu habe ich keine Zeit mehr.«

»Um die Grundkenntnisse zu lernen, schon. Aber du musst einen Surfschein machen. Sonst darfst du in der Schule keine Bretter ausleihen und auf dem Lüttje Meer auch nicht surfen.« Pepe strahlte mich an. »Dann hättest du einen Grund, im nächsten Jahr wiederzukommen.«

»Ich überlege es mir.« Wieder raste mein Herz. Pepe wollte, dass ich wiederkam! Wie cool war das denn? Mir wurde ganz warm.

»Was tust du denn noch so, wenn du nicht stümperhaft auf dem Lüttje Meer herumsurfst oder zur Insel ruderst?«

»Laien-, nicht stümperhaft«, berichtigte Pepe mich mit einem Augenzwinkern. »Du gibst auch nicht auf, oder?«

»Nicht, wenn mich jemand wirklich interessiert«, sagte ich. »Und wenn derjenige dann auch noch sagt, ich soll wiederkommen, muss ich doch wissen, zu wem.«

»Das stimmt.« Pepe malte mit dem Zeigefinger im Sand herum. »Ich tue das, was alle machen. Wenn ich nicht gerade ein Krebs bin. Ich spiele PC-Spiele.«

Ich schlug meine Hand an die Stirn. »Du bist ein Gamer?«

Pepe nickte. »Aber nicht nur das. Ich tüftle auch gern. PC-Techniken, Programmiersprachen und so. Da kann mal ein Tag bei draufgehen.«

Ich lachte erleichtert auf. »Gott sei Dank, dann bist du nicht ausschließlich am Spielen!«

»Nein, sicher nicht. Ich programmiere mindestens genauso gern.« Er zeigte zu dem Kiosk bei der Surfschule hinüber. »Möchtest du ein Eis?«

»Gern. Vanille und Schokolade, bitte.«

Pepe kramte in seiner Hosentasche nach Geld und ging zum Kiosk. Ich blieb am Strand sitzen und schaute weiter den Surfern zu. Als ich den Kopf wandte, fiel mir ein Mann auf, der Pepe nachstarrte. Dann sah er zu mir und beobachtete mich mit einem undurchdringlichen Blick. Mir wurde eiskalt. Diese Blicke waren kein Zufall. Der Typ fixierte uns absichtlich.

Als Pepe zurückkam, stieß ich ihn an. »Sag mal, kennst du den Mann da?«

»Wen?« Er folgte meinem Blick, zog die Augenbrauen zusammen und musterte den hochgewachsenen Mann. Er hatte eine Glatze und trug schwarze Lederklamotten. »Sieht aus wie so ein Harley-Typ«, sagte Pepe. »Wir gucken einfach nicht hin.« Seine Stimme zitterte. Irgendetwas stimmte nicht.

Wir aßen unser Eis. Ich konnte es allerdings nicht lassen, den Mann immer wieder verstohlen zu mustern. Er war keinen Zentimeter von der Stelle gewichen und taxierte uns weiter mit diesem eigentümlichen Blick. Pepe tat so, als ließe ihn das kalt, aber ich merkte an seinen fahrigen Bewegungen, dass das absolut nicht stimmte. Er war sichtlich nervös.

Nach einer Weile wurde es mir zu viel. »Lass uns von hier verschwinden. Mir ist der Mann nicht geheuer.«

Pepe nickte. »Du hast recht. Komischer Typ. Ich kenne ohnehin noch eine schönere Ecke, wo nicht so viel los ist wie hier.«

Wir standen auf und gingen zurück zu unseren Rädern. Dazu mussten wir allerdings an dem Mann vorbei. Pepe lief voraus, den Rucksack geschultert. Ich wunderte mich über den provozierenden Blick, den er dem Typen zuwarf.

Kaum saß Pepe aber auf dem Rad, gab er ordentlich Gas und fuhr, als wäre der Teufel hinter ihm her. Ich schnaufte wie eine altersschwache Lokomotive, als ich endlich mit ihm auf gleicher Höhe war. Tant Ruthies Rad war einfach viel zu schwerfällig.

»Sorry wegen des Sprints«, sagte Pepe. »Ich wollte da einfach nur weg. Nun aber los!«

Fünf Minuten später bog Pepe rechts auf einen schmalen Pfad ab, der von dornigem Gebüsch umrahmt wurde. In den Ästen hingen kleine orangefarbene Beeren. »Das ist Sanddorn!«, rief Pepe. »Pass auf, dass du dich nicht an den Dornen verletzt. Die sind fies!«

Dann lichtete sich das Gebüsch, und wir kamen in eine kleine, lauschige Bucht, die einen atemberaubenden Blick über das Lüttje Meer bot. Wenn nicht ein paar Boote zu sehen gewesen wären, hätte man glauben können, ganz allein auf der Welt zu sein.

Pepe stellte das Rad ab. Ich folgte ihm zum Wasser.

»Hier ist es immer schön, sogar bei Regen«, sagte er. »Die Stelle kennen nicht viele, vor allem, weil man denkt, der Pfad endet im Nichts der Sanddornbüsche.«

Wir ließen uns im feinen Sand nieder und saßen einfach nur da. Schauten den über uns kreisenden Möwen zu, lachten über eine vorwitzige Maus, die aus dem Gebüsch lugte, und freuten uns über ein Rotkehlchen, das sich recht dicht an uns heranwagte.

Irgendwann spürte ich Pepes Finger an meinen. Erst dachte ich, das wäre Zufall, aber er zog sie nicht weg, sondern strich sacht über meine Fingerspitzen. Ich schob mich ein Stück näher zu ihm heran. Als ich zu Pepe blickte, merkte ich, dass er mich durchdringend mit seinen dunklen Augen ansah. Mein Herz stolperte einen Augenblick. Mein Mund wurde trocken, ich konnte nicht mehr denken. Ich sah ihn einfach nur an.

»Ich mag dich«, sagte er plötzlich. Er zog mich noch ein Stück näher zu sich heran und schnüffelte an meinen Locken. »Du riechst gut, und du bist … wunderschön!« Das war so ganz anders als die schützende Umarmung auf dem Kutter oder die auf der Insel bei dem Gewitter. Diese Berührung galt mir, weil er mich mochte, nicht, weil er mich beschützen musste. Ich legte meinen Kopf auf seine Schulter. Alles andere war ganz weit weg. Tant Ruthies Geldsorgen. Monas Warnung. Dieser merkwürdige Mann. Hier gab es nur mich und Pepe. Und ganz viel Glück.

Plötzlich knirschte es hinter uns. Wir fuhren auseinander, als hätte man uns bei etwas Verbotenem ertappt, und drehten uns schnell um. Pepe sprang auf, als er sah, wer uns in die Bucht gefolgt war.

Ich erstarrte. Es war wieder dieser Harleyfahrer. Woher wusste er, wo wir waren? Es gab nur eine Möglichkeit: Er war uns heimlich gefolgt und stand vermutlich schon eine ganze Zeit dort.

Pepe näherte sich ihm mit vor der Brust verschränkten Armen. »Hau ab! Kapierst du das nicht? Lass mich einfach in Ruhe!« Er spuckte dem Kerl vor die Füße.

Der Mann hob abwehrend die Hände. Ich hätte schwören können, dass er Tränen in den Augen hatte.

»Komm, Carlotta, wir verschwinden!« Pepe winkte mir, und ich rannte an dem Mann vorbei. Er trat einen Schritt zurück, damit ich ihn nicht rammte.

»Pepe!«, rief er noch, doch wir schnappten unsere Räder und rasten wieder in diesem Affentempo davon. Ich hatte Mühe, Pepe hinterherzukommen.

»Was war denn das, verdammt?«, stieß ich keuchend aus, als wir ein ganzes Stück gefahren waren. »Kennst du den Kerl etwa?«

Pepe stoppte abrupt, sodass ich ihm fast gegen das Schutzblech gefahren wäre.

»Nein, ich kenne ihn nicht.«

»Er hat aber Pepe zu dir gesagt.«

»Er hat bestimmt gehört, dass du mich so genannt hast. Das ist ein Irrer!« Er sah sich um, aber der Weg hinter uns blieb leer. »Wir sollten möglichst rasch von hier wegfahren.«

Plötzlich erschien mir der eben noch so romantisch wirkende Wald düster und bedrohlich. Selbst die Vögel hatten das Singen eingestellt. »Ja, lass uns abhauen!«, flüsterte ich.

Mir war das alles einfach zu unheimlich.

19

Ich hatte schlecht geschlafen. In der Nacht waren mehrere Regenschauer an der Küste niedergegangen, das Wetter zeigte sich heute kühl und ungemütlich.

Pepe war gestern äußerst wortkarg gewesen, als wir endlich wieder in Lüttjesiel angekommen waren. Er hatte sich erneut wie ein Krebs verhalten. Ein Krebs mit ausgefahrenen Scheren. Seine knappe Verabschiedung hatte mich fast daran zweifeln lassen, ob ich wirklich mit diesem Jungen Händchen haltend in der Bucht gesessen und ob er mich gebeten hatte, im nächsten Jahr wiederzukommen.

Pepe war und blieb undurchschaubar.

Tant Ruthie war schon früh in die Stadt zur Bank gefahren. Sie wollte noch einmal mit ihrem Berater sprechen und um eine Gnadenfrist bitten. Was auch immer ihr in dieser Frist einfallen wollte, um den Laden und damit die *Mathilda* zu retten.

Ich saß allein in der Kombüse und kochte mir einen Tee. Mir gingen Monas Vorschläge noch einmal durch den Kopf. Es ging einfach nicht, dass ich untätig zusah, wie bei Tant Ruthie alles den Bach runterging. Ich musste etwas tun, mir was einfallen lassen! Wenn es kein Modegeschäft gab, für das Tant Ruthie Näharbeiten zusätzlich zum Tagesgeschäft übernehmen konnte, musste ihr Laden eben moderner werden. Mona hatte ja recht. Dazu gehörten mindestens ein Internetauftritt und ein paar Flyer. Tant Ruthie musste sich mit dem Gedanken daran anfreunden, ob es ihr gefiel oder nicht. Ihr Boot, ihre Umgebung konnten doch unabhängig davon so urig bleiben wie bisher. Aber sie kam nicht umhin, einen kleinen Schritt in die moderne Welt zu machen. Ich wusste nur nicht, wie ich ihr das sagen sollte. Und ob sie überhaupt auf ein so junges Mädchen wie mich hören würde. Wenn Tant Ruthie das Wort Internet hörte, reagierte sie immer ziemlich verbohrt.

Weil sie nicht wusste, wie lange ihr Termin bei der Bank dauern würde, hatte sie mir Kartoffelsalat und Tofu-Würstchen hingestellt. Das aß ich aber erst, nachdem ich den Tee getrunken hatte. Draußen zogen dunkle Wolken über den Himmel, und so wie das Wetter fühlte ich mich auch. Die wunderbare Leichtigkeit war verschwunden. Ich hatte sogar die morgendliche Nähstunde mit Mona und Greta abgesagt. Mir war einfach nicht nach Gesellschaft. Es war ja nicht nur Tant Ruthies Problem. Die Begegnung mit diesem eigenartigen Mann gestern und Pepes Reaktion darauf verunsicherten mich. Mir wuchs gerade alles ein bisschen über den Kopf.

Ich war so enttäuscht, dass dieser Harley-Typ die romantische Stimmung zwischen uns zerstört hatte. Ob Pepe mich geküsst hätte? Vielleicht sogar auf den Mund? Er hatte so schöne, volle Lippen, das würde sich bestimmt ganz toll anfühlen.

Wobei ich zugeben musste, dass ich noch nie einen Jungen geküsst hatte und nicht wusste, wie sich das anfühlte.

Als ich eine Fahrradklingel hörte, sprang ich sofort auf und ging an Deck. Aber es war Jonas, der zusammen mit Benno die Gangway raufkam.

»Hi, Jonas, wieder im Lande?«, begrüßte ich ihn, erstaunt über sein Kommen. »Hattest du Spaß bei deiner Oma?«

»Hi, Carlotta.« Jonas wirkte verlegen. »Ja, war schön.« Er warf seinen Kopf zurück, damit ihm die Strähne nicht ins Auge fiel.

»Komm rein und setz dich!«, forderte ich ihn auf, neugierig, was ausgerechnet Jonas von mir wollte.

Er folgte mir mit Benno auf dem Arm in die Kombüse und setzte sich an den Tisch. Jonas sah sich neugierig um. »Schön habt ihr es. Hier unten war ich noch nie.«

»Tee?«

Er schüttelte den Kopf.

»Warum bist du gekommen?«, fragte ich ihn. »Du willst doch was!«

»Es geht um Pepe.«

Bei mir schrillte sofort die Alarmglocke. »Willst du mich jetzt auch vor ihm warnen, so wie Mona?«

Er sah mich erstaunt an. »Wie kommst du denn da drauf?«

Ich zuckte mit den Schultern.

Jonas sah mich noch immer fragend an. Witzigerweise nahm Benno exakt dieselbe Haltung ein. Ich musste kichern, das sah zum Schießen aus.

Jonas räusperte sich, und auch Benno gab einen merkwürdigen Ton von sich.

»Ich weiß zwar nicht, was daran jetzt so witzig ist«, begann er, und ich musste schon wieder lachen, weil Benno leise knurrte.

»Dein Hund kopiert dich, ist dir das noch gar nicht aufgefallen?«

Jonas sah mich erstaunt an. »Nein, das hat mir noch keiner gesagt.«

Benno schüttelte den Kopf, und nun begann auch Jonas, laut zu lachen.

Es dauerte eine Weile, ehe unsere Aufmerksamkeit nicht mehr von Benno in Beschlag genommen wurde. Ich stellte Jonas ein Wasser hin und nahm mir selbst auch eines. Irgendwie quatschte es sich so besser.

»Mona macht Pepe also bei dir schlecht?«, fragte Jonas. Er wirkte erleichtert, einen Einstieg bekommen zu haben.

»Jepp. Ich weiß aber nicht, warum. Ist sie eifersüchtig?«

Jonas überlegte einen Moment. »Es war da mal was mit ihr und Pepe. Das soll sie dir aber lieber selbst erzählen. Da bin ich nicht der Richtige. Aber ja, Eifersucht ist nicht ausgeschlossen.«

Da hatte ich also richtiggelegen. Aber wohl fühlte ich mich mit diesem Wissen nicht. Im Gegenteil, jetzt pikte in mir ein Stich von Eifersucht auf Mona. Aber das sollte Jonas nun wirklich nicht wissen.

»Und jetzt erzähl mir mal, warum du wirklich hier bist, wenn du mich nicht warnen willst?« Ich tat zwar locker, aber in Wirklichkeit schlug mein Herz bis zum Hals. Jonas war verkrampft, und ich ahnte, dass er keine guten Nachrichten im Gepäck hatte.

»Ich war heute Morgen bei Pepe, und er hat mir gesagt, dass er dich sehr mag«, begann er.

»Ist das ein Problem?« Im Grunde war das doch eine gute Nachricht, nur fühlte es sich gerade leider absolut nicht so an.

Jonas sah plötzlich verdammt ernst aus. »Nein, ich freue mich für ihn, weil er echt mein bester Freund ist. Und du bist voll okay. Aber er hat … sagen wir mal … momentan ein anderes Problem.« Jonas nahm einen Schluck vom Wasser und schien sehr genau zu überlegen, wie er mir seine Botschaft jetzt weiter übermitteln wollte. »Deshalb ist er ein paar Tage weg. Das soll ich dir sagen. Und einen lieben Gruß.«

»Er ist weg?«

Jonas nickte.

Was sollte ich denn davon halten? Warum hatte Pepe mir das nicht selbst gesagt? So etwas wusste man doch auch schon einen Tag vorher. Hatte es mit dem merkwürdigen Mann zu tun?

Jonas schien meine Unsicherheit zu spüren, denn seine Stimme klang warm und auch beruhigend. »Er kommt zurück, Carlotta! Aber er kann gerade nicht drüber reden. Über das Problem, meine ich. Er muss das alles mit sich selbst ausmachen.« Jonas war das Überbringen der schlechten Nachricht sichtlich unangenehm.

»Und warum erzählt er mir das nicht selbst? Ich war gestern den ganzen Tag mit ihm zusammen!« In mir kroch mittlerweile eine große Wut auf Pepe hoch. Ich verstand ihn nicht mehr.

»Er konnte es dir nicht mehr sagen, weil er schon weg ist. Es musste schnell gehen, er hatte nicht viel Zeit zum Nachdenken und schon gar nicht, es rumzuerzählen, zumal du hier auf der *Mathilda* übers Handy nicht zu erreichen bist.«

Ich verfluchte den Umstand jetzt wirklich. Trotzdem hätte Pepe kurz vorbeiradeln können, um es mir selbst zu berichten. Jonas wusste es schließlich auch.

»Wo ist er hin? Oder ist das auch ein Geheimnis?« Ich glaubte, gleich zu platzen. Diese Heimlichtuerei ging mir derart auf die Nerven! »Ihr seid echt schwierig, ihr alle in eurem blöden, hinterwäldlerischen Lüttjesiel!«

Jonas ließ sich von meinem Wutausbruch nicht beeindrucken.

»Komm mal wieder runter, Carlotta, und bleib entspannt! Er wird dir das schon alles noch erzählen. Wenn er zurück ist.«

So einfach wollte ich mich aber nicht abspeisen lassen. Erst machte Pepe mir so was wie eine Liebeserklärung, und dann tauchte er ab und schickte Jonas wie einen Boten zu mir. Hatte er sie noch alle? So ging man doch nicht miteinander um!

»Hat es was mit diesem Harleyfahrer zu tun? Dem wir gestern am Lüttje Meer begegnet sind?«

Jonas stand auf und rief Benno zu sich. »Wie gesagt – er will nicht drüber reden. Aber er will auch nicht, dass du denkst, er mag dich nicht mehr. Ich geh dann mal wieder.« Er nahm seinen Hund auf den Arm und erklomm die steile Stiege nach oben.

Ich blieb am Tisch sitzen und versuchte zu verdauen, was Jonas mir da eben erzählt hatte. Das alles war doch ein Widerspruch in sich. Hörte Pepe sich überhaupt mal selbst zu? »Er hat gesagt, er muss sich auf andere Menschen verlassen können, und dann verschwindet er einfach ohne eine Erklärung?«

Jonas drehte sich an der Treppe noch einmal um und sah mir fest in die Augen. »Bitte vertrau ihm, Carlotta! Bitte!«

Das fiel mir gerade sehr schwer. Aber ich nickte. »Ist gut. Wann kommt er denn zurück?« Diese unverfängliche Frage brachte mich tatsächlich etwas runter.

»In drei bis vier Tagen. Oder so.« Er wandte sich zum Gehen, aber ich hielt ihn zurück. Wie ich mit Pepe nach seiner Rückkehr umgehen würde, musste ich mir noch in Ruhe überlegen. Aber vielleicht konnte ich wenigstens etwas für Tant Ruthie tun. »Eine Frage habe ich noch. Was ganz anderes, es gibt hier nämlich noch ein Problem. Nicht nur Pepe hat eins.«

Er sah mich fragend an.

»Kennst du irgendjemanden, der sich mit dem Erstellen von Homepages und so was auskennt? Ohne dass es was kostet?«

Über Jonas' Gesicht glitt ein Lächeln. »Ein Experte steht schon mal vor dir, aber der absolute Nerd auf diesem Gebiet heißt Pepe. Er hat auch für den Laden seiner Tante eine Website erstellt. Warum?«

»Nur so«, sagte ich. Es war noch zu früh, um Jonas in meine Überlegungen, wie man Monas Ideen umsetzen konnte, einzuweihen. Schließlich hatte ich mit Tant Ruthie noch gar nicht darüber geredet. Wie dumm, dass ich Pepe gestern nicht darauf angesprochen hatte, als er mir von seinem Hobby erzählte. Doch da hatte ich gar nicht an Tant Ruthie gedacht.

Aber das war jetzt sowieso egal. Zuerst musste Pepe schließlich zurückkommen. Und mir erklären, warum er so Hals über Kopf verschwunden war und seinen besten Freund schickte, um mir das zu sagen. Und überhaupt …

20

Es waren komische Tage ohne Pepe. Ich vermisste ihn mehr, als ich vor mir selbst zugeben mochte. Ständig zermarterte ich mir den Kopf, wohin er abgetaucht war und warum. Keiner wusste es. Pepe blieb einfach verschwunden.

Ich fragte mich ständig, wie wichtig ich für ihn war und ob das mit uns überhaupt einen Sinn hatte, wenn er so mir nichts, dir nichts abtauchte und es nicht einmal für nötig hielt, mir selbst Bescheid zu geben. Vertrauen gegen Vertrauen, hatte ich nach unseren Gesprächen auf der Insel und der Radtour gedacht. Er aber vertraute mir wohl nicht.

Lag es daran, dass ich nicht ewig in Lüttjesiel bleiben würde und höchstens in den Ferien hier sein konnte? Aber egal, wie ich meine Gedanken hin und her schob und von welcher Seite ich es beleuchtete: Es kam am Ende immer nur dabei heraus, dass mein Herz losgaloppierte, wenn ich an Pepes Schokoaugen, seine Worte und seine Berührungen dachte. Meine Wut wechselte sich ab mit furchtbarer Sehnsucht, und ich kam nur schwer damit zurecht.

In einer Nacht schossen mir die abenteuerlichsten Ideen durch den Kopf. Immerhin hatte der Mann am Lüttje Meer bedrohlich gewirkt. War Pepe etwa in irgendwelche miesen Sachen verstrickt? Aber in was? Ob Mona doch recht mit ihren Behauptungen hatte und es besser wäre, Pepe nicht zu nah an sich heranzulassen? In welchen Kreisen bewegte er sich?

Am nächsten Morgen kam mir all das lächerlich vor. Pepe in Verbrecherkreisen, das war albern. Er war noch nicht mal fünfzehn! Doch egal, was ich mir ausmalte, egal, was ich mir überlegte: Ich schlief abends mit einem in meinen Ohren hämmernden »Pepe, Pepe, Pepe« ein und erwachte genauso. War das schon Liebe, wenn man jemanden so sehr mochte, dass einem der Bauch, das Herz, alles wehtat, weil derjenige nicht da war?

Ich versuchte, die Zeit so gut wie möglich herumzukriegen.

Zweimal fuhr ich zu Greta und chattete mit Nicky. Das tat mir unglaublich gut. Ich war froh, dass Greta mich so selbstverständlich in ihr Zimmer und ins Internet ließ. Überhaupt verstand ich mich mit ihr immer besser.

Ich schickte auch eine Whatsapp an Pepe, aber er reagierte nicht darauf. Es war, als würde es ihn gar nicht mehr geben, und ich schwankte zwischen Wut, Schmerz und Hoffnung.

Einmal fuhren Jonas, Benno, Mona, Greta und ich allein zur Insel, und ich musste ihnen noch mal von dem Gewitter erzählen. Bis auf Mona fanden es alle ziemlich spannend. Sie ließ nur wieder ein paar blöde Bemerkungen über Pepes Verantwortungslosigkeit fallen.

Ich war froh, dass Jonas sie zurückpfiff. »Komm, das stimmt so nicht. Pepe weiß genau, was er tut. Und was kann er für eine fehlerhafte Wettervorhersage?«

Mona schwieg dazu.

Ich hatte inzwischen wirklich genug von ihren Kommentaren und fragte sie: »Warum bist du denn so oft mit Pepe und den anderen zusammen, wenn du ihn offenbar nicht magst? Dauernd lästerst du über ihn ab und erzählst bösartige Dinge. Das nervt!«

»Ich mag ihn ja«, gab Mona zurück. »Wer mag Pepe nicht? Aber man muss vorsichtig mit ihm sein, mehr sag ich gar nicht.«

Ich gab es auf.

Wir ruderten bald zurück, weil es ohne Pepe keinen richtigen Spaß machte. Als wir wieder am Hafen angekommen waren, fragte Jonas mich, ob ich am Nachmittag für zwei Stunden auf Benno achtgeben könnte.

»Gerne! Du weißt, ich liebe deinen Hund.«

Er brachte ihn vorbei, und ich lief mit Benno am Deich entlang. Wir spielten Stöckchen holen, rannten um die Wette und balgten miteinander im Gras.

Vom Binnendeich aus hatte ich aber auch einen wundervollen Blick aufs Lüttje Meer, unsere Insel und unsere kleine Bucht, sodass mir das Herz dann doch wieder schwer wurde. Vier Tage war Pepe nun schon weg. Es gab kein Lebenszeichen. Was, wenn er gar nicht mehr zurückkam?

Zweimal traf ich mich mit Mona und Greta zum Nähen. Am Ende hatten sie jede eine Handyhülle fertig. Greta war sehr geschickt und hatte sich sowohl an die Strandtasche und einen Loop gewagt. Beides war gut geworden. Mona wollte lieber noch eine Laptoptasche aus Filz nähen, sie scheute die Wendemanöver bei Loop und Tasche. Die fertigen Sachen waren zwar noch nicht ganz perfekt genäht, aber schlecht sahen sie nicht aus.

Als Nächstes planten wir, weitere Taschen zu entwerfen. Das machte richtig viel Spaß, und es war wie immer: Das Nähen lenkte mich ab.

Mona war die Kreativere der beiden, sie hatte einen unglaublichen Blick für Ausgefallenes. Sie zeichnete eine so fantastische Tasche auf, dass es selbst Tant Ruthie die Sprache verschlug. Grellbunte Farben vereinte sie zu einem kunterbunten Mix, und durch die einfarbige Applikation bekam die Tasche etwas Ruhiges und Entspanntes. Echt cool.

Überhaupt kam Mona mir oft viel älter vor als ich selbst. Allein, wie sie sprach, was für Gedanken sie hatte. Und was für Erfahrungen mit Jungs!

Auch wenn sie nicht immer einfach zu nehmen war, genoss ich die Zeit mit ihr und Greta, denn wenn wir das Thema Pepe mieden, hatten wir viel Spaß zusammen.

Tant Ruthie wurde hingegen immer stiller.

»Ein bisschen Zeit bleibt mir ja noch, Carli! Aber morgen fahren wir trotz der Misere zum Stoffmarkt nach Emden. Das war ja abgemacht«, sagte sie an dem Nachmittag, als ich mit Benno von meinem Spaziergang zurückkam.

Ich erschrak. Morgen war der fünfte Tag von Pepes Verschwinden, und ich sollte weg? Was, wenn er ausgerechnet morgen zurückkam und ich dann nicht da war? Aber wollte ich das wirklich? Untätig herumsitzen und auf ihn warten?

»Nein, Carlotta, das willst du ganz bestimmt nicht«, flüsterte ich zu mir selbst. Laut sagte ich: »Gerne, Tant Ruthie. Ein bisschen Abwechslung schadet bestimmt nicht. Wir müssen ja nicht viel ausgeben.«

Über Tant Ruthies Gesicht glitt ein amüsiertes Grinsen. »Ich habe uns sogar schon eine Fahrgelegenheit besorgt. Pepes Tante leiht mir ihren Zweitwagen.«

Ich hatte gar nicht gewusst, dass Tant Ruthie Auto fahren konnte, aber wer mit einem Kutter klarkam und ihn bei Unwetter durchs Lüttje Meer lenkte, für den war ein Kleinwagen bestimmt keine Herausforderung.

Die Fahrt nach Emden war richtig klasse. Tant Ruthie hatte supergute Laune, und ich hatte das Gefühl, sie wollte heute einfach einmal nicht an ihre Probleme denken.

Das Angebot in der Nordseehalle in Emden war riesig. Ich eilte von einem Stand zum nächsten, befühlte sämtliche Stoffe, begeisterte mich für die verschiedenen Knöpfe, die Vielfalt bei Reißverschlüssen und Zubehör und ärgerte mich hier in Lüttjesiel schon zum zweiten Mal in meinem Leben, dass ich keine Millionärin war, die alles hätte kaufen können. Für mich war der Stoffmarkt das Paradies auf Erden. So viele Farben, Stoffarten, Zubehör ... Ein Traum! Nach einer Weile bemerkte ich auch, dass viele Sachen gar nicht teuer waren.

»Nun müssen wir uns entscheiden«, sagte Tant Ruthie, als wir alles angeschaut hatten. »Das Budget ist begrenzt. Auch wenn alles etwas günstiger ist als im Laden.«

Wir tranken zuerst einen Tee in der kleinen Cafeteria und überlegten, was man aus den Stoffen nähen könnte, die uns gefallen hatten. Mich hatte vor allem ein Softshell begeistert, der so schön gemustert war, dass ich unbedingt lernen wollte, eine Jacke daraus zu nähen.

Wir einigten uns auf ein paar Stoffe, die wir gleich nach unserer Pause kaufen wollten.

Aber zuerst musste ich mit Tant Ruthie wegen ihres Ladens reden. »Tant Ruthie«, begann ich, »ich würde gern noch mal mit dir über Monas Ideen sprechen. Bitte sag nicht gleich wieder Nein.«

Tant Ruthie seufzte, blieb aber sitzen.

Ich erzählte ihr nun ganz in Ruhe, was Mona vorgeschlagen hatte. Und auch, was man bestimmt an Werbung tun könnte. Und dass Jonas und Pepe in der Lage waren, eine Internetseite einzurichten.

Tant Ruthie hörte mir nachdenklich zu und schien meine Vorschläge wirklich ernst zu nehmen.

»Du weißt, dass ich mich an jeden Strohhalm klammere«, sagte sie schließlich. »Ich denke darüber nach, und dann sprechen wir mit Pepe, wenn er zurück ist. Wir müssen das überlegt angehen.«

Sie hatte natürlich recht, und ich war froh, dass sie unsere Vorschläge überhaupt in Erwägung ziehen wollte.

»Aber nun kaufen wir erst einmal ein. Ich erhöhe unser Budget um dreißig Euro, und du kannst ja schon mal was aussuchen, was als Grundstock für eure Idee dienen kann. Vielleicht wäre das ein gutes Omen.«

Und so kauften wir ein paar tolle Stoffe ein. Ich entschied mich dazu für einen Satz wirklicher Knallerknöpfe und ein paar Angebotspakete mit kleineren Stoffresten, die man super für Mützen und Schals miteinander kombinieren konnte. Tant Ruthie kaufte noch zwei Blusenstoffe.

Wirklich teuer war nichts gewesen, trotzdem hatten wir am Ende etwas mehr ausgegeben als geplant.

Unsere Tasche war ganz schön schwer, als wir sie zum Parkplatz schleppten. Ich freute mich wie verrückt. Mona und Greta würden Augen machen, wenn sie unsere Stoffberge entdeckten. Jetzt hatten wir erst mal genug zu tun. Egal, ob Pepe da war oder nicht.

»Am besten gefällt mir der Stoff, aus dem du dir die Jacke schneidern willst«, sagte Tant Ruthie, als sie den Motor anließ. »Mich juckt es jetzt auch schon in den Fingern, zu Hause gleich loszulegen.«

Tant Ruthie machte wirklich einen entspannten Eindruck. Ich wünschte mir so sehr, dass sie es irgendwie schaffen würde, ihren Kahn zu behalten. Und ich freute mich auf das gemütliche Surren der Nähmaschinen und darauf, dass dabei immer alle Probleme so klein wie Stecknadelköpfe wurden.

21

Am nächsten Morgen stand Pepe vor der *Mathilda*. Er sah müde aus, hatte tiefe Ringe unter seinen dunklen Augen und wirkte ziemlich geknickt. Trotzdem tat er so, als wäre nichts gewesen.

»Hast du Zeit?«, fragte er. Kein »Hallo, wie geht's?«, kein »Schön, dich zu sehen«, kein »Tut mir leid, dass ich dir Jonas geschickt habe und einfach so verschwunden bin«.

Einfach nur: »Hast du Zeit?«

Hatte ich mich im ersten Augenblick noch sehr über Pepes Auftauchen gefreut, lagen mir jetzt bitterböse Worte auf der Zunge. Meine Gedanken tanzten wie wild.

Aber dann verfingen sich unsere Blicke. Ich sah seine bittenden Augen, nahm kurzerhand meine Jacke und fragte ebenso selbstverständlich: »Zu der kleinen Bucht?«, weil ich einfach nur froh war, dass er wieder da war. Alles andere würde sich finden.

Er nickte, ich holte mein Fahrrad und sagte Tant Ruthie Bescheid.

Den ganzen Weg über sprachen wir nicht, sondern radelten stumm hintereinander her. Mit jedem Tritt wuchsen meine Unsicherheit und meine Ängste. Aber ich biss mir auf die Zunge, denn ich wollte abwarten, ob Pepe mir von allein erzählte, wo er gesteckt und ob sein Verschwinden was mit dem Harleyfahrer zu tun hatte.

In der Bucht angekommen, ließen wir uns in den Sand fallen.

»Bist du wieder tagelang seitwärtsgelaufen?«, fragte ich. Eigentlich war mir gar nicht nach Scherzen zumute, aber ich wollte das Gespräch in Gang bringen.

»Ich habe mich ausgegraben und bin seitwärtsgelaufen, ja«, sagte Pepe. »Ich weiß nur nicht, ob das gut war.«

Wieder näherten sich seine Finger. Dieses Mal tastete er sich nicht langsam vor, sondern umfasste meine gleich. »Carlotta, ich weiß nicht, was ich tun soll.« Der Druck auf meine Hand verstärkte sich.

»Was ist los, Pepe? Raus mit der Sprache! Weißt du eigentlich, wie blöd dein plötzliches Verschwinden für mich war? Wie ich mir vorgekommen bin, als Jonas plötzlich vor der *Mathilda* stand und mir das erzählt hat, was eigentlich du mir hättest sagen sollen?« Ich musste mich beherrschen, nicht loszuheulen.

»Mein Vater«, sagte er nur.

Ich zuckte zusammen. Mit der Antwort hatte ich nicht gerechnet. »Was ist mit deinem Vater? Ist ihm was Schlimmes passiert, sodass du überstürzt zu ihm musstest?« Das hätte ich noch verstanden.

Aber Pepe schüttelte den Kopf. »Er war da.«

»Was heißt das, er war da? Hier? In Lüttjesiel? Ich verstehe nicht, was du mir sagen willst!«

Er schluckte. Ich hatte das Gefühl, nun würde er gleich anfangen zu weinen. Plötzlich tat er mir leid. Am liebsten hätte ich ihn in den Arm genommen und ihm gesagt, wie sehr ich ihn vermisst hatte, aber das ging einfach nicht. Ich war zu feige. Außerdem stand zu viel zwischen uns, das zuerst geklärt werden musste.

Pepe gab sich einen Ruck. »Carlotta, ich weiß nicht, warum ich dir das alles erzähle, aber dieser Harleyfahrer, das war mein Vater.«

Wow, das war nun doch der Hammer. Aber wenigstens waren wir keinem Verbrecher begegnet, mit dem Pepe gemeinsame Sache machte. Diese Befürchtung hatte sich zumindest erledigt.

»Und dann bist du abgehauen, damit du ihn nicht mehr sehen musst?«, fragte ich. Ich fand, das war die schlüssigste Erklärung nach seinem Verhalten in der Bucht.

»Nee, ich bin nicht abgehauen. Ich bin mit ihm mitgefahren.«

Das hatte ich als Letztes erwartet. Erst tat Pepe so, als kannte er den Mann nicht, und dann fuhr er einfach so mit ihm mit? Wer sollte das verstehen? Ich sah Pepe nur an und wusste echt überhaupt nicht, was ich dazu sagen sollte.

»Es ist schwer zu erklären«, sagte Pepe schließlich. Er rang um jeden Satz. »Aber mein Vater ist natürlich nicht verschwunden, sondern direkt zu meiner Tante und zu meinem Onkel gefahren. Da saß er dann im Sessel, als ich zurückkam. Zu Hause herrschte ohnehin noch dicke Luft. Wegen der Bootsaktion mit dem Gewitter.«

Ich verstand nur Bahnhof. »Aber warum hast du deinen Vater so spontan begleitet? Ich hatte eher das Gefühl, du hasst ihn.«

»Das hab ich auch gedacht, Carlotta.« Er drückte wieder meine Hand. »Ja, das habe ich wirklich gedacht. Aber als er dann so geknickt dasaß … Mein Onkel sauer war und mich für einen Loser oder zumindest für verantwortungslos hielt …« Er schluckte. »Mein Vater hat dann vorgeschlagen, dass ich mit nach Münster kommen soll, damit wir uns mal aussprechen und besser kennenlernen können. Da habe ich nachgegeben. Nicht sofort, ich hab die Nacht drüber geschlafen, aber am nächsten Morgen fand ich die Idee doch gut. Mal rauskommen. Meinem Alten eine Chance geben. Einen Vater haben … So was in der Richtung.« Er senkte den Kopf. »Aber der Typ ist ein bisschen komisch. Ich kann ihn nicht richtig einschätzen.«

»Was hat denn deine Tante zu der ganzen Sache gesagt? Ist sie seine Schwester?«

»Ja, ist sie.« Pepe zuckte mit den Schultern. »Ich weiß nicht, wie sie es fand. Letztlich bin ich ja nicht ihr Kind. Sie hat sich komplett rausgehalten. Ich glaube, sie wollte mich nicht beeinflussen.«

Ich dachte eine Weile nach. Dann sagte ich: »Jahrelang kümmert der Mann sich gar nicht darum, dass er einen Sohn hat, und jetzt, wo du fast erwachsen bist und er was mit dir anfangen kann, kommt er aus dem Off und will Papa spielen? Das ist schon heftig. Auch für deine Tante und deinen Onkel.«

»Schon. Auf der anderen Seite bin ich ja gar nicht ihr richtiges Kind …«

»Trotzdem haben sie dich aufgenommen, sich um dich gekümmert. Und sogar der Ärger deines Onkels spricht dafür, dass er dich mag, weil er sich Sorgen um dich macht.«

»So hab ich das noch gar nicht gesehen«, meinte Pepe. Er winkte ab. »Jedenfalls war es total cool, mal auf der dicken Harley mitzubrettern. Es ist eine Electra Glide. Voll das krasse Gefährt!«

Ich legte meinen Kopf auf seine Schulter, und eine Weile sahen wir schweigend über das Lüttje Meer.

»Du warst bestimmt sauer, weil ich einfach so verschwunden bin, oder?«, nahm Pepe den Faden wieder auf.

»Sauer. Traurig. Enttäuscht. Alles. Kannst dir was aussuchen, war alles da. In regelmäßigem Wechsel.«

»Sorry, wollte ich nicht.« Pepe wirkte sehr zerknirscht.

Ich rückte ein Stück von ihm ab und blickte ihn an. Es stand schließlich noch eine Frage im Raum. »Jonas hat gesagt, du magst mich, und du hast es auch gesagt, als wir in der Bucht waren«, wagte ich es dann. »Und du hast gesagt, du musst den Menschen vertrauen können, die du magst.«

Pepe nickte. »Das stimmt. Ich mag dich sehr. Du bist anders, eben eine Lachmöwe mit guter Laune. Und das Mädchen mit den schönsten Augen und dem schönsten Haar.« Seine Stimme war am Ende sehr leise, aber auch sehr weich geworden.

Ich sah ihm fest in die Augen. »Wenn das so ist: Warum hast du mir das alles nicht einfach erzählt, bevor du abgezischt bist?«

Er setzte sich auf. »Ich musste das allein entscheiden mit meinem Vater. Da wollte ich mir von keinem reinquatschen lassen.«

»Jonas wusste es«, gab ich spitz zurück.

»Nein. Ich habe ihm auch nicht gesagt, warum ich wegfahre. Es gibt Dinge, die muss ich mit mir selbst ausmachen, verstehst du?«

»Okay«, sagte ich. Dann fiel mir noch etwas ein: »Und warum wäre es besser gewesen, du wärst der versteckte Krebs geblieben? Das hast du doch vorhin behauptet.«

»Weil ich jetzt eine Entscheidung treffen muss, die ich eigentlich gar nicht treffen kann und will. Ich brauche Zeit.«

»Ups. Um was geht es?« Ich ahnte schon, was nun kommen würde.

Pepe seufzte.

»Geht es darum, ob du deinen Vater nun häufiger siehst?« Ich malte mit dem großen Zeh im Sand und hoffte, dass es nur das war.

Pepe schwieg viel zu lange. Er wusste wohl wirklich nicht, wie er mir die Sache erklären sollte. »Leider nein. Es ist mehr. Mein Vater möchte, dass ich zu ihm nach Münster ziehe. Ganz.«

»Krass«, flüsterte ich. »Und, was wirst du tun?«

»Zuerst einmal werde ich dir einen Kuss geben«, sagte er, und ich spürte ganz leicht seine Lippen auf meiner Wange.

22

»War Pepe schon bei dir?«, fragte Greta, als sie mit Mona am nächsten Tag an Bord kam. »Meine Mutter hat ihn im Dorf gesehen. Er muss zurück sein.«

Ich nickte. »Ja, er ist wieder da. Und er kommt nachher noch vorbei. Wir wollen zur Insel.«

»Wo war er denn nun?« Mona hatte schon wieder voll den Zickenton drauf, und ich wollte absolut nicht mit ihr über Pepe reden. Stattdessen lenkte ich das Thema lieber auf den Einkauf auf dem Stoffmarkt. Ich schilderte den beiden in den schillerndsten Farben, was Tant Ruthie und ich dort erlebt und erstanden hatten.

»Hammer«, meinte Mona und wollte die Stoffe sofort sehen.

Wir eilten ins Atelier, und ich breitete voller Stolz unseren Einkauf aus. Wir wetteiferten wild um die besten Ideen, und am Ende hatten wir unglaublich tolle Pläne: Mona wollte endlich auch eine Strandtasche zuschneiden, Greta fand die Idee gut, sofort einen weiteren Loop zu nähen. Mir schwebte eine Jacke vor.

»Jetzt ist schon über die Hälfte meiner Zeit bei Tant Ruthie vorbei«, sagte ich, als wir alles wieder zurückgeräumt hatten. »Es kommt mir so vor, als wäre ich erst gestern hier angekommen.«

»Schade, dass du bald wieder wegmusst«, sagte Greta. »Und bei uns fängt demnächst die Schule wieder an. Leider.«

»In drei Wochen bist du save verschwunden?« Monas Stimme klang lauernd.

»Ja, ich muss nach Köln, wenn meine Eltern zurück sind und auch bei uns die Schule wieder losgeht. Warum?«

Sie zuckte mit den Schultern. »Nur so. Nun sag aber schon, wo Pepe gesteckt hat!«

»Frag ihn bitte selbst, Mona. Er hat es mir anvertraut, das erzähle ich nicht rum.«

Mann, wurde ihr Blick finster. Schwarz, schwärzer, am schwärzesten. Gut, dass sie nicht wusste, dass Pepe mich geküsst hatte. Nur auf die Wange, aber immerhin. »Machst du jetzt einen auf loyal, oder was?«

»Ich tratsche nur nicht, wenn man mich darum gebeten hat, etwas für mich zu behalten. Das ist alles!«, gab ich zurück. »Ihr habt die ganze Zeit nichts anderes gemacht.«

Mona würde ich ganz bestimmt nichts erzählen. Pepe konnte sich auf mich verlassen.

»Wie du meinst!« Mona packte ihre Sachen zusammen. »Ich bin dann mal weg. Du hast ja ohnehin noch ein Date!«

Ratlos schaute ich ihr hinterher. Was war denn davon zu halten?

Greta zupfte mich am Arm. »Lass sie. Sie beruhigt sich schon wieder. Sie mag Pepe wohl immer noch und kann es nicht ertragen, dass er jetzt auf dich steht.«

Ich schnaubte.

Greta kramte ihre Sachen ebenfalls zusammen und stand auf. »Ich muss jetzt leider auch los, aber wir sehen uns.« Wie immer blieb Greta neutral und bezog keine eindeutige Stellung. Aber das war mir immer noch lieber als das Gemotze von Mona.

Als Pepe kam, fuhr gerade ein schwarzer Mercedes auf den Kai, und ihm entstieg wieder der junge Anzugmann mit der gegelten Tolle.

»Wow, wer ist denn der Typ mit der Luxuskarre?«, fragte Pepe.

»Der ist von der Bank, und wenn der hier schon wieder aufkreuzt, bedeutet das gar nichts Gutes«, antwortete ich düster. »Lass uns noch etwas hierbleiben. Ich möchte Tant Ruthie jetzt lieber nicht allein lassen. Wer weiß, was der Typ von ihr will und wie es ihr danach geht.«

Pepe verstand sofort, was ich meinte. »Dann bleiben wir halt noch.«

Tant Ruthie bat den Mann in die Kombüse und nickte Pepe nur kurz zu. Sie wirkte sehr nervös.

Pepe und ich hielten uns unauffällig an Deck auf. Leider bekamen wir nur nichts von dem mit, was die beiden besprachen, denn meine Tante hatte die Tür geschlossen, und dieses Mal redete sie nicht so laut, dass ich es hören konnte.

»Wenn sie so leise ist, hat sie schon aufgegeben«, sagte ich. »Das letzte Mal hat sie noch laut gewütet.«

»Ach, Quatsch!« Pepe lachte, und zum ersten Mal, seit er zurück war, wirkte er wie früher. Er drückte meine Hand und fuhr mit der Nase sacht über meine Wange. Es war nur eine flüchtige Berührung, aber ich bekam schon wieder Gänsehaut und Herzflattern.

Nach einer gefühlten Ewigkeit öffnete sich die Tür, und Tant Ruthie kam mit dem Mann die Stufen rauf. Er gab ihr die Hand. Eigentlich sah er ganz freundlich aus, aber Tant Ruthies Augen waren ziemlich rot. Sie musste wieder geweint haben.

»Dann machen wir das so, Frau Janßen. Ich gebe Ihnen noch einen Aufschub, und Sie erstellen ein Konzept, wie man den Laden auf eine sichere wirtschaftliche Basis stellen kann. Dafür gibt es ein Programm mit finanzieller Unterstützung. Das wird Ihnen helfen. Wir sind doch keine Unmenschen! Aber wenn uns Ihr Konzept nicht überzeugt, sind uns die Hände gebunden. Das wissen Sie auch, nicht wahr?« Er nickte uns kurz zu und verschwand in seinem Mercedes.

Pepe zupfte mich am T-Shirt. »Das möchte ich jetzt alles genau wissen. Was soll Tant Ruthie tun?«

»Ein neues Konzept erstellen?« Ich nagte an meiner Unterlippe, wie immer, wenn ich scharf nachdenken musste. »Wir müssen sie fragen, was das genau bedeutet.«

Tant Ruthie war schon wieder im Innern des Schiffes verschwunden.

»Pass auf, ich frage sie mal schnell. Ist aber wohl besser, wenn nur ich gehe.«

Also kletterte ich in die Kombüse, wo Tant Ruthie am Tisch saß und gegen den Schrank starrte. »Ich möchte kurz allein sein, Carli, das verstehst du sicher, oder?«

»Ja, Tant Ruthie, bin gleich wieder weg. Ich habe nur eine Frage. Was meinte der Mann mit dem Konzept für den Laden?«

Tant Ruthie seufzte. »Die Änderungsschneiderei allein wirft nicht genug ab, und nun soll ich mir überlegen, wie ich das Geschäft mit neuen Ideen wieder ankurbeln kann. Dazu lassen sie mir etwas Zeit. Wenn mir etwas einfällt, muss die Bank das aber auch gut finden. Dann würde ich etwas Geld als Unterstützung bekommen. Gefällt es ihnen nicht, bleibt mir nichts anderes übrig, als die *Mathilda* zu verkaufen.«

»Was ist mit Monas Ideen, über die wir in Emden gesprochen haben?« Ich strich Tant Ruthie sanft über den Handrücken.

Sie seufzte wieder. »Ob man damit genug verdient? Und vom Internet und Online-Handel habe ich keine Ahnung.« Sie lächelte mich an, aber es wirkte traurig. »Jetzt lass mich bitte ein bisschen allein, ja?«

Ich verschwand an Deck. Es musste doch eine Lösung geben!

Pepe und ich setzten uns auf eine Bank am Kai. Ich erzählte ihm noch mal ausführlich von Tant Ruthies Schwierigkeiten, aber auch, was Mona vorgeschlagen hatte und was ich mir vorstellen konnte. »Eben ein Online-Geschäft mit Designermode von Tant Ruthie. Ich habe schon Jonas gefragt, er meinte, ihr kennt euch mit so was aus. Internetanschluss, Homepage und das alles. Tant Ruthie kann in ihrer Situation schließlich keinen Webdesigner bezahlen …«

Pepe hörte sich das alles ganz ruhig an. »Kann man aus Monas Ideen kein Konzept für die Bank machen?«

»Aber Tant Ruthie wagt sich da nicht ran.« Meine Stimme begann zu zittern.

Pepe legte den Arm um meine Schultern. »Wenn Tant Ruthie sich das nicht vorstellen kann, müssen wir ihr eben helfen und alles in Gang bringen!«

»Und wie stellst du dir das vor? Tant Ruthie braucht ein Konzept für eine Bank! Pepe, ich bin gerade vierzehn, du knapp fünfzehn. Wie viel Ahnung hast du von Geschäftsmodellen und Konzepten? Außerdem kann es ja sein, dass du bald nach Münster gehst«, fügte ich hinzu.

»Münster ist ja noch gar nicht sicher. Und mit dem anderen hast du recht. Wir haben keine Ahnung, aber davon ganz viel.«

»Lass deine blöden Scherze«, warf ich ein. »Dazu ist das hier wirklich zu ernst.«

»Eben. Es ist nämlich völlig egal, ob wir Ahnung haben. Wir haben schließlich nichts zu verlieren. Entweder es klappt, oder auch nicht. Tun wir nichts, dann geht es auf jeden Fall den Bach runter.« Pepe hatte jetzt wieder sein gewohnt verschmitztes Grinsen im Gesicht.

Gegen meinen Willen musste ich lächeln. Immerhin war Pepe wieder der Alte. Und es freute mich total, mit welcher Selbstverständlichkeit er Tant Ruthie unterstützen wollte. Vielleicht tat es ihr wenigstens gut, dass wir sie nicht alleinlassen wollten.

Pepe war voll in seinem Element. »Der Internethandel kann für Tant Ruthie die rettende Idee sein. Das in Kombi mit dem Können deiner Tante könnte tatsächlich funktionieren, Carlotta! Tant Ruthie muss das neue Konzept eben so formulieren, dass der Typ von der Bank das durchgehen lässt. Ich gebe zu, das würde wohl nichts werden, wenn wir das Schreiben des Konzepts übernehmen würden.« Pepe hatte das breiteste Smiley-Lächeln überhaupt im Gesicht.

»›Coole Aktion‹ und so sollte da wohl nicht drinstehen!« Ich lachte.

Pepe grinste zurück. »Aber wir können trotzdem eine Menge tun. Kein Problem sind der Internetanschluss, eine Homepage und ein Online-Laden. Und eine Domain für die Homepage zu beantragen, kostet nicht viel. Bei dem Konzept und dem Drumherum kann mein Onkel Tant Ruthie helfen.«

»Und das würde er tun?«, fragte ich. »Einfach so?«

»Klar, wir leben in Lüttjesiel, da hilft jeder, wo er kann. Beim Bauen, wenn einer krank ist, aber auch bei so was.«

Das Dörfchen am Meer war wohl doch anders als das große, anonyme Köln.

»Tant Ruthie braucht auch Werbeflyer«, fiel mir ein. »Ihr Laden muss den Feriengästen schließlich bekannt werden.«

»Darin ist Jonas spitze. Und wenn wir eine Internetdruckerei nehmen, ist auch das erschwinglich. Für Stoffe und so würde sie ja die Geldspritze von der Bank bekommen.« Pepe sprang auf. »So schnell kann ich wohl nicht nach Münster. Mein Vater muss sich gedulden. Erst müssen wir Tant Ruthie helfen.«

Mir schien es, als wäre er sehr erleichtert, nicht sofort eine Entscheidung treffen zu müssen.

»Und wenn es schiefgeht?«, warf ich ein.

»So what?« Pepe grinste. »Warum zweifelst du? Dann hat es eben nicht geklappt. Trotzdem wird die Sonne am nächsten Tag aufgehen, trotzdem werden die Blumen im Frühling blühen, und trotzdem wird es immer wieder Gewitter und Sturm geben. Das ist dann eben so. Aber wir haben es wenigstens versucht.« Er ging zu seinem Rad und lächelte mich an. »Nun ist zwar aus unserer Fahrt zur Insel nichts geworden, aber das holen wir nach, okay? Ich fahre jetzt zu Mona, Greta und Jonas. Wir müssen einen Schlachtplan entwerfen. Kommst du mit?«

Ich zögerte.

»Was ist los?«

»Mona«, begann ich.

»Was ist mit ihr?«

»Wir hatten Streit. Deinetwegen.«

Pepe runzelte die Stirn. »Meinetwegen?« Er zog das Wort in die Länge.

»Was war mit dir und Mona?«, fragte ich. »Sie lässt kein gutes Haar an dir und warnt mich in einer Tour vor dir.«

Er lief rot an. »Dafür haben wir jetzt keine Zeit. Ich rede mit Mona. Und irgendwann erzähle ich dir auch, was mit uns war, versprochen. Aber nun lass uns erst einmal Tant Ruthies Laden retten.«

Ich holte mein Fahrrad und fuhr ihm nach.

23

Als wir am nächsten Morgen beim Frühstück saßen, erzählte ich Tant Ruthie, dass wir uns nachher alle bei Pepes Tante und Onkel im Hinterzimmer des Lebensmittelgeschäftes treffen würden und was wir uns am Vortag genau ausgedacht hatten.

Tant Ruthie sah mich zweifelnd an.

»Ach, mien Deern, wie soll das denn alles nur klappen?«

»Wir haben doch in Emden schon Stoffe gekauft! Da fandest du das noch gut. Ein bisschen jedenfalls.« Ich lächelte sie an.

Tant Ruthie winkte ab. Das war dann wohl nur eine Laune gewesen, damit ich Ruhe gab. Aber ich wollte nicht aufgeben, nachdem wir uns gestern die Köpfe heißgeredet hatten.

»Bitte komm mit! Alles wird gut, du wirst sehen!«

»Carli, du sprichst von einer Welt, die ich nicht kenne. Ich und Technik! Online-Verkauf! Ich besitze ja nicht einmal einen Computer!«

»Den können wir organisieren, sagt Pepe. Er hat noch einen im Keller, den er fit macht, bis du dir einen besseren kaufen kannst. Und so kompliziert sind Computer auch wieder nicht.«

Tant Ruthie war noch immer nicht überzeugt.

»Du programmierst doch auch deine Nähmaschine!«

Das schien Tant Ruthie einzuleuchten.

»Und ihr wollt mir wirklich helfen? Nun, wenn man in einer solchen Lage ist wie ich, dann muss man jede Möglichkeit nutzen, die sich einem bietet. Ich will doch nicht auf der Straße enden!« Sie schlug die Hände vors Gesicht.

Eine Stunde später versammelten wir uns alle im Raum hinter dem Laden von Pepes Onkel. Tant Ruthie war es sehr peinlich, dass die anderen von ihren finanziellen Schwierigkeiten wussten.

»Jahrelang ist alles gut gegangen«, sagte sie, »und nun läuft gar nichts mehr.«

Sie hockte da wie ein Häufchen Elend. Ich bemerkte erst jetzt, wie blass sie in letzter Zeit geworden war.

Pepes Tante hatte ein paar Brötchen belegt und eine kühle Saftschorle auf den Tisch gestellt. »So arbeitet es sich doch besser«, sagte sie. »Bei der Hitze braucht man was Kaltes, und ein bisschen essen schadet nichts.«

Also aßen und tranken wir erst einmal etwas.

Mona war auch gekommen, aber sie wirkte schlecht gelaunt. Immer wieder schweiften ihre Blicke zwischen Pepe und mir hin und her. Ob Pepe schon mit ihr gesprochen hatte, wusste ich nicht. Zumindest versuchte sie nicht zu streiten. Wir wollten Tant Ruthie retten, das war uns allen wichtiger!

Als alle aufgegessen hatten, ergriff Pepes Onkel das Wort. Er hatte sich schon über alles informiert, was wichtig war. Den WLAN-Zugang für die *Mathilda* würde Tant Ruthie ganz einfach über den Hafenzugang bekommen. Mit dem Hafenmeister hatte er einen günstigen Tarif ausgehandelt.

»Wir müssen doch zusammenhalten«, hatte der gesagt. »Für Tant Ruthie machen wir das.«

Pepe hatte sich schon einige Gedanken gemacht, wie die Homepage aussehen könnte, Jonas' Ideen für einen Werbeflyer waren richtig gut.

»Mona, du hast dir doch auch etwas überlegt«, sagte Jonas schließlich zu ihr.

Widerwillig schob sie ein paar Zeichnungen über den Tisch. Sie hatte sich tatsächlich hingesetzt und mit wenigen Strichen drei weitere Taschenmodelle entworfen, in die die Urlauber ihre Strandsachen packen konnten. Außerdem waren ihr noch andere Sachen eingefallen. »Hier ist eine Tasche nur für Rasierapparate auf der Reise oder hier eine für Tablets, das können wir aus Filz nähen. Und hier eine Hülle für einen E-Book-Reader.«

Die Modelle waren wirklich klasse.

»Danke«, sagte ich zu ihr. Ich wollte Mona entgegenkommen.

»Gerne«, sagte sie mit gesenktem Blick. »Und sorry.«

»Ist okay«, sagte ich. So ein bisschen Magengrummeln hatte ich aber immer noch.

Deshalb wandte ich mich lieber an Tant Ruthie und unterdrückte das ungute Gefühl. »Du musst jetzt nur noch eigene Modelle für Erwachsene entwerfen, Tant Ruthie«, sagte ich. »Deine Kleider sind toll, deine Blusen und Hosen auch. Dazu kannst du Babysachen nähen. Stoff haben wir doch aus Emden mitgebracht. Das sind dann die Prototypen, die wir nachher in Serie in verschiedenen Ausführungen nähen. Du brauchst eine eigene Kollektion!«

Jetzt meldete sich Greta zu Wort. »Ich habe ein Label entworfen, das du in deine Sachen einnähen kannst, damit man sieht, woher sie kommen. Das macht man so.« Sie schob Tant Ruthie ein Bild über den Tisch. Es war schlicht gestaltet. Eine Möwe flog über den Schriftzug *Möwenmode.* Auf der Rückseite sollte dann Tant Ruthies Homepage stehen.

Tant Ruthie war völlig gerührt. »Wie soll ich das alles so schnell schaffen? Kinners nej, das wird mir alten Frau schon fast zu viel! Aber ihr seid wirklich lieb, dass ihr euch so viele Gedanken macht.«

Pepes Onkel stand auf. »Zunächst ist es nur wichtig, dass dein Geschäftsmodell die Bank überzeugt. Ich kann dir helfen, das Konzept zu schreiben. Damit die Bank die Füße stillhält und du erst einmal weitermachen kannst. Ich habe außerdem im *Modehaus Hermanns* in der Stadt angerufen. Sie können eine Schneiderin gebrauchen, die Änderungsarbeiten für sie übernimmt. Das hast du in Emden doch auch getan, oder?«

Tant Ruthie schüttelte fassungslos mit dem Kopf. »Das habt ihr wirklich alles für mich getan?«

Pepes Onkel nickte. »Ja, wir helfen dir. Es ist alles organisiert, wie du ja gehört hast. Du wirst deine Flickarbeiten weiter anbieten müssen und zusätzlich deine Modelle entwerfen, die man sowohl auf dem Kahn als auch im Internet kaufen kann.«

»Den einen Raum unten, der mit Kartons vollgestellt ist, kannst du zusätzlich als Verkaufsraum nutzen«, schlug ich vor.

»Und damit du schnell ein paar Sachen hast, die du anbieten kannst, fände ich es gut, mit der Kindermode zu beginnen. Das ist bei jungen Müttern heiß begehrt. Noch ist Saison, und es tummeln sich sehr viele junge Familien in Lüttjesiel«, mischte sich Pepes Tante ein.

Mir kam sofort eine super Idee. »Wir drei«, ich wies auf Mona, Greta und mich, »helfen dir dabei. Wir nähen Mützchen, Babypumphosen, Lätzchen und dazu Taschen. Alles, was einfach ist und schnell geht. Du entwirfst in der Zeit Jacken und Schneeanzüge für die Kleinen und nähst dann auch die ersten Modelle, also alles, was komplizierter ist. Parallel dazu kann deine Kollektion für Frauen entstehen.«

»Dann gibt es zwei Labels«, ereiferte sich Greta. »*Lüttchenmode* und *Lüttchenmode junior*. Da muss dann eine Babymöwe drauf.« Sie machte sich sofort eine Notiz.

Tant Ruthie wusste gar nicht, wie ihr geschah. Und Pepe sah zum ersten Mal, seit sein Vater aufgetaucht war, richtig glücklich aus.

24

Pepes Onkel hatte sich noch am selben Tag hingesetzt und das neue Konzept formuliert. Wir hatten ja alles genau besprochen. Er hatte sich bei der Bank erkundigt und genau Auskunft bekommen, was er tun musste. Der Bankberater war sehr freundlich und hilfsbereit gewesen. Wichtig war nur das Konzept, das überzeugen musste.

»Wir leben hier vom Tourismus«, sagte Pepes Onkel. »Das Konzept geht durch, bestimmt!«

Er war so voller Mut, dass wir anderen uns auch mit Feuereifer auf unsere Aufgaben stürzten. Ich entwarf mit Gretas und Monas Hilfe Zeichnungen für verschiedene Mützen. Das Designen der Babysachen machte richtig Spaß. Mona malte Vorlagen für kleine Wale und Möwen, die wir aus Stoff ausschneiden und auf die Hosen nähen konnten. Wir mixten Streifenstoffe mit einfarbigen und Karos und wurden immer kreativer. Kurz: Wir gerieten in einen totalen Rausch.

Das alles musste nachher zwar noch genäht werden, aber wir brauchten zunächst eigene Ideen, weil wir nichts aus den Büchern oder dem Internet kopieren wollten. Die Grundschnitte schon, aber nicht das, was wir daraus machten. Die *Lüttchenmode junior* sollte etwas ganz Besonderes werden. Wir arbeiteten den Rest des Tages und trafen uns am nächsten Morgen gleich wieder, um weiterzumachen.

Tant Ruthie ließ sich von uns anstecken und fing an, sich Modelle für die *Lüttchenmode* für Erwachsene zu überlegen.

Von den Jungs sahen wir an dem Vormittag nichts, sie waren wohl genauso beschäftigt wie wir.

Aber nach dem Mittagessen kamen sie und hatten Jonas' Laptop dabei. Wir setzten uns an Deck, denn Tant Ruthie war in ihrem Atelier verschwunden und wollte nicht gestört werden.

Jonas hatte einen fantastischen Flyer entworfen, den wir, sobald er aus dem Druck kam, im Ort und auch in der nächsten Stadt verteilen wollten.

»Und nun kommt der Knaller!«

»Pepe, bleib auf dem Teppich«, herrschte Mona ihn an. »Deine Sachen sind um nix besser als unsere, kapiert? Du bist hier echt nicht der Held. Die Grundidee für all das stammt nämlich von mir. Also: Ball flach halten!«

»Okay, okay«, lenkte Pepe ein. Wurde er tatsächlich ein bisschen rot? Etwas ruhiger tippte er auf der Tastatur herum und präsentierte uns dann eine Seite, die schon große Ähnlichkeit mit einer Homepage hatte. Allein die Startseite war der Hammer. Pepe hatte die *Mathilda* fotografiert, dazu Bilder vom Strand, vom Hafen, von Heins Kutter und auch von unserer Insel eingebaut. Es war ihm gelungen, das Maritime von Lüttjesiel, das sich schließlich auch in der *Lüttchenmode* widerspiegeln sollte, einzufangen. Auf der Startseite konnten die Kunden auch gleich die Anschrift des Lädchens auf der *Mathilda* finden und sämtliche Kontaktdaten. »Damit die Leute nicht erst lange suchen müssen«, erklärte Pepe und klickte weiter. Das Menü war übersichtlich und nicht zu umfangreich.

»Da müssen dann die Fotos und Preise rein«, sagte er, als wir auf den Verkaufsseiten angelangt waren. »Wenn die ersten genähten Sachen am Start sind. Und hier«, er zeigte uns die nächste Seite, »ist der Warenkorb. Ich werde Tant Ruthie beibringen, wie sie die Modelle einstellen kann, die Maske ist kinderleicht zu bedienen, wenn man es einmal verstanden hat. Sie muss ja unabhängig von uns sein. Ich helfe natürlich, wenn größere Änderungen nötig sind, aber so kann sie allein zurechtkommen.«

Wir waren begeistert.

»Wieso funktioniert das hier eigentlich ohne Internet?«, fragte Greta. »Tant Ruthie hat doch erst ab morgen ihren WLAN-Zugang.«

»Die Seite ist noch nicht hochgeladen«, sagte Jonas. »Das können wir auch nicht allein, wir sind ja nicht volljährig. Pepes Onkel hat aber schon eine Domain gesichert. Und wir müssen uns noch um die Datenschutzsachen und so kümmern.«

Ich war froh, dass ich mit diesen Sachen nichts zu tun hatte. Da war mir das Nähen doch viel lieber.

»Darauf eine Apfelschorle?«, fragte ich.

Greta half mir, die Flaschen und Gläser aus der Kombüse an Deck zu schleppen.

»Nun stecken wir alle drin in Tant Ruthies Rettung«, sagte ich, als wir wieder unter dem Sonnensegel saßen. Ich war froh wie nie zuvor, nicht nach Mallorca geflogen zu sein. Erstens wäre ich dann schon seit zwei Wochen wieder zu Hause. Zweitens aber, und das war viel wichtiger: Wäre ich nicht hier, hätte Tant Ruthie ihren Kahn verlassen müssen, und ich hätte es vielleicht irgendwann zufällig von Papa gehört. So aber hatte ich mit meinen neuen Freunden ein Drama verhindert, und das war ein tolles Gefühl.

Und drittens: Ich hätte Pepe nie kennengelernt. Er sah mich die ganze Zeit an, und wenn ich zurückschaute, lächelte er. Am liebsten hätte ich an dem Tag die Zeit angehalten, so glücklich war ich.

»Wer kommt da denn?«, fragte Mona plötzlich.

Wir wandten alle gleichzeitig den Blick. Es war der Harleyfahrer. Pepes Vater, von dem die anderen nichts wussten.

Er betrat die Gangway, als wäre es das Normalste der Welt. »Hi, Pepe!«

Der schaute kaum auf. »Hi. Wir haben zu tun.«

Ich fühlte mich unbehaglich und hätte es am liebsten gesehen, dass sein Vater wieder verschwand. Schlimm genug, dass er immer noch da war. Ich wünschte mir so sehr, Pepe würde in Lüttjesiel bleiben können, weil er irgendwie hierhergehörte. Auch wenn Münster viel näher an Köln lag.

»Ich wollte mal sehen, wie weit ihr mit eurer Rettungsaktion seid. Pepe hat schließlich nicht ewig Zeit. Ich bin der Jupp, Pepes Alter!«

Mona verschluckte sich und fing heftig an zu husten. Jonas' Blick schnellte zwischen Pepe und seinem Vater hin und her. Dann sah er zu mir. »Hast du das gewusst?«, formte er lautlos mit den Lippen. Greta war ganz blass geworden.

Ich fing mich als Erste, wahrscheinlich, weil ich zumindest etwas vorgewarnt war.

»Guten Tag, Jupp. Möchten Sie eine Apfelschorle?«, versuchte ich, die peinliche Stille zu überbrücken.

»Erst mal du, junges Fräulein. Ich will euch helfen, damit ihr schneller zu Potte kommt. Bald geht's auf nach Münster. Aber ich will meinem Sohn den Spaß hier mit euch nicht versauen. Also: Was kann ich tun, um das hier zu beschleunigen?«

»Im Augenblick nichts«, quetschte Pepe zwischen den Zähnen hervor. »Wir planen noch. Ich sag dir dann Bescheid.«

»Alles roger in Kambodscha!« Jupp schlug Pepe einmal kräftig auf die Schulter. »Ich bin in meinem Pensionszimmer. Kannst ja nachher mal einen Besuch machen.« Er verließ die Gangway.

Mann, war das ein Idiot! Kein Wunder, dass Pepe so im Stress war. Mit dem würde ich ganz sicher nicht nach Münster ziehen. Den würde ich auf den Mond schießen! Oder besser zum Pluto, der war am weitesten weg von der Erde.

Kurz darauf ertönte das Knattern seiner Harley, die er vor dem Hafen geparkt hatte.

»Das war dein Vater?«, fragte Mona, nachdem sich alle wieder gefangen hatten.

»Ja, er wohnt in Münster und ist kürzlich hier aufgetaucht. Er will jetzt einen auf Familie machen. Nach fünfzehn Jahren ist ihm das offenbar ›spontan‹ eingefallen.« Pepe tat gleichgültig, aber jeder in der Clique wusste, dass das nicht so war. »Damit ihr es wisst: Er hat nicht nur vor sich hin gelabert. Er will mich wirklich zu sich holen. Dann hätte ich endlich so etwas wie eine Familie. Ein bisschen abgespeckt, aber immerhin.« Pepe lächelte unsicher in die Runde.

»Nach Münster?« Monas Stimme überschlug sich. »Ich dachte, wenn Carlotta weg ist, ist wieder Ruhe – und nun willst du weg?« Sie sprang auf und rannte von Bord.

Wir sahen ihr hilflos hinterher.

Als Monas Schritte auf dem Kai verklungen waren, fragte Jonas: »Und, was wirst du tun?«

»Willst du mit ihm gehen?« Greta sah von mir zu Pepe.

Der zuckte nur mit den Schultern. In seinem Blick lag eine Mischung aus Hoffnung und Verzweiflung. Er wusste wirklich nicht, was richtig war.

25

Die nächsten Tage vergingen wie im Flug.

Mona tat mir und Greta gegenüber einfach so, als wäre nichts gewesen, und wir schnitten das Thema Pepe nicht an. Ich konnte ohnehin nichts ändern. Wir waren ineinander verliebt, ob es Mona gefiel oder nicht. Und wie es nach den Ferien mit uns weitergehen würde, ließ ich erst mal auf mich zukommen. Ich hatte momentan weder Zeit noch Lust, mir darüber den Kopf zu zerbrechen.

Tant Ruthie hatte uns all ihre Stoffe, die sie über die Jahre besorgt und in sämtlichen Luken verstaut hatte, zur Verfügung gestellt. Hinzu kamen die, die wir vom Stoffmarkt mitgebracht hatten. So konnten Greta, Mona und ich unsere Ideen schnell umsetzen. Ab und zu mussten wir andere Muster oder Farben nehmen, weil die geplanten nicht da waren, aber wir kamen gut voran. Es war der Wahnsinn, was Tant Ruthie auch an Accessoires wie Applikationen, Reißverschlüssen und Knöpfen besaß. Wir konnten uns tatsächlich so richtig austoben.

Am meisten Spaß machte es uns, verschiedene Taschen zu entwerfen. Einfallsreich, wie wir waren, dachten wir uns noch welche für Handarbeitsfreaks aus, für Angler, Kulturtaschen und natürlich Strandtaschen in allen Variationen.

Aber wir nähten auch, und am Ende waren dann einige Modelle fertig, die man auch zum Verkauf anbieten konnte. Das ging leider längst nicht mit allen, wie Tant Ruthie uns mit einem kritischen Blick auf die Nähte erklärte.

»Das macht aber nichts«, beruhigte sie uns. »Wir können sie als Prototypen nehmen, denn vom Design her sind sie gut. Die können wir genau so nachnähen.« Sie zeigte uns noch den einen oder anderen Kniff. Von einem Profi zu lernen, war einfach klasse.

Sogar Internet gab es jetzt auf der *Mathilda*. Ich chattete ein paarmal mit Nicky. Sie war begeistert über unsere Hilfe für Tant Ruthie und richtig traurig, dass sie nicht dabei sein konnte.

Pepe zeigte meiner Tante derweil, wie man E-Mails verschickte, durchs Netz surfte und so weiter. Das führte einmal sogar dazu, dass Tant Ruthie vor lauter Begeisterung vergaß, das Mittagessen auf den Tisch zu bringen. Das war ihr peinlich!

Heute aber hatte sie daran gedacht, und nachdem wir am Vormittag drei Handyhüllen genäht hatten, zog der Duft von frisch gebratenen Frikadellen übers Schiff. Für mich gab es sie in vegetarisch.

»Unsere Stoffvorräte für die Kindersachen gehen zu Ende«, sagte Greta. »Von allem anderen ist zwar noch genug aus Tant Ruthies alten Beständen da, aber vom Muster her nichts, woraus man Mützen, Schals oder coole Babylätzchen nähen kann.«

Greta hatte recht. Wir mussten bald für Nachschub sorgen, wobei es vielleicht besser war, erst einmal abzuwarten, ob sich die Sachen überhaupt verkauften.

»Ich rede gleich mal mit Tant Ruthie«, versprach ich. Denn das Konzept war von der Bank noch nicht akzeptiert worden, und sie wartete sehnsüchtig auf eine Rückmeldung.

»Ist sicher nicht schlecht, wenn wir das Wochenende mal freihaben«, sagte Mona. »Ich hab schon Rückenschmerzen vom Zuschneiden.« Nach Tant Ruthies Kritik hatten wir uns darauf geeinigt, dass Mona nur noch zuschnitt, weil sie am unsaubersten nähte. Seltsamerweise akzeptierte sie das ohne Murren, vielleicht, weil es ihr großen Spaß machte, die verschiedenen Schnitte zu entwerfen. Greta und ich setzten uns abwechselnd an die Maschinen.

Mir tat der Rücken auch schon weh. Es war bestimmt gut, mal etwas anderes zu unternehmen.

Auch wenn es längst nicht mehr so heiß wie zu Beginn meines Urlaubs war, konnten wir doch zu unserer Insel schippern.

Mona hatte aber eine bessere Idee. »Wir fahren mit dem Zug nach Oldenburg zum Shoppen. Falls Tant Ruthie will, könnten wir dort bestimmt auch Stoff bekommen. Gibt es da einen Stoffladen?«

Greta zückte ihr Handy. Sie schaute konzentriert aufs Display und sah uns dann freudig an. »Morgen ist am Pferdemarkt sogar Holländischer Stoffmarkt. Nach Emden konnten wir ja nicht mit. Kommt, lasst uns vor dem Essen noch kurz zusammentragen, was wir brauchen. Eine bessere Gelegenheit, ausgefallene und günstige Stoffe für die Kiddies zu kaufen, bekommen wir nicht. Und – wir kommen raus und können zugleich unser Projekt vorantreiben.«

»Nun rede mal nicht so geschwollen!« Mona stieß sie an und lachte. »Aber du hast recht.«

Rasch überschlugen wir die Mengen an Stoff, die wir brauchten, und ich beschloss, Tant Ruthie nachher zu fragen, was sie noch an Zubehör benötigte.

»Die Jungs wollen bestimmt nicht mit, oder?«, fragte ich.

»Meinetwegen nicht«, gab Mona zurück. »Ich glaub auch nicht, dass der Stoffmarkt sie interessiert.«

Greta faltete den Einkaufsplan zusammen und reichte ihn mir rüber. Dann schlug sie sich mit der Hand vor die Stirn. »Oh nein! Das hatte ich ja völlig vergessen! Ich kann leider morgen nicht mit, meine Oma hat Geburtstag. Ich bin für ein paar Tage dort. Aber fahrt ruhig ohne mich – dann haben wir alle Abwechslung.«

Ohne Greta hatte ich zwar nur halb so viel Lust, nach Oldenburg zu fahren, aber ich wollte Mona auch nicht vor den Kopf stoßen. Sie schien mit Gretas Absage ohnehin kein Problem zu haben. »Morgen halb neun bei mir? Meine Eltern können uns zum Bahnhof bringen.«

Wir verabschiedeten uns, und ich kletterte in die Kombüse, wo Tant Ruthie bereits den Tisch gedeckt hatte. »Na, wart ihr fleißig?«

»Und wie, aber morgen ist Pause. Wir wollen nach Oldenburg. Shoppen und zum Stoffmarkt. Brauchst du noch was? Wir können es mitbringen.« Ich nahm mir zwei Kartoffeln und zwei vegetarische Frikadellen.

Tant Ruthie kniff die Lippen zusammen. »Ich bräuchte eine Menge«, sagte sie. »Nur gibt es ein Problem.«

Ich sah sie fragend an.

»Ich habe noch kein Geld, um großartig einzukaufen.«

Das war wirklich übel. »Dann hat sich die Bank wohl noch nicht bei dir gemeldet, schade!«

Pepes Onkel war selbst mit ihr in die Stadt gefahren, um das Konzept für den neuen Laden dort vorzulegen.

Tant Ruthie schüttelte den Kopf. »Noch nicht. Aber Jonas und Pepe wollten heute die fertigen Sachen in den Online-Shop einstellen. Sie haben gestern schon alles fotografiert. Mit etwas Glück kommt dann bald ein bisschen Geld rein, aber das reicht natürlich nicht für große Stoffkäufe.«

So langsam begann ich zu begreifen, wie schwierig es war, einen Laden zu führen. Ich hatte mir nie Gedanken darüber gemacht, wie so etwas funktionierte. Dass man die Ware selbst erst einkaufen musste und sie dann etwas höher weiterverkaufte, damit etwas übrig blieb. Für die Ladenmiete oder wenn man Leute beschäftigte. Aber das Wissen half mir nun nicht weiter.

Ich aß schweigend mein Mittagessen, aber dann kam mir eine Idee. Wenn die Bank Tant Ruthie nichts gab, würde ich ihre Bank sein! Mama und Papa hatten mir für den Notfall Urlaubsgeld dagelassen, und davon wollte ich Stoff kaufen. Später konnte Tant Ruthie mir das Geld ja zurückgeben. Damit wären meine Eltern bestimmt einverstanden.

Ich wollte ihr aber nichts davon sagen, weil ich befürchtete, dass sie das nicht annehmen würde.

Als wir fertig gegessen hatten, klingelte mein Handy. Es war wirklich ein Vorteil, wenn man Internet hatte. Pepe hatte mir eine Whatsapp geschrieben. Seine Nachricht war kurz. »Komme gleich vorbei.«

26

Mein Herz tanzte, sprang, lief Marathon, als Pepe mit seinem klapprigen Rad um die Hafenecke bog. Wir hatten uns fast eine Woche nicht allein gesehen, und ich merkte, wie sehr ich das vermisst hatte.

Ich lief ihm entgegen, und er umarmte mich. »Schön, dich zu sehen.«

»Schön, *dich* zu sehen«, sagte ich. »Was wollen wir machen?«

»Bloß weg von hier, oder? Einmal keine Probleme lösen.«

»Insel oder Bucht?«

»Insel«, sagten wir wie aus einem Mund.

Ich gab kurz Tant Ruthie Bescheid, holte eine Wasserflasche, und dann rannten wir Hand in Hand zum Boot.

Wir ruderten abwechselnd, dieses Mal schlingerte ich nicht im Kreis herum, sondern hielt den Kurs.

»Das klappt ja jetzt super, Carlotta«, sagte Pepe, und bei seinem Lächeln wurde mir warm ums Herz.

Ich steuerte auf den Steg zu, wo Pepe das Boot vertäute. Dann kletterten wir von Bord. »Endlich allein«, sagte er. »Endlich.«

Unsere Insel sah nach dem Unwetter noch immer mitgenommen aus.

»Das wird schon wieder«, sagte Pepe, als er meinen traurigen Blick bemerkte. »Die Natur holt sich alles zurück.«

Er nahm mich in den Arm, strich mir eine Locke hinters Ohr und sah mich lange an. Ich hielt seinem Blick stand. Dann näherten sich seine Lippen meinen, und er hauchte mir einen leichten Kuss darauf.

Ich hielt den Atem an. In meinem Kopf klingelte es, mir war richtig schwindelig vor Glück.

Und dann ritt mich der Teufel. Anders konnte man das wohl nicht nennen. Ich schob Pepe weg und fragte: »Hast du das mit Mona auch gemacht?«

Das Feuer zwischen uns kühlte nicht langsam und allmählich ab, nein, es erlosch einfach so. Als hätte ich mit meiner Frage einen Eimer eiskaltes Wasser darüber ausgekippt.

Pepe sah mich völlig entgeistert an. »Ja, hab ich. Aber es war anders.«

»Was heißt das?«

Seine Schokoaugen wirkten jetzt schockgefrostet. »Das heißt, dass es sich mit ihr nicht richtig angefühlt hat. Mit dir aber schon. Reicht das?« Er versuchte ein Grinsen, das aber misslang. »Sie mag auch keine Schokominzpfefferlade.«

Seine Worte prallten an mir ab. »Irgendwas stimmt doch nicht zwischen euch! Und hör mit der Schokoladennummer auf. Ich meine das ernst!«

Pepe holte tief Luft. »Es ist nichts mehr. Nun lass das bitte. Es. Ist. Unwichtig.«

»Das sieht Mona aber anders«, sagte ich.

»Bin ich hier im Kreuzverhör, oder was?« Pepes Stimme war nun messerscharf, und am liebsten hätte ich mir auf die Zunge gebissen. Wie konnte man so blöd sein und den romantischsten Augenblick seines Lebens mit diesen dämlichen Fragen zerstören? Ich begann zu schlingern, wusste nicht, wie ich jetzt reagieren sollte, und machte es nur noch schlimmer, als ich sagte: »Ich will es doch nur wissen. Sie sagt, du bist unzuverlässig, ich soll mich nicht auf dich einlassen. All so was.«

»Bin ich unzuverlässig?«, fragte Pepe.

Ich schüttelte den Kopf. »Was hast du mit ihr gemacht, dass sie das sagt?«

Pepe lachte kurz auf. Fröhlich klang das nicht. »Die Frage ist doch nicht, was ich mit ihr gemacht habe. Die Frage ist, was sie mit mir gemacht hat.« Er wandte sich zum Boot. »Kommst du mit? Mit dir allein auf die Insel zu fahren, war dämlich. Ich habe sowieso noch was anderes zu tun. Eigentlich wollte ich etwas mit dir bereden. Aber dann eben nicht.«

Ich packte ihn am Arm. »Pepe, bitte entschuldige. Ich wollte dich nicht kränken. Ich war nur so … so unsicher!«

Er sah mir wieder tief in die Augen, aber die Herzlichkeit war aus seinem Blick verschwunden. »Ich weiß, dass es nicht immer einfach ist. Ich mag nicht gern über bestimmte Dinge sprechen …«

»Dein Vater, ich weiß.«

»Das ist eine Baustelle, mit der ich immer noch nicht weitergekommen bin. Ich brauche Zeit und hab echt andere Sorgen als Mona.«

Jetzt wurde ich wütend. »Du nervst einfach, Pepe! Dauernd hast du Gründe, dich auszuschweigen, ich soll dir vertrauen und so. Aber du bist nicht allein auf der Welt! Ich bin auch mit Greta, Mona und Jonas befreundet. Und wenn du mein Freund bist, wäre es hilfreich zu wissen, was passiert ist, damit ich damit umgehen kann!« Ich war von Wort zu Wort lauter geworden.

Pepe schwieg, stieg ins Boot und lockerte das Seil.

Da ich keine Lust hatte, allein auf der Insel zu bleiben und mich ein zweites Mal von Hein einsammeln zu lassen, kletterte ich auch hinein. Aber ich bebte vor Zorn. Was bildete sich Pepe eigentlich ein? Er küsste mich und verlangte, dass ich ihm blind hinterherlief, ihm vertraute? Was war so schlimm daran, wenn er mir etwas über Mona und ihn erzählte?

»Du bist kein Krebs, du bist eine Muschel, die sich fest verschlossen hat«, sagte ich. Dann starrte ich stumm übers Lüttje Meer, bis wir wieder am Hafen angelangt waren.

Meine Wut war inzwischen verraucht, und ich war eher traurig.

»Und nun?«, fragte ich Pepe, denn ich mochte ihn nicht einfach so ziehen lassen.

Er zuckte mit den Schultern. »Ich weiß es nicht. Ich weiß nur, dass du irgendwie recht hast und auch, dass es mir leidtut. Aber ich mag nicht darüber sprechen. Mir ist das im Augenblick einfach alles zu viel.« Er hauchte mir einen Kuss auf die Wange und lief zu seinem Fahrrad. Dann war er weg.

27

Ich schlief schlecht in dieser Nacht, weil ich so aufgewühlt war. Ich hatte es gestern komplett verdorben. Pepe hatte mit mir reden wollen, und ich war ihm mit Mona gekommen! Das war einfach dumm gewesen! Und heute konnten wir uns nicht sehen, weil ich nach Oldenburg fuhr. Gleich nach dem Aufwachen checkte ich mein Handy, aber Pepe hatte mir nicht geschrieben.

Schließlich schälte ich mich aus der Koje, machte mich fertig und setzte mich zu Tant Ruthie in die Kombüse. Ich musste mich sputen, denn ich war spät dran. Mein Urlaubsgeld hatte ich schon in die Tasche gesteckt.

»Dann wünsche ich euch viel Spaß, Carli! Auch ohne Stoffkauf.« Tant Ruthie steckte mir noch zwei Einkaufstaschen zu. »Dann brauchst du keine Tüten. Das schont die Umwelt.« Es war typisch für sie, dass sie daran dachte.

Ich drückte ihr einen Kuss auf die faltige Wange und machte mich mit dem Rad quer durchs Dorf auf den Weg zu Mona. Sie stand schon draußen und ihre Mutter brachte uns zum Bahnhof. Es war recht weit und umständlich, wenn man von Lüttjesiel aus mit dem Zug fahren wollte.

Am Bahnhof steuerte Mona zielstrebig auf das Gleis zu. Ich kicherte, denn es gab nur zwei.

Mittlerweile hatte ich mir vorgenommen, heute sämtliche Gedanken an Pepe zu verdrängen und einfach nur die Zeit in der Stadt zu genießen. Wie viele Wochen war ich nicht mehr shoppen gewesen! In Köln waren Nicky und ich ständig unterwegs. Nicky … Köln … Das alles war so verdammt weit weg.

Wir hatten noch zwanzig Minuten Zeit. Es waren nur wenige Leute auf dem Bahnsteig, kein Geschiebe und Gedränge, wie ich es aus der Stadt kannte.

»Gleich in Oldenburg ist mehr los«, sagte Mona. »Das ist schon echte Großstadt.«

Ich wollte eben etwas erwidern, als ich stutzte. Da war doch Pepe! Er stand hinter dem Pfeiler mit dem Fahrkartenautomaten und hatte uns noch nicht gesehen. Ich wollte auch, dass es so blieb. Was zum Teufel machte er hier?

»Ich hole mir am Kiosk noch was zu trinken«, sagte Mona. »Willst du mit?«

Ich schüttelte den Kopf und blieb am Bahnsteig zurück. Dort stellte ich mich so, dass Pepe mich nicht auf Anhieb erkennen konnte.

Der Gegenzug aus Oldenburg fuhr ein, und ein paar Fahrgäste verließen die Waggons. Unter anderem auch ein junges Mädchen mit rotblondem Haar, einem Hintern wie Jennifer Lopez und einem kurzen, engen Rock, in dem er auch gut zur Geltung kam.

Lass es nicht das sein, was ich vermute!, dachte ich.

Doch da rannte die Rothaarige schon auf Pepe zu, fiel ihm juchzend um den Hals und küsste ihn auf die Wange. Er strahlte übers ganze Gesicht. Sie umarmten sich gleich noch einmal. So hatte ich Pepe noch nie erlebt. Er wirkte frei. Und glücklich.

Pepe schnappte sich den Trolley des Mädchens, nahm ihre Hand, ging mit ihr zum Bus und stieg ein.

So viel zum Thema Vertrauen. Ich setzte mich völlig fertig auf die

Bank, sonst wären mir die Beine wegesackt. Das Mädchen musste ihm ja viel bedeuten, wenn er extra mit dem Bus von Lüttjesiel zum Bahnhof gefahren war, um sie abzuholen.

Mona kam mit zwei Flaschen Cola in der Hand zurück und stieß mich in die Seite. »Hast du ein Gespenst gesehen?«

Ich schüttelte den Kopf. Darüber reden ging jetzt einfach nicht.

28

Ich brauchte die ganze Fahrt, um den Schock einigermaßen zu verdauen, und war wirklich froh, dass Mona mit mir in der Bahn saß und mich ein bisschen ablenkte. Wir redeten über dies und das, und ich versuchte, mir nichts anmerken zu lassen. Aber Mona sah ich mit anderen Augen. Vermutlich hatte Pepe ähnlich übel mit ihr gespielt wie mit mir, und ich fühlte mich ihr verbunden wie noch nie.

In Oldenburg angekommen, gelang es tatsächlich, Pepe kurzzeitig aus meinen Gedanken zu verbannen.

Zuerst zogen wir über den Stoffmarkt und arbeiteten unsere Liste ab. Mein Geld reichte genau, aber wir hatten nun doch ganz schön was zu schleppen.

»Ich muss was trinken«, stöhnte Mona. »Die Cola von vorhin ist ja schon lange leer.«

Wir liefen durch die Fußgängerzone und steuerten sofort das erste Café an. Dort bestellten wir zwei Spezi. Die kühlen Getränke taten gut, und wir beratschlagten, was wir nun mit dem Rest der Zeit anfangen wollten. Mit den schweren Taschen durch die Stadt zu latschen, war einfach nervig.

»Wir nehmen am Bahnhof ein Schließfach«, schlug Mona vor, aber bis dorthin müssten wir eine Weile laufen, und uns taten schon jetzt die Füße weh. »Geld hab ich auch keins mehr«, sagte ich.

»Du machst sowieso ein Gesicht wie sieben Tage Regenwetter«, kommentierte Mona. »Was ist denn los mit dir? Das fing am Bahnhof an, Carlotta. Erst warst du noch supi drauf, und nun? Ich weiß, du versuchst, es zu verbergen, klappt aber nicht.«

»Pepe«, sagte ich nur. Sie würde es ja ohnehin erfahren, wenn wir zurück in Lüttjesiel waren.

»Was ist mit ihm? Hatte ich doch recht mit meiner Warnung, oder was ist los?«

»Hattest du wohl. Er hat eine andere«, sagte ich. »Hab die beiden am Bahnhof gesehen.«

Mona spitzte die Lippen. »Typisch. Der sieht einfach zu gut aus.«

Ich senkte den Kopf und starrte auf meine Schuhe. »Ich bin eine von vielen, oder? Jeden Sommer eine andere?«

Mona stieß mich freundschaftlich an. »Pepe lässt sich eben viel zu gern bewundern.«

Mir kamen plötzlich die Tränen.

Meine Eltern am anderen Ende der Welt, Nicky in Köln, meine Sommerliebe geplatzt wegen einer rothaarigen Schönheit, und dann das ganze Drama um Tant Ruthie. Vielleicht war wenigstens das gelöst.

Wider Erwarten reagierte Mona total nett. Sie bestellte uns eine Eisschokolade und rückte dann neben mich. Mona roch immer gut. Blumig, vanillig und pudrig.

»Pepe ist eben Pepe.« Sie legte ihren Arm um meine Schultern und drückte mich. »Man kann sich nicht auf ihn verlassen. Du meinst, er mag dich, und – schwups –, ist er weiter weg als der Mond.«

Die Bedienung brachte die Eisschokolade.

»Ich lade dich ein«, sagte Mona. »Lass es dir schmecken.« Sie sog vorsichtig am Strohhalm.

»Was war mit euch?«, fragte ich sie. Nun musste ich alles wissen. »Was hat Pepe dir angetan?«

Mona lehnte sich zurück und schaute in die Menschenmenge, die sich durch Oldenburgs Fußgängerzone schob. »Pepe und ich waren im letzten Jahr zusammen. Ich fand ihn toll, weil er alles hinbekam. Er hat meinem Vater geholfen, den Hinterhof vom Hotel in Ordnung zu bringen, und er hat sich um mich gekümmert, als es mir mies ging, weil ich voll den Stress in der Schule hatte. Ich bin nicht so eine Leuchte in Mathe, weißt du? Pepe kann irgendwie alles. Hat mit mir geübt und so.« Ich löffelte die Sahne herunter. Die Eisschokolade war sehr lecker, nicht zu süß, und sie schmeckte zum Glück nicht nach Pfefferminz. Das hätte ich jetzt nicht ertragen.

Mona leckte ihren Löffel ab. »Nachdem ich Schluss gemacht hatte, war er praktisch sofort mit Bine aus der 8c zusammen. Ich glaube, seine Freundinnen bedeuten ihm gar nichts, denn ratzfatz war es mit Bine auch wieder vorbei.« Sie drückte meinen Arm. »Sorry, dass ich dir so etwas über ihn erzählen muss.«

»Schon gut! Aber ganz ehrlich: Du magst ihn noch, oder?«

Mona antwortete nicht darauf, sondern trank den letzten Rest der Eisschokolade.

»Ist wohl alles etwas kompliziert«, meinte ich.

»Jepp.« Mona winkte der Kellnerin, weil sie zahlen wollte.

»Aber warum hängt ihr dann alle immer noch zusammen ab, wenn es so schwierig zwischen euch ist?« Das würde ich wohl nie verstehen.

Mona reckte sich. »Lüttjesiel ist klein, und wir haben nur uns. Also lassen wir einander leben.«

»Magst du Pepe denn nun noch?«, hakte ich ein zweites Mal nach.

»Nein, um Gottes willen!« Sie wurde ganz rot bei ihren Worten, und ich glaubte ihr nicht. Ich hatte eher den Verdacht, dass Mona noch immer hoffte, sie kämen wieder zusammen. Das würde auch erklären, warum sie mich oft so feindselig betrachtet hatte.

»Warum hast du dich denn von ihm getrennt?«, fragte ich.

Sie winkte ab. »Es passte eben nicht. Er ist ein Aufschneider. Weißt du doch.« Sie stand auf und wollte offenbar nichts mehr dazu sagen. Aber eine letzte Frage musste ich noch loswerden.

»Kannst du dir vorstellen, wer das Mädchen war, das er am Bahnhof in den Arm genommen hat? Sie hatte rote Haare und eine tolle Figur. Er schien sie gut zu kennen.«

Mona zögerte eine Sekunde. Dann schüttelte sie heftig den Kopf. »Keine Ahnung. Lass ihn ziehen, Carlotta.«

Ich nickte, aber in mir krampfte sich bei der Vorstellung, dass Pepe mich nie mehr in den Arm nehmen würde, alles zusammen.

29

Den Sonntag herumzubekommen, war schwierig. Pepe schickte mir zwar eine kurze Whatsapp, aber ich zwang mich, nicht darauf zu reagieren. Was sollte es auch noch? Er traf sich mit einer anderen und hielt mich am Haken für den Fall, dass die bald wieder weg war? Mir ging es total mies.

Das, was mir bei unserem Shopping-Trip einigermaßen geglückt war, gelang mir heute überhaupt nicht. Es war eher so, als hätte sich der Schmerz nur aufgestaut und schoss nun mit voller Wucht aus mir heraus.

Ich wollte Pepe diese Macht über meine Gefühle nicht geben, aber es war unmöglich, ihn aus meinen Gedanken zu verbannen. Pepe hatte sich schon viel zu tief in meinem Herzen eingenistet, und er konnte mich so sehr verletzen wie kein anderer Mensch zuvor.

Ich versuchte verzweifelt, Nicky zu erreichen, aber sie war nicht zu Hause. Sie schrieb mir nur kurz zurück, dass sie später antworten würde.

Mona hatte sich ebenfalls abgemeldet, und so blieb ich allein mit mir und meinen quälenden Gedanken.

Zumindest hatte sich Tant Ruthie unglaublich über die Stoffe gefreut. Also tat ich das, was mir normalerweise am besten über schweren Kummer hinweghalf: Ich nähte.

Doch die Babypumphose, an der ich mich versuchte, misslang mir gründlich.

Es war ein schlechtes Zeichen, wenn sich meine negative Stimmung auf die Nähqualität niederschlug. Das war mir noch nie passiert und setzte sämtliche Alarmglocken in mir in Gang. Doch ich konnte einfach nicht vermeiden, dass sich ständig die rothaarige Schönheit vor mein inneres Auge schob. Pepes Lachen tackerte durch meinen Kopf und verursachte einen rasenden Schmerz.

Ob er mit ihr auch zur Insel ruderte? Aber das Boot lag vertäut am Kai. Das hatte ich natürlich vorhin überprüft. Verdammt, ja, ich war eifersüchtig. Und das nicht nur ein bisschen. Es raubte mir den Verstand. Und ich konnte jetzt gut verstehen, dass ich Mona ein Dorn im Auge gewesen war. Konkurrentinnen mochte man eben nicht besonders.

Mein Gedankenkarussell drehte sich weiter. War Pepe mit ihr etwa in unserer Bucht? Ich konnte es nicht lassen, schnappte mir Tant Ruthies Rad und fuhr dorthin. Doch da war niemand.

Ich radelte zurück, ging erneut ins Atelier, konnte mich aber nicht dazu aufraffen, ein Stück Stoff in die Hand zu nehmen. Mir erschien alles grässlich sinnlos ohne Pepe, und ich fühlte mich krank. Also saß ich vor meiner Nähmaschine und starrte vor mich hin.

Zwischendurch nahm ich mein Handy und schaute, ob er online war. Bestimmt widmete er sich jetzt ganz dem rothaarigen Mädchen. Weil ich die Traurigkeit nicht länger ertrug, versuchte ich es mit Wut. Das half doch immer, wenn es einem mies ging. Mein Kopf textete mich damit zu, dass Pepe ein mieser Typ war, der jetzt mit einer anderen rummachte. Aber mein Herz weinte.

30

Als ich am Montagmorgen verschlafen in die Küche kam, strahlte Tant Ruthie übers ganze Gesicht. »Die Bank hat das Konzept bewilligt, und ich bekomme einen Gründungskredit! Es geht weiter, Carli!«

Für einen Augenblick verbannte ich Pepes Gesicht. Ich fiel Tant Ruthie um den Hals. Dann tanzten wir durch die Küche und stießen uns in dem engen Raum überall. Aber das war egal, wir hatten gewonnen!

»Du kannst bleiben!«, jubelte ich.

»Bleiben, bleiben, bleiben!« Wir sangen es in allen Tonlagen. Schief und falsch, aber aus vollem Herzen. Es tat so gut, dass wenigstens Tant Ruthie glücklich war.

Ein Klopfen unterbrach unseren Freudentanz. Wir hielten inne und schauten erstaunt zur Tür.

»Ihr habt aber gute Laune.«

Ich erstarrte, als Pepe eintrat. Er strahlte über beide Backen. Klar, er hatte ja auch ein tolles Wochenende gehabt.

»Was willst du hier?«, fuhr ich ihn an.

»Die Zeitung bringen und dann mit dir los, was sonst! Warum hast du mir gestern eigentlich nicht geantwortet?«

Ich fand ihn wirklich unverfroren. Auf einmal klappte es mit der Wut. Ich sog die Luft scharf ein und stieß hervor: »Ich habe keine Zeit. Ich muss nähen. Sonst wird es eng, ich bin schließlich bald wieder weg.«

»Carli, du kannst doch ...«, setzte Tant Ruthie an, aber mein Blick ließ sie verstummen.

»Besser, du haust ab, Pepe«, sagte ich. »Und du weißt genau, warum. Ich sage nur Bahnhof.«

Pepe schaute mich entsetzt an. »Bahnhof?«

»Bahnhof. Samstag. Und nun tschüss, mir reicht es nämlich.«

Pepe stand da. Blass. Schluckte. Er sah aus, als hätte ich ihn geschlagen.

Als er ohne ein weiteres Wort aus der Kombüse verschwand, ahnte ich, dass ich einen riesigen Fehler gemacht hatte.

Tant Ruthie war auch sehr erstaunt. »Was war denn das jetzt, Carli? So kenne ich dich gar nicht.«

»Alles gut«, sagte ich. »Alles gut. Ehrlich.« Ich ließ mich auf die Bank fallen.

Tant Ruthie setzte sich mit ihrem Stuhl genau vor mich. »Und nun Klartext: Welche Laus ist dir über die Leber gelaufen?«

»Die Pepe-Laus«, sagte ich, und dann musste ich endlich richtig weinen. Meine Wut war mit Pepes Abgang komplett verraucht und wich wieder dieser unglaublichen Verzweiflung. Ich schluchzte und brachte minutenlang kein Wort über die Lippen.

Tant Ruthie reichte mir ein Stück von der Küchenrolle, stellte mir ein Glas Wasser hin und wartete, bis ich mich beruhigt hatte. »Was ist denn passiert? Ich dachte ehrlich gesagt, du hast dich ein bisschen in ihn verguckt.«

Ich schniefte laut. »Du hast recht, ich dachte, wir mögen uns. Pepe hat auch so getan.«

»Er war doch eben wieder da.«

»Er ist der mieseste aller miesesten Typen!«, schluchzte ich gleich wieder los. »Ich hasse ihn!«

Tant Ruthie kommentierte meinen Ausbruch nicht, sondern ließ mich erst einmal in Ruhe zu Ende weinen. Ich konnte gar nicht wieder aufhören. Ich heulte und heulte, bis keine Tränen mehr da waren. Danach waren meine Augen dick verschwollen, und mein Kopf tat weh.

Tant Ruthie holte mir eine Kopfschmerztablette und einen kalten Waschlappen für meine Augen. »Wie lange quälst du dich denn damit schon herum?«, fragte sie. »Aber weinen tut gut, lass es raus. Die Trauer, die Wut. Alles.«

Ich nickte. Dass es mit Pepe und mir aus war, hatte ich erst richtig begriffen, als er eben vor mir gestanden hatte.

»Liebeskummer ist gemein und tut überall weh«, sagte Tant Ruthie schließlich. »Wenn du mir erzählen magst, was passiert ist: gerne. Ich bin verschlossen wie eine Auster. Aber wenn du nichts sagen willst, ist es auch in Ordnung.«

Ich sah sie dankbar an. Sie war einer der tollsten Menschen, denen ich je begegnet war.

»Er hat eine andere«, sagte ich. »Ich hab ihn am Samstag gesehen, als wir nach Oldenburg gefahren sind. Da hat er sie vom Bahnhof abgeholt.«

Tant Ruthie überlegte kurz. »Hast du ihn gefragt, wer das war?«

»Er hat mich nicht gesehen. Aber es war eindeutig. Dicke Umarmung, Küsschen hier und Küsschen da. Mona sagte auch sofort, dass Pepe eben so ist.«

»Du musst nicht alles glauben, was Mona sagt«, meinte Tant Ruthie. »Ich glaube, sie hat da nicht mit offenen Karten gespielt. Wenn mich nicht alles täuscht …« Sie zog die Stirn kraus und überlegte einen Moment. »Er war Samstag am Bahnhof und hat das Mädchen dort abgeholt, sagst du?«

Ich nickte. »Genau.«

»Lass mich raten: lange Beine, rote Haare und überaus hübsch?«

»Du kennst sie also auch?« Ich wich zurück. Hatten sich denn alle gegen mich verschworen?

»Hat Mona sie auch gesehen?«

»Ich habe ihr erzählt, wie sie aussieht. Aber sie kannte das Mädchen nicht. Warum?« Was sollte das Gefrage? Pepe hatte eine andere, die viel hübscher und toller war als ich!

Tant Ruthie schüttelte den Kopf. »Weil Mona dann genau wusste, dass es sich um Lara handelt, Pepes Cousine. Lara war übers Wochenende da. Ich habe die beiden gesehen.«

»Seine Cousine?« Ich dachte einen Augenblick lang, ich wäre im falschen Film.

»Hat er dir nichts von ihr erzählt? Die beiden sind ganz dicke miteinander. So wie Bruder und Schwester. Nur eins sind sie ganz sicher nicht: ein Paar.«

Ich konnte es nicht fassen. »Er hat nie, wirklich nie von einer Cousine gesprochen. Und dass sie ihn besuchen will, davon schon gar nicht.«

Tant Ruthie überlegte kurz. »Vielleicht ist sie spontan gekommen, sodass er dir nichts erzählen konnte. Das macht sie ab und zu. Sie ist nur selten in Lüttjesiel, und wenn, dann erscheint sie immer ohne große Vorankündigung. Lars stresst das jedes Mal, aber er freut sich natürlich, wenn sie da ist.«

Ich war eine Idiotin. Aber nun war es zu spät. Ich hätte Pepe glauben sollen, dass ich mich auf ihn verlassen konnte.

»Wo lebt Lara?«, fragte ich Tant Ruthie.

»Lara ist in einem Konservatorium, also einer Art Musik-Internat, weil sie dort besser gefördert werden kann als hier auf dem Land.

Sie spielt wunderbar Geige.« Tant Ruthie schüttelte wieder den Kopf. »Ich verstehe nicht, warum Mona dir das nicht gesagt hat. Ein Wort von ihr, und es wäre gar nicht so weit gekommen!«

Wie konnte Mona so gemein sein? Wahrscheinlich hatte sie ihre Chance gewittert, mich elegant loszuwerden. Nur hatte sie doch damit rechnen müssen, dass ich bald dahinterkam?!

»Dann lauf mal schnell zu Pepe!«, forderte Tant Ruthie mich auf. »Das musst du wohl zurechtbiegen.«

Ich nahm mein Handy und schickte ihm eine Nachricht.

– Tut mir leid, das war ein Missverständnis. Wusste nicht, dass Lara deine Cousine ist.

Pepe antwortete sofort.

– Ich hatte gesagt, du kannst mir vertrauen. Als ob ich dich betrügen würde!

– Sorry 😟

– Ich hab gerade so viel im Kopf, Carlotta. War froh, dass Lara spontan aufgekreuzt ist. Sie hat gespürt, dass es mir mies geht. Mit ihr konnte ich endlich reden. Ohne Mona-Themen und so.

Zack, das hatte gesessen.

– Ich sagte doch sorry. Und jetzt?

– Weiß nicht. Ich muss erst mal sacken lassen, dass du mir so was zutraust.

– Meldest du dich? ☹

– Ja, vielleicht.

Dann loggte er sich aus. Ich ließ das Handy sinken. Das hatte ich komplett verdorben. Ich weinte noch ein paar Tränen und erzählte Tant Ruthie von Pepes Antwort.

Sie strich mir übers Haar. »Du hättest keine Whatsapp schreiben sollen. Ich mag ja altmodisch sein, aber Probleme löst man besser von Mensch zu Mensch. Ich glaube nicht, dass er dich dann weggeschickt hätte.«

Tant Ruthie zog die Brauen hoch. »Ich würde hinfahren, Carlotta.«

Ich schüttelte entschieden den Kopf. »Er hat mir klipp und klar gesagt, dass er mich nicht sehen will! Da lauf ich ihm doch nicht hinterher. Das wäre so was von peinlich, Tant Ruthie!«

Sie zuckte mit den Schultern.

»Weißt du was?« Ich warf das Stück Küchenrolle in den Müll und atmete einmal tief ein. »Wir beide machen uns jetzt einen tollen Nähtag und pfeifen auf sämtliche Probleme.«

»Das ist eine gute Idee, um den Kummer zu vergessen. Und heute Abend gehen wir zur Feier des Tages Pizza essen. Wir müssen ja wenigstens den Erfolg wegen der Bank feiern.«

31

Abends in der Pizzeria war viel los. Der Wirt, Massimo, flitzte mit seiner Bedienung von Tisch zu Tisch und hatte für alle einen freundlichen Spruch auf den Lippen.

»Signorina!« Er verneigte sich vor mir. »Was kann ich für dich tun? Lass mich raten: eine Pizza Hawaii?«

Ich entschied mich für eine Vegetale mit Ruccola. Tant Ruthie liebte Spaghetti Frutti di Mare, die hier mit frischen Miesmuscheln serviert wurden. Ich fand so was ja widerlich, aber ich genoss die Zeit mit Tant Ruthie so sehr, dass mich kein Frösteln überlief, als Massimo die Nudeln mit den Muscheln in ihren Schalen auf den Tisch stellte. »Prego!«

Die Pizza schmeckte super. »Sie ist genauso lecker wie in unserem letzten Urlaub, als wir am Gardasee waren«, sagte ich zu Tant Ruthie.

Sie legte den Löffel beiseite und tätschelte meine Hand. »Schlimm für dich, dass du nicht mit deinen Eltern nach Mallorca konntest, oder? Stattdessen sitzt du mit mir alter Schachtel in Lüttjesiel in der Pizzeria und hast auch noch Stress mit deinen neuen Freunden.«

»Es ist gut, dass ich hier bin. Was wäre sonst aus dir und deinem Laden geworden? Ich hätte mir auf Mallorca sicher einen Sonnenbrand eingefangen, und du hättest alles verkaufen müssen. Mit Pepe und den anderen renkt es sich bestimmt wieder ein«, beruhigte ich sie und fand mich unglaublich erwachsen, obwohl ich gar nicht an meine Worte glaubte.

»Es wäre gut, wenn ihr euch aussprecht«, sagte Tant Ruthie. »Streit auf Dauer nützt doch keinem. Aber reden, nicht chatten!«

Ich sagte nichts dazu. Nachdem ich meine Pizza vertilgt hatte, durfte ich mir eine weitere Cola bestellen. Tant Ruthie gönnte sich ein Glas Wein. Wir stießen auf ihren Laden an, und weil es so gemütlich war, bestellten wir uns beide noch ein Tiramisu. Es war, obwohl mich zwischendurch immer noch das blöde Bauchgefühl wegen des Streits mit Pepe quälte, ein schöner Abend und genau das Richtige, um die trüben Gedanken wenigstens zeitweise zu vergessen.

Wenn ich in zwei Wochen zurück nach Köln ging, würde Tant Ruthie zumindest ihren Laden behalten dürfen. Ich war inzwischen davon überzeugt, dass sie auch ohne unsere Hilfe sehr gut zurechtkommen würde. Sie hatte heute ein wunderschönes Kleid entworfen, das ihr die Kunden bestimmt aus den Händen reißen würden.

Mittlerweile konnte sie die Nähmodelle auch schon selbst in die Homepage einstellen, wie sie stolz berichtete. »Ich dachte immer, Internet wäre Hexenwerk und furchtbar kompliziert«, sagte sie. »Aber es kann tatsächlich unglaublich hilfreich sein. Ist doch nicht nur Zeitverschwendung.« Sie zwinkerte mir zu. »Es sei denn, man redet nicht mehr miteinander, sondern versucht, Probleme dort zu lösen.«

Die Tür der Pizzeria öffnete sich, und Pepes Onkel schob sich rein, gefolgt von Pepe und seinem Vater.

Er sah nur kurz zu mir herüber, nickte und setzte sich an einen Tisch, möglichst weit von mir und Tant Ruthie entfernt. Sein Onkel winkte fröhlich. »Guten Appetit!«, rief er. »Aber ihr seid ja schon fertig.«

Ich senkte den Kopf und spähte heimlich durch meine Locken hinüber. Pepe sah immer gleich weg, wenn er das bemerkte.

Sein Vater redete ständig auf ihn ein, umfasste Pepes Hand, der sie aber rasch wegzog. Schließlich holte er ein schmales Buch aus der Tasche. Es sah aus wie ein Reiseführer. Er schlug ihn auf, deutete immer wieder auf verschiedene Seiten und sah Pepe erwartungsvoll an. Wollte er mit ihm verreisen? Ach, es konnte mir doch egal sein, was Pepe tat oder nicht. Er wollte mich nicht sehen, und ich war bald wieder in Köln. Wir hatten es vergeigt.

Wenn ich mal alt war, würde ich bestimmt zu meinen Enkeln sagen: »Hey, das war was in Lüttjesiel. Ohne Internet und Handy, aber ich war ganz schön verliebt. War dann allerdings schnell vorbei. Nur so eine Urlaubsliebe, kennt man ja!« Ich stürzte die Cola in einem Zug herunter und versuchte, die Bauchkrämpfe zu ignorieren.

Tant Ruthie beobachtete mich die ganze Zeit. »Nun geh schon hin und sag ihm, dass ihr reden müsst! Das Problem ist doch aus der Welt zu schaffen!«

»Er muss schon zuerst kommen«, entgegnete ich. Ich war froh, als Tant Ruthie zahlte und wir gehen konnten.

32

Als Greta von ihrer Oma zurück war, kam sie sofort zu mir.

»Wie siehst du denn aus?«, fragte sie, als sie das Atelier betrat. »Bist du krank?«

Ich erzählte mit wenigen Sätzen, was passiert war.

»Da bin ich ein Mal weg, und hinter mir bricht ganz Lüttjesiel zusammen«, sagte sie. »Und Mona hat echt ihre Klappe gehalten und dich nicht aufgeklärt? Krass!«

»Das hat sie. Ich glaube, sie mag Pepe noch immer. Nur, warum hat sie ihn dann abgeschossen? Er tut mir schon leid, vor allem, weil sie immer so auf ihm rumhackt! Ich sehe es nicht so, dass er Schuld an dem Unfall ihres Cousins hatte.«

»Sie hat sich Pepe und nun auch dir gegenüber unfair verhalten, das ist übel«, meinte Greta. »Wenn Schluss ist, dann ist Schluss. Deshalb kannst du ja auf Pepe nicht verzichten, das wäre doch dämlich.«

Ich nagte an der Unterlippe. »Was ich nur nicht verstehen kann, ist: Warum macht sie Pepe so schlecht, wenn er doch zumindest noch in der Clique mit ihr befreundet ist? Ich meine, wenn man jemanden mag, dann gibt man ihm doch nicht die Schuld für etwas, was er gar nicht getan hat.«

Greta seufzte laut. »Ich glaube, da muss ich dir etwas erklären. Mona hat dir, was ihre Beziehung zu Pepe angeht, nicht ganz die Wahrheit gesagt. Nicht sie hat Schluss gemacht. Pepe hat sich von ihr getrennt, weil sie wahnsinnig eifersüchtig war und er keinen Schritt mehr allein gehen durfte. Ihre Gerüchte nach dem Surfunfall waren wohl ihre Rache dafür.« Sie seufzte noch einmal. »Mit den beiden ist das immer ein Pulverfass. Ich bewundere Pepe, dass er einfach so tut, als gäbe es keine Probleme.«

»Er schweigt ja auch zu allem und jedem.«

»In dem Fall ist das auch besser«, sagte Greta. »Mona ist nicht einfach, aber sie auszuschließen geht im Dorf auch nicht. Wir sind alle aufeinander angewiesen. Bisher hat das ja auch ganz gut funktioniert. Doch dann bist du gekommen, und Mona scheint echt Schiss zu haben, dass sie bei Pepe wirklich keine Chance mehr hat, weil er jetzt dich mag. Nur, so bekommt sie ihn bestimmt gar nicht. Pepe hasst Lügen und Intrigen.«

Und ich hatte von nichts gewusst. Echt übel. Ich atmete einmal tief ein und aus.

»Verstehe ich trotzdem nicht, dass er so locker damit umgeht. Ich würde sie mit dem Hintern nicht mehr ansehen.«

Wieder sog ich die Luft tief ein. »Ich glaub, ich muss hier weg«, sagte ich schließlich. »Hab die Nase so was von voll.«

Greta nahm mich kurz in den Arm. »Kann ich verstehen. Komm, wir fahren zum Strand. Wenn etwas beruhigt, dann der Blick aufs Meer.«

Ich sagte Tant Ruthie Bescheid, die mich kaum wahrnahm, weil sie gerade an einer komplizierten Naht saß und ihr der Faden gerissen war.

Ich pumpte das Fahrrad auf, und wir fuhren zum Strand. Der war wegen des kühlen Wetters fast leer. Ein paar Urlauber stapften durchs Watt, was Greta kritisch beäugte. »So langsam sollten die Touris dahinten umdrehen. Das Wasser kommt bald zurück, und dann ist das kein Spaß, glaub mir.«

»Sie wissen sicher, was sie tun«, sagte ich.

»Ich hoffe es. Wenn der große Priel erst zuläuft, herrscht da eine immense Strömung. Man kommt nicht mehr hindurch. Ganz abgesehen davon, dass man im Watt stecken bleiben kann.«

Ich kommentierte das nicht, weil Greta vermutlich übertrieb, so wie hier in den letzten Tagen alles etwas übertrieben abgelaufen war. Es sah wirklich harmlos aus. Das Wasser war weit genug weg, und man war bestimmt ratzfatz wieder am Strand.

Wir hielten uns rechts und ließen uns in Dünennähe nieder.

Dort schauten wir übers Meer, sahen den am Horizont entlanggleitenden großen Tankern und einem Containerschiff hinterher und schwiegen einfach vor uns hin. Greta hatte recht: Am Meer kam man so richtig runter.

»So ein Mist, dass ich am Samstag nicht da war, ich hätte dir gesagt, dass das Mädchen Lara ist«, begann sie schließlich. »Dann müssten wir hier jetzt nicht sitzen und Trübsal blasen. Du wärst glücklich mit Pepe, wir könnten die letzten Ferientage genießen … Aber gut, dass es wenigstens bei Tant Ruthie läuft. Sieh mal!« Sie wühlte in ihrem Rucksack und zerrte einen blauen Loop hervor, der aus dünnem T-Shirt-Stoff genäht war.

»Was ist das?«

»Den hab ich mir bei meiner Oma gemacht. Cool, oder? Sie war ganz beeindruckt, was ich mittlerweile kann. Früher dachte ich immer, nähen wäre nur was für alte Frauen. Und jetzt macht es mir solchen Spaß.« Sie kicherte.

»Es entspannt, oder?«

»Und wie. So ähnlich wie das Sitzen am Meer. Da haben wir zwei Dinge, die uns absolut runterfahren können, und trotzdem regen wir uns auf.« Greta drehte sich um und lief plötzlich puterrot an.

Ich folgte ihrem Blick und sah Jonas mit Benno auf uns zulaufen. »Da hast du also deine Baustelle«, neckte ich sie. »Du magst ihn, oder? Das habe ich mir schon länger gedacht.«

»Ich habe versucht, es mir nicht anmerken zu lassen. Jonas guckt mich ohnehin nie an!« Sie presste ihre Lippen zusammen. »Ich habe zu Hause schließlich Spiegel, und die sagen mir sehr deutlich, wie ich aussehe. Im Gegensatz zu Mona, Lara oder dir. Eher Typ graue Maus. Ich mach mir da nichts vor. Jonas kann ganz andere haben.«

»Es kommt ja wohl nicht nur aufs Aussehen an«, protestierte ich, aber da war Jonas schon bei uns angelangt, und Benno warf mich vor Freude fast um.

»Hab mir schon gedacht, dass ihr an unserem Platz seid«, sagte Jonas. Aber ihm fehlte das Verschmitzte, das Lustige in seinen Augen.

»Ist was?«, fragte ich ihn sofort. Ich schaute auch noch einmal über den Strand, ob ich Mona oder Pepe irgendwo entdecken konnte, aber er war allein gekommen.

»Das weißt du doch am besten, Carlotta.«

»Jetzt gib mir nicht die Schuld an Pepes schlechter Laune«, fuhr ich Jonas an und erzählte blitzschnell, was passiert war.

»Wie kompliziert!« Jonas fasste sich an den Kopf. »Ja, ich gebe zu, das ist superdumm gelaufen. Aber jetzt müssen wir uns um Pepe kümmern. Das geht sonst in Schiet über.«

»Ich kümmere mich um gar nichts mehr«, entgegnete ich. »Er will mich nicht mehr sehen, daran halte ich mich.«

»Komm, vergiss mal deinen Stolz! Es geht jetzt nicht um dich und Pepe, sondern darum, wie wir ihm helfen können, mit seinem Dilemma fertigzuwerden.«

»Dilemma, klar«, sagte ich, patziger als gewollt. »Wobei sollen wir Pepe denn konkret helfen?«

»Sein Alter stresst«, sagte Jonas. »Und das wohl heftig. Er will, dass Pepe sich jetzt sofort entscheidet und zu ihm zieht. Er lockt ihn sogar mit dicken Reisen nach Neuseeland und so.«

»Ach, der werte Herr hat dir gegenüber also mal seinen Mund aufgemacht und erzählt, was los ist? Super!« Meine Stimme klang viel zu schrill.

»Carlotta, warum bist du so zickig? So kennt man dich gar nicht. Ja, Pepe hat den Mund aufgemacht. Und das ist auch gut so, weil er doch nicht alles in sich hineinfressen kann.« Jonas sah mich erstaunt an. »Komm, wir haben dir schnell und mit echt viel Power bei Tant Ruthie geholfen. Das läuft jetzt. Aber nun müssen wir für Pepe da sein. Alle!«

»Also soll ich vergessen, dass er mich nicht sehen will, weil er unter anderem vergessen hat, mir gegenüber die Ankunft seiner Cousine zu erwähnen? Ach, nicht nur die Ankunft! Überhaupt hat er vergessen, dass es sie gibt, oder was? Außerdem soll ich vergessen, dass Mona mich voll fies angelogen hat und Pepe und ich nur deswegen Stress haben? Ich soll einfach sagen: Ach, Schwamm drüber, so ist das Leben in Lüttjesiel? Jetzt helfen wir Pepe?«

»Ja, genauso sollst du es machen. Du kannst ja danach mit beiden noch reden, aber das sind jetzt echt Peanuts. Pepe geht es voll mies.« Er packte mich an den Schultern und schüttelte mich. »Carlotta, ich habe Angst um ihn! Ich habe ihn noch nie so erlebt!«

Ich streifte seine Hände ab. So rasch wollte ich nicht klein beigeben.

Greta bat Jonas, sich zu uns zu setzen. Ich kraulte Benno hinter den Ohren. Das beruhigte mich ein wenig.

»Natürlich helfen wir Pepe, Jonas«, hörte ich Greta sagen. »Nur wie? So wie ich ihn einschätze, wird er mal wieder alles mit sich allein ausmachen wollen.«

»So ist es!«, rief ich aus. »Pepe will immer alles allein entscheiden, und zum Nachdenken vergräbt er sich wie ein Krebs im Sand.« Und stopft Schokominzpfefferlade in sich rein, fügte ich in Gedanken hinzu.

»Trotzdem. Wir müssen für ihn da sein«, sagte Jonas entschlossen. »Dafür sind Freunde da. Deshalb fahren wir jetzt gemeinsam zu ihm.«

»Ich bin auch dabei!«

Ich schnellte herum und sah in Monas lachendes Gesicht. Sie schien mir gegenüber nicht einmal ein schlechtes Gewissen zu haben. Das ging mir so was von auf den Keks. Ich sprang auf.

»Warum hast du mir nicht gesagt, dass die Rothaarige Pepes Cousine ist? Ich hab mir die Augen ausgeheult, und du sagst nichts?«

»Jetzt weißt du es ja.«

Greta drückte meine Hand. »Lass sie«, flüsterte sie. Nur mühsam verkniff ich mir weitere Anfeindungen. Aber durch war das Thema für mich nicht.

Mona warf ihre blonden Haare über die Schultern und grinste blöd.

Da konnte ich mich dann doch nicht mehr zurückhalten.

»Macht doch, was ihr wollt!«, rief ich. »Ich bin raus!« Wütend raffte ich meine Sachen zusammen und rannte über den Strand davon.

33

Ob die anderen gestern Pepe hatten helfen können, wusste ich nicht, und ich versuchte auch, nicht darüber nachzudenken.

Mit Tant Ruthies Unterstützung hatte ich am Vorabend eine kleine Babyjacke mit Pinguinmotiven genäht, die mir super gelungen war. Es tat noch immer höllisch weh, aber ich konnte Monas Verrat und Pepes Abweisung einfach nicht vergessen. Mir blieb also nur die Ablenkung beim Nähen und die Hoffnung, dass die restliche Zeit in Lüttjesiel rasch vorbeiging.

Gestern hatte ich noch kurz mit Nicky gechattet. Mann, hatte das gutgetan! Endlich mal wieder ein Mensch ohne Probleme und Geheimnisse, mit dem ich mich ganz normal unterhalten konnte.

Nur gut, dass wir Tant Ruthies Laden wahrscheinlich hatten retten können, so gab es zumindest einen Pluspunkt in diesem Urlaub. Ansonsten würde ich Lüttjesiel abhaken und so schnell wie möglich vergessen.

Heute war es wieder warm, und ich hatte keine Lust, die Zeit im Schiffsinneren an der Nähmaschine zu verbringen. Ich beschloss, allein zum Strand zu radeln und da zu chillen.

Weil meine Tante mit dem Aufbau ihres neuen Geschäfts mittlerweile so eingespannt war, hatte sie bestimmt nichts dagegen, wenn ich mich allein beschäftigte.

»Ja, geh nur an den Strand«, sagte sie zerstreut, »ich muss heute auch noch die Flyer verteilen, sie sind gestern aus der Druckerei gekommen.«

Eigentlich hatten Mona, Greta und ich das machen wollen, aber ich riss mich jetzt nicht darum.

Am Strand legte ich mich auf mein Handtuch und schaute aufs Watt hinaus.

Zwei Silbermöwen balgten sich um ein weggeworfenes Brot. Als sich eine Lachmöwe ganz in meiner Nähe niederließ, krampfte sich mein Bauch wieder zusammen. Dabei bewegte ich mich wohl etwas heftiger, denn sie stieß ihren lachenden Ruf aus und hob ab. »Mach's gut, Möwe«, flüsterte ich. »Das war's!« In dem Augenblick war mir klar, dass ich mein Leben lang an die Zeit mit Pepe denken würde, wenn ich einen solchen Vogel sah.

Meine Mutter hatte mal gesagt, das wäre immer so mit ungeklärten Geschichten. Die verfolgten einen bis ans Ende. Irgendwie wollte ich nicht, dass es mit mir und Pepe so war, nur konnte ich es nicht ändern. Wir hatten uns komplett verrannt.

Ich stand auf und blickte über das freiliegende Watt bis zur Insel. Die Sonne stand hoch am Himmel, und der Strand hatte sich merklich gefüllt. Bestimmt würde mein Kopf freier werden, wenn ich einen Spaziergang ins Watt machte. Das Wasser war weit weg, was sollte da passieren? Den Leuten gestern war schließlich auch nichts geschehen. Blöde Unkerei von Greta und Jonas.

Ich nahm meinen Rucksack mit der Wasserflasche, setzte mir mein Käppi auf und zog den Pferdeschwanz durch die hintere Öffnung, damit sie mir nicht vom Kopf wehen konnte, denn ein bisschen Wind war doch zu spüren.

Das Watt war fest, und es machte Spaß, über die Riffelmarken zu laufen. Ab und zu krabbelte mir ein Krebs über den Weg und huschte in seinem eigenartigen Gang zur nächsten Vertiefung ins Wasser. Einmal sah ich sogar, wie ein Wattwurm seinen Turm anhäufte.

Ich kam schnell voran und ließ schon bald die anderen Urlauber hinter mir.

»Hey, Mädchen! Nicht so weit raus, das wird gefährlich!«, rief mir einer hinterher. »Oder kennst du dich aus?«

Ich lächelte ihn an. »Ein kleines Stück nur noch, dann dreh ich um!« Ich winkte ihm freundlich lächelnd zu. Es war herrlich hier. Ich allein mit dem Himmel, dem Wind und den Möwen. Mit jedem Meter verlor ich ein bisschen von der zentnerschweren Last, die mich in den letzten Tagen so niedergedrückt hatte.

Mit kräftigen Schritten lief ich weiter. Mal war der Schlick weich und sumpfig, dann wieder fest und angenehm zu betreten. Seltsamerweise hatte ich das Gefühl, dass die Insel gar nicht näher kam, obwohl ich wirklich nicht langsam lief.

Ich schaute mich um. Das Festland war allerdings schon recht weit entfernt. Einen Moment zögerte ich. Sollte ich nicht lieber umkehren? Mir schossen die Warnungen der anderen durch den Kopf. Ach, ein Stückchen würde ich schon noch schaffen.

Allmählich wurde der Schlick schwerer. Bald sackte ich bis zum Knöchel ein und musste die Füße aus der schwarzen Masse ziehen.

Noch zehn Minuten, dann drehe ich um, nahm ich mir vor. Oder wenn der Schlick noch tiefer wird. Nicht weit entfernt befand sich eine Sandbank, die ich erklimmen wollte. Dann ein Selfie als Beweis und anschließend schnell zurück. Und sollte mich das Wasser tatsächlich überraschen – ich war eine gute und sichere Schwimmerin. Angst hatte ich daher keine.

Ich kämpfte mich durch den immer weicher werdenden Untergrund und am Ende durch einen Priel, der etwa kniehohes Wasser führte. Es strömte landeinwärts, also hatte die Flut eingesetzt. Aber das war schließlich kein Problem, ich konnte das Wasser ja von der Sandbank aus im Auge behalten.

Kaum war ich dort angelangt, schoss ich mein Foto und stellte es als Status ein. Das dauerte eine Weile, zwischendurch hatte ich kein Netz, aber dann ging es doch raus.

Der Sand war feuchter, als ich es erwartet hatte. Ich war mittlerweile schon wieder bis zum Knöchel eingesackt. Also kämpfte ich mich ein Stück höher hinauf, wo er wieder fester war.

Was für ein atemberaubender Anblick! Die Insel schien jetzt doch zum Greifen nah und das Festland unendlich weit entfernt. Und hier stand ich, Carlotta aus Köln, und hatte es allen gezeigt! Gleich würde ich zurück zum Stand gehen, und nichts war passiert! Allen Unkenrufen zum Trotz hatte ich meine eigene Wattwanderung gemacht. Und ich würde mich auch ohne Pepe und seine Clique in den letzten Tagen hier in Lüttjesiel wunderbar beschäftigen!

Ich machte noch einige Fotos vom Horizont, von den Dünenketten der Insel und von einem Frachter, der sich seitlich der Insel in Richtung Ozean schob. Diese Bilder konnte ich jetzt plötzlich aber nicht mehr posten. Da musste ich wohl wieder ein paar Meter zurück, dort hatte es schließlich geklappt.

Ich drehte mich zum Festland um und wollte ein letztes Foto schießen und dann losgehen. Ich erschrak. Konnte es sein, dass der Priel in der kurzen Zeit, die ich auf der Sandbank verbracht hatte, zu einem reißenden Bach angeschwollen war? Ich schaute auf die Uhr. Es war mehr Zeit vergangen, als ich gedacht hatte. Ich rannte zum Priel und schaute mich um. Es war nicht zu glauben, aber es gab keinen Weg mehr von der Sandbank herunter. Sie war völlig von Wasser umgeben.

Ich wagte es, die Füße in den Priel zu stecken, doch das Wasser war nicht nur sehr kalt, es hatte auch eine ungeheure Strömung, der ich selbst als geübte Schwimmerin nur mit großer Kraftanstrengung, wenn überhaupt, Paroli bieten konnte. Es gab kein Zurück zum Strand, der Weg war mir abgeschnitten.

Mist. Ich nahm das Handy und wollte einen Notruf absetzen, aber auch das funktionierte nicht mehr. Es war, als wäre mir nicht nur der Rückweg zum Land, sondern zur gesamten Zivilisation abgeschnitten. Hier war jetzt das absolute Funkloch. Verdammt, davon hatte Pepe doch gesprochen, als er mich gewarnt hatte, allein zur Insel zu laufen. Warum nur hatte ich alles besser gewusst als die, die schon ewig an der Küste lebten?

Ich ruderte mit den Armen und schrie. Nur, wer sollte mich hier hören und sehen? Es war aussichtslos. Mir blieb nur die Hoffnung, dass es mir irgendwie gelingen würde, mich mit dem auflaufenden Wasser so lange schwimmend über Wasser halten zu können, bis ich den Strand erreicht hatte. Es war nur eine vage Hoffnung, mehr nicht. Ich wusste es selbst. Was war ich für eine Idiotin? Was für eine Besserwisserin? Man schwamm nicht im Rhein wegen der gefährlichen Strömungen, und man spazierte auch nicht ohne Wattführer im Watt herum.

Ich weigerte mich, mir einzugestehen, dass ich mich momentan in höchster Lebensgefahr befand, denn dann wäre ich durchgedreht.

Das Wasser vor der Sandbank stieg unaufhaltsam weiter, ich musste bereits ein Stück zurückweichen. Als ich mich umdrehte, war die Sandbank auch an der rückwärtigen Seite merklich kleiner geworden. Mein Blick nach rechts zeigte dasselbe Bild wie der nach links. Jetzt bekam ich es doch mit der Angst zu tun. Ich war bekleidet, wenn auch nur mit Shorts. Ich hatte einen Rucksack dabei. Mit all dem würde ich keine fünf Minuten bei der Strömung durchhalten, zumal mir die aufkommende Panik die Luft nahm.

Ich zog die Shorts schon einmal aus und stopfte sie in den Rucksack. Obwohl das eine unsinnige Aktion war, denn ich würde ihn samt meines Handys hierlassen und dem Meer übergeben müssen.

Meine Atmung beschleunigte sich. Ich musste unbedingt ruhiger werden, mich fokussieren. Ganz so, als wäre ich bei einem Schwimmwettbewerb. Langsam ein- und ausatmen. Blick nach vorne. Wenn es so weit war, musste ich schwimmen. Einfach nur schwimmen.

34

Die Sandbank wurde immer kleiner, und zwischen mir und dem Festland waberte das grau-braune Nordseewasser. Ich fror, obwohl die Sonne schien. Meinen Rucksack hatte ich abgelegt. Ich mochte gar nicht daran denken, was war, wenn mich die Kräfte verließen oder ich in eine Strömung kam, der ich selbst als gute Schwimmerin nicht trotzen konnte.

Was mir zusätzlich zu schaffen machte, war die Weichheit des Bodens. Mir kam es vor, als würde ich von Minute zu Minute tiefer einsacken, fast so, als stünde ich im Treibsand.

Nicht mehr lange, und ich musste losschwimmen.

Ich warf einen Blick zurück auf den Rucksack, den ich etwa einen Meter hinter mir liegen hatte. An seinem Stoff leckte bereits das Wasser. Ich kletterte noch ein kleines Stück höher auf die Sandbank, doch es nützte nicht mehr viel. Das Wasser stieg unaufhaltsam. Ich versuchte weiter, meine Panik in den Griff zu bekommen. Es wurde immer schwerer, nicht durchzudrehen. Irgendwann hielt ich es nicht mehr aus und schrie aus Leibeskräften, obwohl ich wusste, dass mich keiner hören konnte. In meiner Verzweiflung begann ich zu schluchzen. Doch ich musste meine Kräfte beisammenhalten, sonst würde ich es nie bis zum Strand schaffen. Ich konnte nicht einmal mehr einschätzen, wie groß die Entfernung war. Auf jeden Fall viel zu weit.

Jetzt reichte mir das Wasser bis zum Knie. Dann bis zum Bauch. Schließlich blieb mir keine Zeit mehr, und ich spürte schon jetzt, wie stark die Strömung war. Zwar schlugen die Wellen wegen des sommerlichen Wetters nicht hoch, aber es war dennoch ein Selbstmordkommando. Mein Rucksack taumelte mittlerweile auf den Wellen, trotz meiner großen Angst trauerte ich bereits um mein Handy.

Gerade, als ich mich entschlossen hatte, endlich loszuschwimmen, hörte ich ein Rattern. Es klang wie die Rotoren eines Hubschraubers. Ich schaute wieder in Richtung Festland, und tatsächlich: Da flog ein Hubschrauber auf mich zu.

Ich winkte und ruderte mit den Armen, aber sie hatten mich wohl gesehen, denn der Hubschrauber blieb über mir stehen. Kurz darauf knatterte der Seenotrettungskreuzer auf mich zu. Sie hatten ein Megafon dabei. Einer der Männer versuchte, mich zu beruhigen.

Das war schon kaum mehr möglich, denn das Wasser stieg und stieg. Zwei der Retter ließen ihr Beiboot zu Wasser, fuhren auf mich zu und zogen mich an Bord. Sie angelten sogar den Rucksack aus dem Wasser. Dann wurde ich zum Seenotrettungskreuzer gebracht. Als ich zitternd und zähneklappernd an Deck stand, musterte mich ein Mann mit grimmigem Blick. Er sah Jonas zum Verwechseln ähnlich.

Ich wurde in warme Decken gewickelt und bekam eben noch den Rest eines Gespräches über Funk mit.

»Von Pepe fehlt weiterhin jede Spur.«

»Wir bringen das Mädchen an Land und suchen dann weiter. Sie ist so weit okay. Roger.«

Auf einen Schlag war ich wieder putzmunter. »Was ist mit Pepe?«

»Du kennst ihn?«

»Ja, ich bin Carlotta, ich wohne den Sommer über bei Tant Ruthie.«

Er räusperte sich. »Da hättest du schlauer sein müssen, Mädchen.

Jonas hat dir doch bestimmt gesteckt, dass man nicht allein und so weit ins Watt rennt, oder? Ich bin sein Vater.«

Ich nickte zerknirscht. »Hat er.«

»Aber wie dem auch sei: Pepe ist weg, seit heute Morgen spurlos verschwunden. Keiner weiß, wo er steckt. Weil es bei ihm gerade familiäre Schwierigkeiten gibt, sind wir sehr in Sorge und suchen ihn überall. Er ist sonst kein Typ, der wegläuft.«

Ich zitterte noch stärker. Verdammt!

»Ich helfe suchen«, sagte ich, aber Jonas' Vater schüttelte den Kopf. »Du musst erst ins Krankenhaus und durchgecheckt werden, so wie du zitterst. Keine Widerrede!«

»Wie haben Sie mich überhaupt gefunden?«

»Du hast dein Foto bei Whatsapp als Status eingestellt. Das hat Greta gesehen und Jonas angerufen. Gleichzeitig hat ein anderer Wattwanderer gemeldet, dass du ohne Wattführer an ihm vorbeigestapft bist und seine Warnung ignoriert hast. Da sind wir los.«

Im Stillen dankte ich Greta und dem Wattwanderer. Ohne sie beide wäre ich wohl mittlerweile ertrunken.

Tant Ruthie stand tränenüberströmt neben dem Rettungswagen, als ich am Außenhafen von Bord ging. Mir zitterten zwar noch die Knie, aber sonst war ich völlig okay und fand es höchst überflüssig, jetzt ins Krankenhaus zu fahren, obwohl ich doch besser Pepe suchen könnte.

Ich hatte ein saublödes, mieses Gewissen, weil ich lieber die Beleidigte gespielt hatte, als mich mit ihm auszusöhnen. Wir hatten uns beide kindisch benommen, und nun hatte ich das fast mit dem Leben bezahlt, und wer wusste, in welcher Gefahr er sich befand.

Tant Ruthie hatte trockene Sachen mit, und ich umwickelte mein Haar mit einem Handtuch. Mir war längst wieder warm, denn es herrschten fast fünfundzwanzig Grad. Ich machte mir nur Sorgen um Pepe.

Im Krankenhaus ging alles seinen langatmigen Gang. Blutdruckmessen und all so etwas. Ich war allerdings kaum in der Lage, die Fragen des Arztes zu beantworten, weil ich die ganze Zeit nur an Pepe dachte.

»Sag mal, Mädchen, was bedrückt dich so?«, fragte der Arzt schließlich. »Du scheinst deinen kleinen Ausflug ganz gut überstanden zu haben, bist nicht unterkühlt, und deine Vitalzeichen sind auch okay. Es gibt keinen medizinischen Grund, dich hier festzuhalten. Aber du wirkst unruhig.«

Ich erzählte dem Arzt von Pepe. Die Typen hatten schließlich Schweigepflicht, also haute ich alles raus. Sogar unseren Streit und wie blöd ich mich benommen hatte. Und dass auch meine missglückte Wattwanderung eine Folge davon war.

»Das erklärt einiges«, sagte der Arzt. »Gut, ich lasse ich dich mit deiner Verwandten ziehen, vielleicht kannst du den Jungen finden. Denk in Ruhe darüber nach, was er dir alles anvertraut hat, welche Orte ihm etwas bedeuten. Solche Plätze suchen junge Menschen auf, wenn sie Kummer haben.« Er sah mir tief in die Augen. »Ich habe selbst eine Tochter in deinem Alter, ich kann dich verstehen. Aber wir machen einen Deal.«

»Jeden, wenn ich mithelfen darf, Pepe zu finden.«

»Du meldest dich sofort bei mir, wenn ihr ihn gefunden habt.«

»Deal!« Ich strahlte ihn an. Was für ein toller Typ!

35

Tant Ruthie hatte ein Taxi gerufen, damit wir zurückfahren konnten. Als wir auf der Rückbank saßen, hielt sie mir mein Handy entgegen. »Das habe ich aus deinem Rucksack gefischt. Er war kaum nass. Dein Rucksack ist wirklich dicht. Vielleicht geht es ja noch. Ich gehe davon aus, dass du Jonas und die anderen anrufen willst.«

Dankbar drückte ich meine Tante. Tatsächlich funktionierte das Handy. Mein Rucksack hatte damals ziemlich viel Geld gekostet, weil ich einen wasser- und reißfesten haben wollte. Die Imprägnierung und das Innenfach, in dem ich das Handy aufbewahrte, hatten das Wasser abgehalten, weil der Rucksack nur kurz im Meer geschwommen war.

Ich musste mich zwar überwinden, doch dann wählte ich Gretas Nummer. Sie klang zurückhaltend, sagte mir aber, wo ich sie finden konnte.

Kaum waren wir zurück in Lüttjesiel am Hafen, sprang ich aus dem Taxi.

»Immer langsam mit den jungen Pferden«, sagte Tant Ruthie. »Du kannst gerne mithelfen, Pepe zu suchen, aber eins sag ich dir, Carli: keine gefährlichen Aktionen mehr. Das waren in diesen Ferien schon zwei, und meine Nerven sind nicht mehr die besten.«

»Versprochen!« Ich knutschte sie auf die faltige Wange. Dann holte ich das Rad und fuhr zum Lebensmittellädchen, wo Jonas, Greta und Mona draußen an einem der Tische versammelt waren.

Ich ging auf die drei zu. »Wisst ihr schon was?«

Greta schüttelte den Kopf. Ich setzte mich auf einen Stuhl neben sie.

»Gut, dass dir nichts passiert ist«, sagte Jonas. »Mein Vater hat mich vorhin angerufen und mir erzählt, was passiert ist. Wir waren schon auf der Insel und auch in Pepes Lieblingsbucht. Nichts.« Seine Stimme klang düster.

»Warum ist er denn verschwunden?«, fragte ich.

»Sein Vater! Ich hab dir doch erzählt, dass er Stress macht. Am Ende hat er Pepe sogar gedroht, ihn einfach so mitzunehmen. Dann der Streit mit dir … Es war wohl alles zu viel.« Jonas schien wirklich sehr besorgt zu sein.

»Ihr wart doch ständig zusammen, Carlotta. Gibt es irgendeinen Ort, an dem er noch stecken könnte?« Greta sah mich verzweifelt an. Mir waren bislang auch nur unsere Insel und die Bucht eingefallen, aber wenn er dort nicht war? Wenn nicht mal seine besten Freunde eine Ahnung hatten, wohin der Krebs sich verkrochen hatte, wie sollte ich es wissen.

Pepe, der Krebs …

Plötzlich hatte ich eine Idee.

Ich sah die anderen an. »Kennt ihr am Außenhafen dieses Loch in der Mauer, zu dem man nur über die Leiter kommt? Dahinter soll ein Gang sein, der nach ein paar Metern endet. Das hat Pepe mir bei der Kutterfahrt erzählt.«

»Ein Geheimgang in der Hafenmauer?«, fragte Jonas ungläubig. »Davon habe ich noch nie gehört, aber wenn du das sagst! Weißt du, wo er sich befindet?«

»Ungefähr«, sagte ich. »Ich hab ihn ja nur vom Kutter aus gesehen. Aber die Leiter muss doch zu finden sein.«

Wir schnappten unsere Räder und düsten los. Ich hätte nie gedacht, wie schnell ich selbst nach dem, was ich heute erlebt hatte, gegen den Wind fahren konnte. Jeder Tritt in die Pedale wurde von einem inneren »Pepe« begleitet.

Schließlich kamen wir am Hafen an, der recht belebt war. Um die große Frittenbude herum standen jede Menge Leute und aßen Backfisch. Es roch arg nach Frittierfett. Der Geruch übertrumpfte sogar den vom Meer.

Ich sah mich um. »Seit wann ist Pepe denn weg? Wenn er hier war, muss ihn doch jemand gesehen haben, so voll, wie der Kai ist.«

»Er war schon fort, als seine Tante heute Morgen ins Zimmer kam. Gestern Abend hatte er einen heftigen Streit mit seinem Vater. Er scheint am frühen Morgen verschwunden zu sein.« Jonas sah mich besorgt an. »Du bist ja völlig fertig. Geht es dir wirklich gut? Ich habe dich gewarnt!«

»Das war ganz großer Mist von mir«, gab ich zerknirscht zu. »Riesengroßer Mist.«

»Hätte ins Auge gehen können, aber gut, dass du jetzt hier bist und uns hilfst. Schwamm drüber. Über allen Streit und auch über deine Ignoranz.«

Greta stieß mich in die Seite. »Jonas labert manchmal so ein geschwollenes Zeug! Aber recht hat er. Und jetzt suchen wir die Leiter!« Sie war pragmatisch wie immer. Ich schaute noch kurz zu Mona, die aber keine Miene verzog.

Wir näherten uns der Hafenmauer. Es hatten nur wenige Schiffe festgemacht. Ich versuchte mich zu erinnern, an welcher Stelle Pepe mich auf das Loch aufmerksam gemacht hatte, aber vom Schiff aus hatte alles ganz anders ausgesehen.

»Und wo war das nun?«, fragte Mona mit betont gelangweilter Stimme. »Du willst dich bestimmt nur wichtigmachen!«

»Lass das jetzt!«, wies Jonas sie zurecht. »Hier geht es ausnahmsweise mal nicht um dich, okay?«

Ich ärgerte mich zwar, aber ich versuchte, ruhig zu bleiben, und lief den Kai langsam ab, in der Hoffnung, die Leiter zu finden. »Da ist sie!«, rief ich aus, als ich die rostigen Tritte entdeckte. Nur, war es auch die richtige?

Vorsichtig spähte ich über den Rand nach unten, doch da war nichts zu sehen. Aber etwa zwanzig Meter entfernt war eine weitere Leiter angebracht, und dort sah es so aus, als hätte die Mauer unten neben der Leiter ein Loch. Jonas hatte es auch gesehen, und wir rannten hin.

»Wer klettert?«, fragte ich.

Mir wurde schon beim Blick in das etwa drei Meter tiefer liegende Hafenbecken schwummrig. Den anderen schien es ähnlich zu gehen.

Zögernd sahen wir uns an.

»Wir sollten vielleicht Hilfe holen. Dein Vater müsste doch auf dem Seenotrettungskreuzer sein.« Ich sah Jonas fragend an.

»Ist er auch, aber anderweitig im Einsatz.«

Ein Hubschrauber kreiste über unseren Köpfen. »Vielleicht müssen sie eine werdende Mutter von der Insel holen«, sagte Greta, »oder es ist wieder ein Wattwanderer in Gefahr.«

Also keine Hilfe in Sicht. »Wir könnten die Polizei oder die Feuerwehr alarmieren!« Das erschien mir immer noch eine bessere Lösung, als allein die Leiter hinunterzuklettern.

»Das tun wir, wenn wir sicher sind, dass Pepe wirklich dort ist«, entschied Jonas. »Sie suchen gerade woanders, und wir dürfen keine Zeit verlieren. Oder ihre unnütz vergeuden. Ich geh da rein, aber eine von euch kommt mit!«

»Ich steig da nicht runter«, erklärte Greta. Dass Mona es erst recht nicht tun würde, stand außer Frage. Da blieb nur ich.

Ich atmete tief ein und aus. Vor ein paar Stunden hatte ich noch auf der Sandbank gestanden. Jetzt neigte sich der Tag dem Ende zu, und ich sollte mich tatsächlich noch einmal in Gefahr begeben?

Du sollst dich nicht in Gefahr begeben, du sollst nur eine Leiter runterklettern, wies ich mich innerlich zurecht.

Es ist ein dunkler Gang, in den du kriechen sollst, meldete sich die andere Stimme in mir wieder.

Aber es geht um Pepe, machte ich mir selbst Mut. Also trat ich auf die Leiter zu.

»Wenn er überhaupt noch lebt«, sagte Mona. »Ich würde nicht da reingehen.«

»Klar lebt er. Pepe ist manchmal komisch, aber er tut sich nichts an.« Jonas schaute aufmunternd zu mir. »Auf geht's!« Er wandte sich an Greta. »Wenn wir in zehn Minuten nicht zurück sind, rufst du die Polizei und Feuerwehr. Aber keine Minute eher.«

Greta nickte. Sie war ganz blass.

Ich gab mir einen Ruck, umfasste die rostigen Holme und nahm die ersten Stufen. Hoffentlich sah uns keiner und hielt uns auf. Aber die Menschen am Kai waren zu sehr mit ihren Fischbrötchen beschäftigt, um zu bemerken, was wir hier trieben.

Ich hatte furchtbare Angst, dass ich abrutschen könnte, denn die Metallstufen waren voller Algen und glitschig. Die Wellen leckten an dem untersten Tritt. Jonas folgte mir, und Greta und Mona stellten sich so, dass es schwieriger wurde, uns zu entdecken.

Endlich hatte ich den Mauervorsprung erreicht. Meine Hände schmerzten vom krampfhaften Festhalten. Ich musste jetzt nur noch einen gewagten Schritt zur Seite machen. Doch das war leichter gesagt als getan. Ich hatte solche Angst, abzustürzen. Aber dann hatte ich es geschafft, und ich befand mich in der Nische. Ich machte

Platz, und kurz darauf stand Jonas neben mir. Nach rechts tat sich ein dunkler Gang auf, den man nur in gebückter Haltung betreten konnte. Es war feucht hier und roch modrig.

»Pepe!«, riefen wir beide. Doch wir bekamen keine Antwort.

»Er ist hier nicht«, flüsterte ich.

»Wäre ja auch zu schön gewesen. Lass uns noch ein Stück gehen!« Jonas rieb sich den Kopf, er hatte sich an einem dicken Kabel gestoßen. »Pepe!«, rief ich noch einmal. »Mann, komm aus deinem Versteck!«

Vor mir erschien mit einem Mal ein Lichtkegel. Am Ende des Gangs hockte Pepe im Schein einer Taschenlampe. Er hatte eine Decke und ein paar Vorräte dabei.

»Verdammt, du Idiot, was tust du hier?«, rief Jonas aus.

»Nachdenken«, war Pepes Antwort. Er stand auf. »Du hast dir das tatsächlich gemerkt, Carlotta? Dass ich diesen Gang cool finde?«

»Ja, das habe ich. War nur leider unmöglich, schneller zu kommen.« Ich sah ihn unsicher an.

»Carlotta hatte auch noch etwas … Pech«, half Jonas mir aus der Patsche.

Ich sah ihn dankbar an. Die Geschichte von meiner Wattwanderung wollte ich Pepe lieber ein anderes Mal erzählen. Nun galt es erst mal, aus diesem Loch herauszukommen. Ich wunderte mich, wie Pepe das hier so lange allein ausgehalten hatte.

Vom Anfang des Gangs her waren auf einmal Stimmen zu hören. »Da sind sie rein!«

Plötzlich blendeten uns Lichter, und wir erkannten die Stimme von Jonas' Vater.

»Ich hab ihn doch angerufen!«, rief Greta von draußen. Und dafür war ich ihr wirklich dankbar.

36

Pepe musste sofort nach Hause. Sein Onkel und seine Tante standen schon am Kai, als wir die Leiter hochkletterten. Von seinem Vater war nichts zu sehen. Mir schien es, als wäre Pepe darüber sehr erleichtert. Die drei umarmten sich, bedankten sich bei uns und fuhren sofort mit dem Auto los.

»Was habt ihr euch denn dabei gedacht, einfach in den Gang zu klettern? Das ist lebensgefährlich, da liegen Kabel, und es ist total rutschig.« Jonas' Vater war ziemlich stinkig. »Wozu gibt es uns oder die Feuerwehr? Ab nach Hause!«

Wir ließen die Strafpredigt über uns ergehen und radelten zurück nach Lüttjesiel. Beim Abschied standen wir betreten voreinander.

»Wir reden morgen«, sagte Jonas. »Erst mal alles sacken lassen. Hauptsache, Pepe ist wieder da.«

Tant Ruthie stand auf der Gangway und schüttelte immer wieder den Kopf. »Nun komm erst mal an Bord, Carli! Ich hab schon gehört, was ihr wieder angestellt habt.«

Wir setzten uns unter das Sonnensegel. Tant Ruthie wusste also bereits von der Aktion am Hafen. In einem Dorf sprachen sich Neuigkeiten anscheinend wirklich sehr schnell herum. »Mien Deern, was machst du denn nur? Wie soll ich das deinen Eltern erklären? Erst wirst du von diesem Gewitter überrascht, dann ertrinkst du fast, weil du nicht auf die Flut achtgibst, und zu allem Überfluss kletterst du am Hafen auch noch in verbotenen Gängen herum!«

Ich zuckte mit den Schultern. In Köln war es mir bisher immer mühelos gelungen, allen Gefahren aus dem Weg zu gehen. Und hier? Im kleinen Lüttjesiel, wo sich Fuchs und Hase Gute Nacht sagten, passierte mir in wenigen Wochen gleich so viel. Wie sollte ich das erklären?

Ich verstand es doch selbst nicht.

»Bist du froh, wenn ich wieder weg bin?«, fragte ich Tant Ruthie, die aber sofort heftig den Kopf schüttelte. »Um Gottes willen, nein! Ich bin doch glücklich, dass du hier bist, und ich wünsche mir, dass du auch zukünftig deine Ferien ab und zu bei mir verbringst – aber bitte mit weniger Abenteuer!«

Das versprach ich ihr.

»Aber eins ist ja doch gut«, begann Tant Ruthie.

»Und was?«

»Dass es das Internet gibt. Du hast doch dieses Sandbankbild eingestellt bei Whatsapp, oder? Ohne das würdest du wohl nicht hier sitzen.« Sie tätschelte mein Knie. »Aber wenn es Probleme gibt, musst du trotzdem mit den anderen reden, Carli. Dafür taugt das Internet nicht.«

Ich musste ihr zustimmen. Es wäre sicher alles nicht so eskaliert, wenn ich gleich zu Pepe gegangen wäre.

»Hast du dich mit Pepe nun wieder vertragen?«, fragte Tant Ruthie.

Das war wieder so eine Frage, die ich nicht beantworten konnte, weil ich es selbst nicht wusste. »Es ist wohl eher eine Art Waffenstillstand«, sagte ich. »Auch mit den anderen. Es galt einzig und allein, Pepe zu finden. Trotzdem sind ja noch alle Probleme da. Und ich bald wieder weg.«

Mich wunderte selbst, wie schwer mich diese Erkenntnis traf. Ich,

Carlotta, das fünfte Rad am Wagen einer eingeschworenen Gemeinschaft, die auf Biegen und Brechen zusammenhielt. Wie gern wäre ich ein wirklicher Teil davon geworden. Aber waren unsere Streitpunkte nicht zu tief?

»Ich gehe noch ein bisschen nähen. Das lenkt mich ab«, sagte ich.

Tant Ruthie lächelte. »Das tu du mal. Ich habe heute auch wieder einiges fertig bekommen. Hängt im Atelier. Ich stelle es morgen ein. Und guck mal!« Sie deutete in die Ecke des Schiffes, wo ein Berg an Kartons unter der Überdachung stand.

»Was ist das?«, fragte ich, und mein Herz machte einen freudigen Sprung. »Sind das alles Bestellungen, die du schon verpackt hast?«

»Ja!« Tant Ruthie stand die Freude ins Gesicht geschrieben.

Wenigstens lief es bei ihr!

Ich ging hinunter ins Atelier, rückte mir den Stuhl vor meine Nähmaschine und schaute mir die Stoffe an.

Vor meinem inneren Auge flackerte immer wieder Pepes Gesicht auf. Hatte er mich vorhin am Hafen noch immer mit seinem warmen Blick angesehen, oder war da nichts mehr? Ich wusste es nicht.

Weil ich ihn nicht aus meinem Kopf bekam, beschloss ich, ihm etwas zu nähen.

Pepe hatte doch dasselbe Handy wie ich! Dafür hatte ich auch noch den Schnitt, weil ich immer alles sorgfältig aufbewahrte. Danach kramte ich in den Filzstücken, bis ich einen schwarzen Rest in der erforderlichen Dicke gefunden hatte. Gretas kleine Möwe würde vorn auf die Hülle passen. Pepe sollte kein Krebs mehr sein, sondern fliegen können. So wie ich als Möwe.

Es war sehr kniffelig, die kleine Applikation auszuschneiden und aufzunähen. Ich brauchte ewig dafür.

Jetzt musste ich noch rasch das Klettband befestigen und die Seitennähte schließen. Auf der Klappe brachte ich einen farblich passenden Knopf an.

Als ich fertig war, tat mir der Rücken weh. Aber ich hatte noch nie eine so tolle Handyhülle genäht.

31

Ich schlief mal wieder schlecht in dieser Nacht. Immer wieder kamen die Erinnerungen in mir hoch, wie ich auf der Sandbank stand und das Wasser höher und höher stieg. Dann dachte ich an meine Angst um Pepe, als wir nicht wussten, wo er steckte. Und schließlich kreisten meine Gedanken darum, ob es zwischen uns je wieder so werden würde wie früher. Ich konnte nicht daran glauben, und doch hoffte ich es so sehr. Ich hatte zwar die Handyhülle für Pepe genäht, aber keine Ahnung, ob wir uns je wieder so nahekommen würden, dass ich sie ihm wirklich geben konnte.

Am nächsten Morgen stand ich früh auf und fand Tant Ruthie schon in der Kombüse vor. Sie war wieder gut gelaunt, sang und tanzte durch den Raum.

»Wir essen draußen«, sagte sie. »Es ist wunderbares Wetter.«

In den letzten Tagen hatte Pepes Onkel die Zeitung selbst vorbeigebracht. Ich schielte zum Tisch, doch sie lag noch nicht da. Dafür hatte Tant Ruthie Brötchen geholt und frischen Käse. In Lüttjesiel hatte ich nämlich meine Vorliebe für den Deichkäse entdeckt.

Ich schleppte Teller und Besteck nach draußen, Tant Ruthie folgte mir mit einem Tablett, vollgepackt mit selbst gemachter Erdbeermarmelade, dem Deichkäse, Weintrauben, Blaubeeren und Joghurt.

»Hat Pepe sich schon bei dir gemeldet?«, fragte sie mit vollem Mund, als wir unser gemeinsames Frühstück genossen.

Ich war bereits bei der letzten Brötchenhälfte angelangt, die ich aus alter Gewohnheit wieder dick mit Nuss-Nugat-Creme bestrichen hatte.

Ich schüttelte den Kopf. Mein Handy war still geblieben, nicht einmal Greta hatte mir eine Nachricht geschickt.

Ein letzter Bissen, und ich hatte mein Frühstück vertilgt – und für den ganzen Tag keinen Plan, was ich tun sollte.

»Du hast die Nuss-Nugat-Creme wieder bis an die Ohren verschmiert! Wie am ersten Tag.« Tant Ruthie kicherte.

Genau in dem Augenblick ertönte eine Fahrradklingel. Es war wie ein Déjà-vu.

Pepe strahlte uns vom Kai aus an und schleuderte die Zeitung an Deck. »Hey, Carlotta! Wieder auf dem Schoko-Trip? Das hatten wir doch schon mal.«

Verlegen griff ich nach der Serviette und wischte mir übers Gesicht.

»Das macht es auch nicht besser. Gib's auf!«

Ich wusste einfach nicht, was ich sagen sollte. Pepes Augen glänzten in gewohntem Schokobraun und machten mir, ebenso gewohnt, weiche Knie.

War das alles in den letzten Tagen nur ein böser Albtraum gewesen? Vielleicht befand ich mich in diesem Film »Und täglich grüßt das Murmeltier«, wo alles immer wieder vor vorne begann. Den liebte meine Mutter und schaute ihn sich mit großer Regelmäßigkeit an.

»Ich bin in einer halben Stunde zurück, und dann fahren wir auf die Insel«, sagte Pepe. »Ohne die anderen. Ich glaube, wir haben viel zu besprechen. Kommst du mit?«

Ich nickte. Kein ewiges Murmeltier. Kein Albtraum. Echtes Leben.

38

Ich ließ Pepe rudern. Mir war mehr danach, meinen Gedanken nachzuhängen. So ganz traute ich dem plötzlichen Frieden nicht. Ich wartete auf den Haken, auf den großen Todesstoß, den Pepe mir nach all den furchtbaren letzten Tagen sicher gleich verpassen würde. Aber noch war es friedlich.

Die Wellen plätscherten gegen die Holzwand des Bootes, die Sonne strahlte von einem hellblauen Himmel, und die Welt schien um mich herum zu tanzen, als gäbe es kein Morgen.

Ich hatte vor der Abfahrt rasch etwas zu trinken eingepackt und auch Pepes Handyhülle, obwohl ich noch nicht sagen konnte, ob ich es wagen würde, sie ihm zu geben. Das ging nur, wenn alles, wirklich alles gut war.

Pepe ruderte mit gleichmäßigen Schlägen und schwieg ebenfalls, aber etwas an ihm hatte sich verändert. Er wirkte längst nicht mehr so angespannt wie in den letzten Wochen.

Endlich kamen wir am Steg an. Festmachen, von Bord gehen, Handtücher ausbreiten. Dasselbe Ritual wie sonst auch.

Pepe hatte sich von seiner Tante wieder etwas zu essen einpacken lassen und beförderte kleine Grünkernfrikadellen, Kartoffelsalat, Weintrauben und Apfelstückchen aus dem Picknickkorb. Aber mir war absolut nicht nach Essen. Solange so viele Dinge zwischen Pepe und mir ungeklärt waren, konnte ich keinen Bissen herunterbringen.

»Wir müssen wirklich reden, Pepe«, begann ich schließlich. »Das hätten wir schon viel früher tun müssen. Nicht über Whatsapp. Das war tödlich.«

»Stimmt.« Er sah mich an. »Das hätten wir anders lösen können. Ich war immer einfach nur froh, dass du da warst. Und plötzlich … ging alles den Bach runter.« Er senkte den Kopf. »Ich konnte es nicht verhindern. Da kam mein Erzeuger, nannte sich nach all den Jahren mit einem Mal Vater und wollte für mich da sein. Das geht aber nach so langer Zeit nicht. Jedenfalls nicht so schnell.«

Ich nahm Pepes Hand. Sie war ganz kalt. »Und dann kam in dir der Krebs hoch?«, fragte ich.

»Als ich mich gefragt habe, welches Tier ich sein möchte, hatte ich mir nächtelang vorher überlegt, wie ich mich fühle. Eingraben, wenn es brenzlig wird, seitwärtslaufen und schweigen – das fand ich alles sehr sympathisch. Aber dann begegnete ich der fröhlichen Lachmöwe, und ich wusste, du wirst wegfliegen, wenn du zu viel von dem stummen Krebs weißt. Warum solltest du dich mit mir belasten?«

Ich drückte seine Finger. »Ich wollte nie wegfliegen. Ich wollte einfach nur, dass du … ein anderes Tier wirst.«

»Ich hab es vermasselt, stimmt's? Nun gehst du bald nach Köln zurück, und mit etwas Glück bleibt mir der Gedanke, dass du zumindest unsere erste Zeit auf der Insel und in der Bucht in guter Erinnerung behältst.« Er nagte an seiner Unterlippe und sah mich mit einem so hoffnungsvollen Blick an, dass mein Herz schon wieder losgaloppieren wollte.

»Ich hätte nicht so überstürzt reagieren dürfen, als ich dich am Bahnhof mit deiner Cousine gesehen habe. Wir haben beide Fehler gemacht«, sagte ich schließlich. »Und jetzt?«

Pepe setzte sich gerader hin. Meine Worte schienen ihm Mut gemacht zu haben. »Jetzt erzähle ich dir alles.«

»Alles?«

»Alles.« Pepe sog die Luft scharf ein. »Das wollte ich ohnehin tun, aber dann kam es wegen Mona zum Streit. Also: Mein Vater schreibt mir schon seit längerer Zeit. Ich habe alle seine Briefe zwar gelesen, aber nie geantwortet. Er war mir fremd, und außerdem wollte ich meine Tante und meinen Onkel nicht vor den Kopf stoßen. Mir war klar, dass es sie bestimmt verletzte, wenn ich auch nur mit dem Gedanken spielte, zu meinem Vater zu gehen, auch wenn das sehr verlockend war. Endlich hätte ich nicht mehr erklären müssen, warum ich bei meiner Tante und meinem Onkel lebte. Das war eine so schöne Vorstellung. Zu sein wie alle anderen.«

Pepe rückte ein Stück näher. »Ich war ein Exot, und hier in Lüttjesiel sowieso. Als Mona dann die Gerüchte über mich verbreitet hat, dass ich ihren Cousin bewusst in Gefahr gebracht habe, haben das fast alle geglaubt. Pepe, der Junge ohne Eltern. Dem fehlt der Vater, der muss hier angeben.« Er atmete einmal schwer. »Aber meine Tante, mein Onkel und Lara, die haben zu mir gehalten. Immer.«

»Mona war eifersüchtig«, stellte ich fest.

»Ja. Wir waren letztes Jahr nur kurz zusammen. Sie ist … eine Auster ohne Perle. Mona gibt vor, einen Schatz zu verbergen, aber eigentlich ist sie hohl. Sie hat mich außerdem regelrecht bewacht. Grausam.«

Das klang hart. Ich dachte an das andere Bild vom Seestern, der sich über seine Beute stülpt.

»Trotzdem seid ihr noch befreundet«, sagte ich.

»Wir unternehmen was zusammen, weil es außer Jonas, Greta und uns beiden hier niemanden in unserem Alter gibt«, erwiderte Pepe. »Das ist ein Unterschied. Jedenfalls wäre mein Vater eine Lösung für meine Probleme gewesen. Ich war hin- und hergerissen zwischen der Wut auf ihn und der Hoffnung, alles würde sich ändern. Pepe, der Junge, der immerhin so viel wert ist, dass sein Vater für ihn da sein will. Trotzdem habe ich ihm weiter die kalte Schulter gezeigt. Er sollte um mich kämpfen. Ich wollte es ihm nicht so einfach machen.«

So langsam begriff ich, warum Pepe sein Krebssein vorgezogen hatte. »Und dann ist dein Vater tatsächlich aufgekreuzt.«

Pepe nickte. »Er hat viel Druck gemacht, und ich bin kurzerhand mit nach Münster gefahren. Es ging so schnell, ich hatte kaum Zeit, zu packen. Mein Vater benahm sich eigenartig, ich konnte ihn nicht einschätzen. Ich dachte, wenn ich mich nicht wahnsinnig beeile, dann ist er doch wieder weg. Ehrlich gesagt warst du der Auslöser, dass ich mich überhaupt auf den Trip nach Münster eingelassen habe.«

»Ich? Warum ich?«

Pepe malte mit dem großen Zeh Kreise in den Sand. »Weil du mir so wichtig bist, dass ich dachte: Wenn das mit uns was werden soll, dann muss ich ganz sein. Mindestens mit Vater!«

»So ein Quatsch!«, entfuhr es mir.

»Das war Blödsinn, ich weiß. Und es war ein Fehler, mit ihm mitzufahren. Mir ist in Münster schnell klar geworden, was für ein Idiot er ist. Mann, der hat keine Wohnung, das ist die letzte Absteige und voll das Dreckloch. Dann hat er ständig neue Frauen, schon in der kurzen Zeit, als ich da war, sind da drei Tussen aufgetaucht. Ich hab in meinem Bett gelegen und geheult, weil mir alles so kalt und fremd vorgekommen ist. Ich war so allein. Das war echt scheiße.«

Ich strich über seine Wange. »Ich wäre doch für dich da gewesen.«

»Es war mir peinlich. Da habe ich Lara angerufen. Sie ist wie meine große Schwester. Der muss ich nix erklären. Sie kennt mich einfach.«

Ich fühlte einen Stich Eifersucht in mir, aber was erwartete ich denn? So lange kannte ich Pepe ja noch nicht, und Vertrauen musste wachsen. Auf beiden Seiten, das begriff ich jetzt.

»Meine Cousine hat mir die Augen geöffnet und mir klargemacht, dass ich Teil einer Familie bin. Meine Tante und mein Onkel, ich und Lara. Die beste Familie, die ich haben kann. Die mögen mich nämlich wirklich, und auf sie kann ich mich immer verlassen. Das ist mir so wichtig, Carlotta. Verlässlichkeit.«

Ich nahm Pepe einfach in den Arm.

»Ich war enttäuscht, dass du mir Lara verschwiegen hast. Ich dachte wirklich, du betrügst mich«, begann ich.

Pepe seufzte auf. »Ich habe einmal von ihr angefangen, aber da kam dieses blöde Piratenschiff an unserer Insel vorbei. Erinnerst du dich? Und das war es dann. Echt blöd. Ich hätte dir später von ihr erzählen sollen, aber irgendwie hat es sich nie ergeben.«

»Und als du dann einfach so zu Tant Ruthie gekommen bist, ohne Erklärung … Ich war so sauer!«

»Und ich war traurig und böse, dass du mich so angezickt hast. Weißt du, wir haben für Tant Ruthie alles gegeben, und dann kommst du mir mit solchen Anschuldigungen. Da brauchte ich erst mal Abstand. Mir ging es nämlich total mies, weil mein Vater plötzlich damit gedroht hat, das Jugendamt einzuschalten, damit ich wieder zu ihm ziehen muss. Ich wusste da noch nicht, dass er das gar nicht ohne mein Einverständnis tun kann, wenn es mir bei meiner Tante und meinem Onkel gut geht.«

»Und dann war dir plötzlich alles zu viel?«

»Der Krebs brauchte einen Rückzugsort«, bestätigte er. »Der dunkle Gang erschien mir gut und sicher. Ich habe, außer dir, noch nie jemandem davon erzählt.«

Ich lächelte zum ersten Mal in diesem Gespräch. »Und da hast du gehofft, ich erinnere mich, und wir suchen dich dort?«

»So ungefähr. Das war für mich das Zeichen, dass ich dir wichtig bin.«

Wir ließen einander los und schauten aufs Lüttje Meer. Nun war alles gesagt, und ich verstand Pepe. »Und jetzt?«

Er zuckte mit den Schultern. »Jetzt müssen wir sehen, wie es weitergeht. Ich … ich möchte dich nicht verlieren.«

»Ich dich auch nicht. Die letzten Tage ohne dich waren schrecklich.«

Pepe warf einen Stein ins Wasser. Er sprang sieben Mal auf der glatten Oberfläche, ehe er versank.

»Lara kommt morgen.«

Ich zuckte kurz zusammen. Sie machte mir immer noch Angst.

»Du wirst sie mögen. Ich möchte, dass du sie kennenlernst. Es ist mir wichtig, dass ihr euch gut versteht.«

Ich schluckte.

»Sie hat mir auch klargemacht, dass ich dich ins Vertrauen ziehen muss, wenn es mit uns was werden soll.«

»Das hat sie gesagt?«

»Jepp.«

»Und die anderen? Was ist mit den anderen?«

Pepe grinste. »Jonas hat mir heute Morgen schon erzählt, dass er Greta voll süß findet, Mona wird zicken wie immer, und ansonsten mögen sie dich.«

»Dann kann ich in den nächsten Ferien wieder nach Lüttjesiel kommen?«

»Du kannst nicht nur, du musst«, flüsterte Pepe.

Ich legte meinen Kopf auf seine Schulter. So saßen wir eine Weile einfach nur da. Wie einfach wäre es gewesen, wenn wir beide gleich miteinander geredet hätten.

»Willst du nun kein Krebs mehr sein?«, fragte ich irgendwann.

Er schüttelte den Kopf. »Ich suche mir ein anderes Tier aus.«

Ich schob Pepe kurz weg und kramte in meiner Tasche nach der Handyhülle. »Für dich! Hab ich dir genäht.«

Er riss mir die Hülle aus der Hand. »Super! Jetzt kann mein Handy nicht mehr kaputtgehen. Hat dir etwa jemand erzählt, dass ich es oft fallen lasse?« Er nahm sein Handy aus der Hosentasche.

»Nein, das wusste ich nicht«, sagte ich. Es war schön, dass er sich so über mein Geschenk freute.

»Und fliegen soll ich auch, oder was willst du mir mit der Lachmöwe sagen?«

»So hatte ich es mir gedacht«, gab ich zu. »Willst du das nicht? Immer seitwärtslaufen und einbuddeln ist doch blöd.«

Pepe lächelte mich an. »Ich hätte noch eine andere Idee … Es könnte doch auch heißen, dass ich die Lachmöwe nicht vergessen soll, oder? Egal, wohin sie fliegt.«

»Klingt beides gut. Such dir was aus!«

Er steckte das Handy in die neue Hülle. »Ich hab auch noch was für dich!« Er kramte in seinem Rucksack und zog zwei Tafeln Schokolade heraus. Auf einer stand mit einem Herz umrandet Schokominzpfefferlade, auf der anderen Pfefferminzschokolade. Er schob mir die Schokominzpfefferlade rüber. »Probier die mal. Wenn wir zusammen sein wollen, müssen wir dringend auch die gleiche Schokolade mögen.«

Dann nahm er mich in den Arm, gab mir einen Kuss, und es fühlte sich richtig, richtig gut an.

Nachwort

Es hat mir viel Spaß gemacht, diese Geschichte zu schreiben, und auch, die Nähanleitungen für euch zu erarbeiten. Da ich selbst mit großer Begeisterung an der Nähmaschine sitze oder andere Handarbeiten (stricken, häkeln, Wolle spinnen) mache, war es mir ein besonderes Vergnügen. Genau wie das Schreiben des Romans. Ich mag die Arbeit mit jungen Menschen, denn ich habe selbst fünf erwachsene Kinder und mehrere Enkel und arbeite sehr häufig mit Jugendlichen in Schreibworkshops. Mit meinen Büchern bin ich auch viel für Lesungen in Schulen unterwegs.

Ich schreibe aber auch für Erwachsene, und zusammen mit meinem Mann entwickle ich verschiedene Bühnen- und Musikproduktionen. Wir stehen oft gemeinsam auf der Bühne. Ich wurde 1964 in Oberhausen in Nordrhein-Westfalen geboren und lebe seit meinem vierten Lebensjahr an der Küste. Vor vielen Jahren sind wir in ein kleines historisches Dorf gezogen, nicht weit vom Meer entfernt. Bei uns ist immer viel Trubel, eben Großfamilienleben! Wenn wir Zeit haben, fahren wir gern mit unserem Wohnmobil herum. Wer mehr über mich oder meine Arbeit wissen möchte – ich habe eine Homepage:

www.regine-koelpin.de

Den Roman »Im Zickzackkurs zur Liebe« habe ich bewusst da angesiedelt, wo ich lebe. Lüttjesiel gibt es zwar nicht, die Städte Emden und Oldenburg aber natürlich schon. Es kommen sehr viele Dinge vor, die für die Nordseeküste in Friesland und Ostfriesland typisch sind. So der Name von Tant Ruthie, die eben mitnichten eine Tante ist. Als Tant bezeichnet man hier hin und wieder der Familie nahestehende Frauen.

An der Nordsee muss man mit vielen Dingen zurechtkommen. So wie mit Ebbe und Flut oder dem ewigen Wind. Ich liebe die Gegend mit den weiten, grünen Wiesen, den Inseln und den kuscheligen Hafenorten sehr und möchte nur hier leben.

Aber ich bin ja viel mit meinen Büchern auf Lesereisen unterwegs. Vielleicht lernen wir uns einmal bei einer Lesung kennen, und ihr könnt mich noch viel mehr fragen. Ich würde mich freuen!

Zum Schluss möchte ich mich gern noch bedanken:

- Danke an meine Agentur Anna Mechler, Lesen&Hören, für die wunderbare Zusammenarbeit!
- Danke an das Team vom Oetinger Verlag für die wertvolle Unterstützung: namentlich Frau Graz und Frau Jahnke!
- Danke an Linda Sturm für die Redaktion und den letzten Schliff.
- Ein großes Danke an Andrea Müller!
- Danke an meinen Nähgruppe (Hannelore Höfkes, Ute Mecklenburg und Hilke Heeren) für eure Tipps. Ganz herzlich danke ich Hilke für die Unterstützung bei den Nähanleitungen.
- Danke an Anja Görke: Von ihr habe ich die Schokominzpfefferlade!
- Danke an meine Eltern und meinen Schwiegervater für jede Unterstützung, wenn ich sie brauche!

- Danke an meinen Mann, meine fünf Kinder samt Schwiegerkindern und Enkeln! Ihr seid die beste Familie, die es gibt!

Und nun wünsche ich euch viel Spaß mit den Nähanleitungen!

Nähanleitungen

Hast du beim Lesen Lust bekommen, wie Carlotta auch mal etwas selbst zu nähen? Zum Beispiel eine Handyhülle, einen Loop oder eine Strandtasche?

Die folgenden Nähanleitungen erklären dir Schritt für Schritt, wie's geht! Vor dem Nähen wird in der Regel zuerst gesteckt und geheftet. Es gibt die Möglichkeit, das Heften wegzulassen, aber für Nähanfänger ist es einfacher, es zu tun, weil der Stoff beim anschließenden Nähen nicht so leicht verrutscht. Der Heftfaden wird am Ende wieder entfernt.

Es werden keine komplizierten Stiche verwendet, sodass alle Stücke auch mit einfachen Nähmaschinen genäht werden können.

Du kannst Stoffreste verwenden oder dir Stoffe kaufen, die dir gefallen. In den Anleitungen wird auch erklärt, wie du die Schnitte selbst herstellen kannst.

Diese Dinge brauchst du immer, egal was du nähen willst:
Nähmaschine mit verschiedenen Nadeln (welche du jeweils brauchst, steht beim Schnitt), Packpapier, Stift, Lineal, Stoffschere (bitte mit der Stoffschere wirklich nur Stoff und Vliesline schneiden, sonst wird die Schere stumpf), Papierschere, Stecknadeln, Handnähnadeln, Heftgarn, Nähgarn in verschiedenen Farben (passend zum Stoff), Maßband, Nähkreide, Handmaß

Diese Begriffe solltest du kennen:
Rechte/linke Stoffseite:
Die rechte Stoffseite ist die schöne, manchmal gemusterte Seite, die am Ende außen liegen soll. Die linke Seite ist die innere Seite. Bei Filz gibt es keine rechte oder linke Seite.

Fadenlauf:
Der Fadenlauf muss in jedem Schnitt beachtet und auch ausgemessen werden, sonst wird das fertige Nähmodell schief. Er wird in allen Schnitten angegeben. Wird im Stoffbruch zugeschnitten, zeigt der den Fadenlauf an. Sonst ist es aber auch einfach: Du legst den Schnitt auf den Stoff und misst vom Stoffrand mit dem Maßband aus, ob der Schnitt gerade aufliegt.

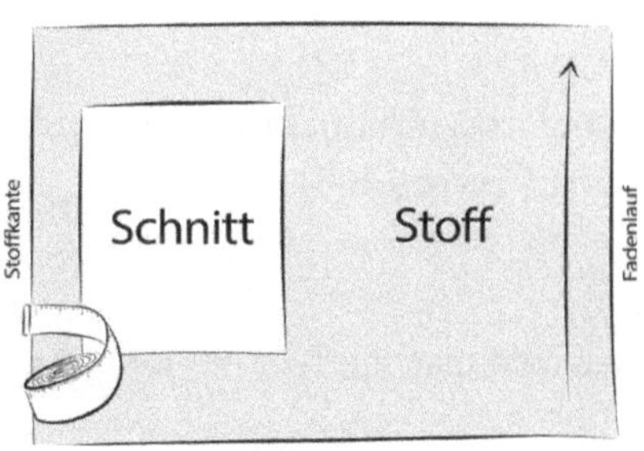

Stoffbruch:
»Im Stoffbruch zuschneiden« bedeutet, dass man den Stoff im Fadenlauf (der verläuft hier parallel zur Webkante) faltet und das Schnittmuster direkt an der Kante anlegt. Nach dem Zuschneiden ist das Stoffteil doppelt so groß wie der Schnitt und hat in der Mitte keine Naht.

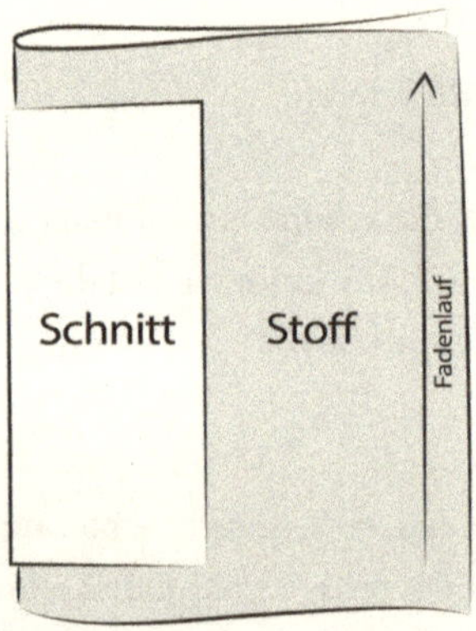

Doppelt zuschneiden:
Der Stoff wird doppelt zugeschnitten. Das heißt, der Stoff liegt doppelt, und man bekommt nach dem Zuschneiden zwei identische Teile.

Stecken:
Die Teile, die zusammengenäht werden sollen, werden genau aufeinandergelegt und mit Stecknadeln festgesteckt.

Heften:
Nach dem Stecken näht man die Teile mit Heftgarn und etwa gleich

großen Stichen von Hand zusammen. Nach dem Nähen mit der Nähmaschine wird das Heftgarn wieder entfernt.

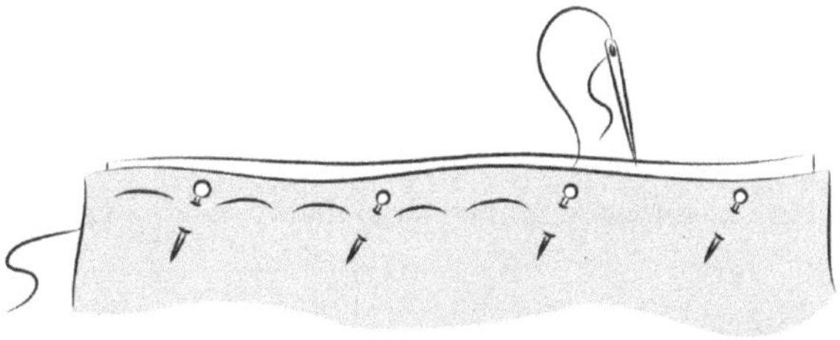

Nahtzugabe:
Beim Zuschneiden muss man ringsum die im Schnitt angegebene Nahtzugabe hinzufügen. Man braucht sie, weil die Naht Platz benötigt. Manchmal ist die Nahtzugabe auch schon enthalten, das steht jeweils in der Anleitung. Die Nahtzugabe wird mit dem Handmaß ausgemessen und mit Nähkreide angezeichnet. An dieser Linie muss dann sehr genau entlanggeschnitten werden.

Geradstich/Steppstich:
Für gerade Nähte verwendet man den Steppstich/Geradstich der Nähmaschine.

Zickzackstich:
Den Zickzackstich verwendet man zum Versäubern der Stoffränder, bei elastischen Stoffen oder manchmal für Applikationen.

Steppfußbreit:
Steppfußbreit nähen ist ganz einfach. Du setzt den Fuß der Nähmaschine auf den Stoffrand und nähst in genau dem Abstand. Das heißt, der Steppfuß gibt dir die Nahtbreite vor.

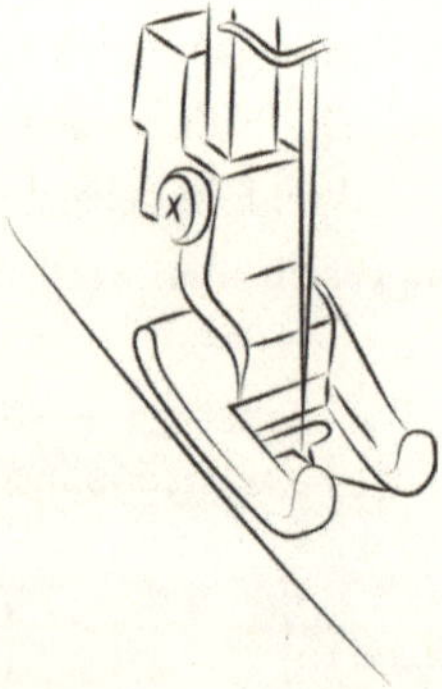

Knappkantig nähen:
Dafür versuchst du so dicht wie möglich an der Kante zu nähen.

Verriegeln der Naht:
Zu Beginn und am Ende jeder Naht ist es wichtig, jeweils einmal kurz vor- und zurückzunähen, sonst geht die Naht wieder auf.

Bügeln

Das Ausbügeln der Nähte ist manchmal sehr wichtig, damit das genähte Modell gut aussieht. Wann es notwendig ist, steht in der jeweiligen Anleitung.

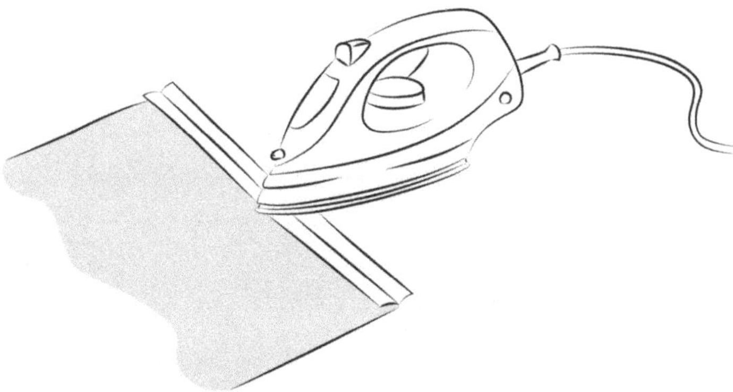

Handyhülle aus Filz

Eine Handyhülle aus Filz ist einfach zu nähen und auch für Anfänger gut hinzubekommen. Wenn du den Schnitt vergrößerst, kannst du auf dieselbe Art auch eine Tasche für Laptop, Tablet oder E-Book-Reader nähen.

Du brauchst:

- 4 mm dicken Filz, je nach Handygröße etwa 50 cm lang und 15 cm breit
- etwa 1 bis 2 cm Klettband
- zum Verzieren: Knöpfe, Applikationen, Bänder etc.

Wenn du eine Applikation aufnähen willst, findest du im Kasten, was du dafür benötigst.

- Jeans-Nähmaschinennadeln

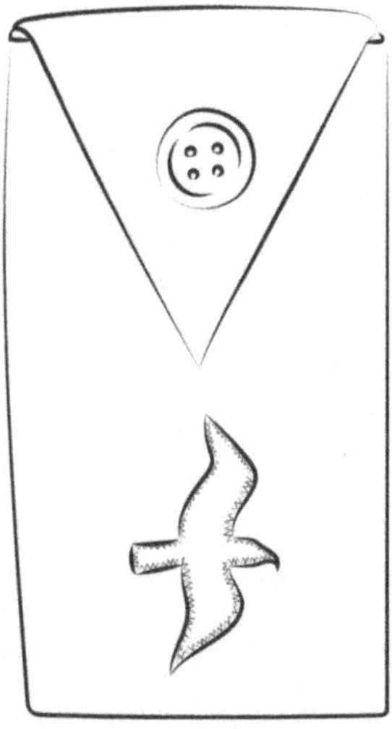

So geht's:

Schnitt herstellen:

Zeichne auf Packpapier ein Viereck in der Größe deines Handys. Direkt an die schmale Seite anschließend zeichnest du das gleiche Viereck noch einmal, dann ein weiteres, das nur halb so lang ist wie dein Handy (für die Klappe). Zum Schluss fügst du noch einmal drei Zentimeter an. Schneide das lange Papierrechteck aus.

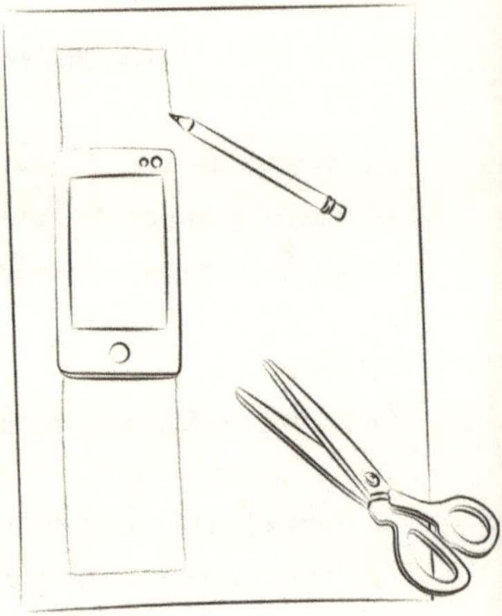

Zuschneiden:

1 Lege das Rechteck aus Packpapier auf den Filz und stecke es mit Stecknadeln fest. Umrunde das Rechteck mit einem zusätzlichen Zentimeter ringsum (Nahtzugabe) mit Nähkreide. Dazu verwendest du am besten das Handmaß. Miss sorgfältig aus, damit die Tasche nicht schief wird. Schneide den Filz entlang der aufgemalten Linie aus.

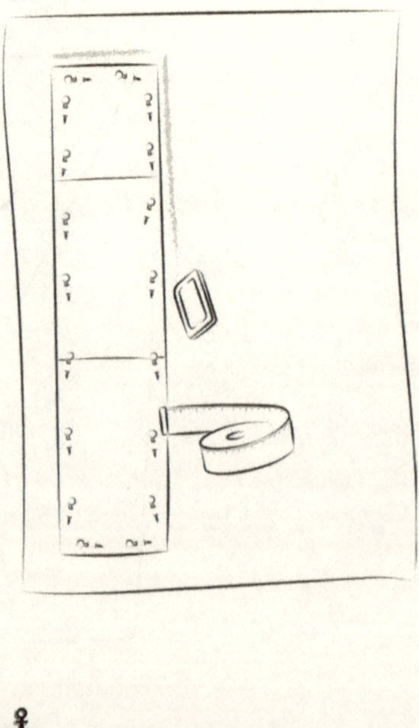

2 Zeichne mit Nähkreide eine spitze oder abgerundete Klappe auf ein Ende des Filzstreifens (maximal eine halbe Handylänge lang). Dann schneidest du die Klappe entlang der Linie zu.

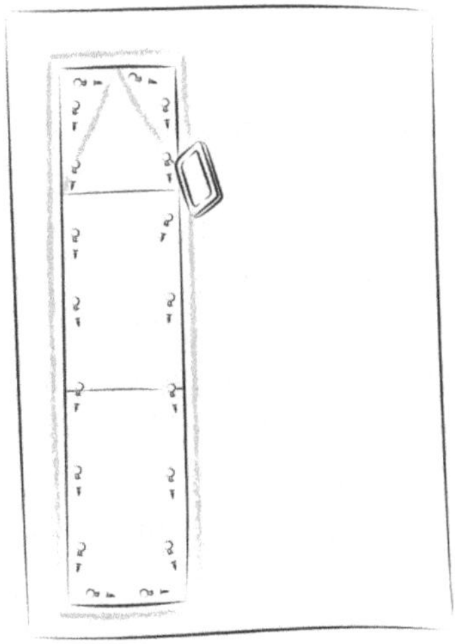

Nähen:
Die Handyhülle wird mit einem einfachen Steppstich genäht.

1 Wenn du deine Handyhülle vorne mit einer Applikation, Bändern oder Knöpfen verzieren willst, musst du sie anbringen, bevor die Tasche an den Seiten zugenäht wird. Später kommst du an die Vorderseite nicht mehr heran. Die Anleitung im Kasten erklärt, wie man das macht.

So bringst du eine Applikation an:
Das ist eine kniffelige und nicht immer ganz leichte Sache.
Du brauchst:

- Pauspapier (z. B. Butterbrotpapier oder Kopierfolie)
- Stoffrest deiner Wahl
- Vlieseline mittlerer Stärke. Die Vlieseline dient zum Verstärken der Applikation, man kann sie sonst nur sehr schwer ausschneiden und aufnähen, und sie wird hinterher auch nicht gut sitzen.
- Applikationsmotiv oder fertige Applikation (manchmal ist eine fertige Applikation schon verstärkt, dann musst du bei der Handyhülle keine Vlieseline mehr dahinterbügeln)
- Geschirrhandtuch
- Stickvlies (wenn du nicht auf Filz applizierst)

So geht's:
Schnitt herstellen:
Die vorgegebene Applikation (oder ein Motiv deiner Wahl, das auch vorn auf die Handyhülle passt) paust du ab und schneidest sie aus. In dieser Anleitung ist es eine kleine Möwe, die du auch als Vorlage nehmen kannst.

Zuschneiden:

1 Lege den Stoffrest, den du für die Applikation vorgesehen hast, und die Vlieseline aufeinander und schneide ein Viereck aus, das etwas größer als die Applikation ist.

2 Nun bügelst du die Vlieseline mit der glänzenden Seite auf die linke Seite des Stoffes.

(Tipp: Lege beim Bügeln vorsichtshalber ein Geschirrhandtuch darüber, dann bleibt nichts am Bügeleisen kleben!)

3 Jetzt kannst du den Schnitt deiner Applikation auf der rechten Seite des Stoffes feststecken. Der Stoff ist durch die Vlieseline schön fest und kann ohne Nahtzugabe zugeschnitten werden. Arbeite dabei sehr genau, damit das Motiv der Applikation später gut zu erkennen ist.

Nähen:

1 Lege die Handyhülle so hin, dass du sie von unten her hochklappen kannst und siehst, wie sie am Ende aussehen wird. Die Applikation soll vorn an der Hülle zu sehen sein.

2 Jetzt kannst du die Applikation aufstecken und heften. Prüfe ein letztes Mal, ob sie wirklich dort sitzt, wo sie sitzen soll.

(Tipp: Wenn du nicht auf Filz, sondern auf einem anderem Stoff applizierst, musst du unter den Stoff noch Stickvlies legen, sonst verzieht sich alles. Das Stickvlies wird später einfach entfernt.)

3 Nähe die Applikation fest. Das ist nicht ganz einfach. Lass dir dabei viel Zeit und arbeite sorgfältig, sonst sieht es hinterher nicht schön aus. Verwende einen klein eingestellten Zickzackstich, da der Stoff trotz Vliesline fransen kann. Hat deine Maschine einen Applikationsstich, ist das noch besser. Die Applikation wird sehr knappkantig, immer am Rand entlang, aufgenäht.

Hier findest du eine Beispielapplikation zum Abpausen:

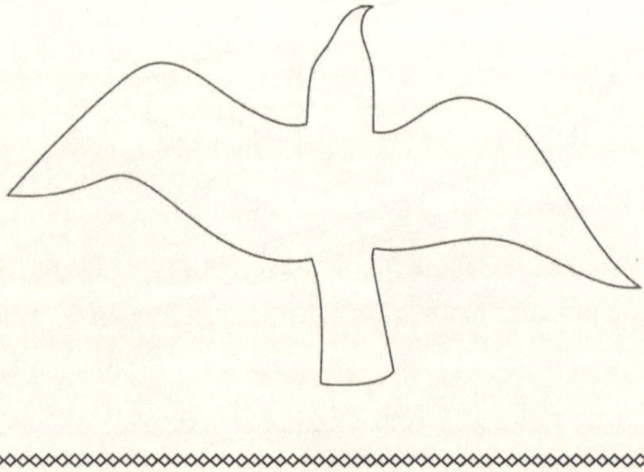

2 Danach wird das Klettband angebracht. Stecke das flauschige Stück oben an der Klappe fest, hefte es und nähe es ringsum knappkantig mit einem Steppstich fest. Das Teil mit der harten Klettseite bringst du auf der Vorderseite der Tasche da an, wo das flauschige Teil aufliegt, wenn die Klappe geschlossen ist. Stecke es dort fest, hefte es und nähe es an.

3 Nun steckst du die Seiten der Handytasche mit Stecknadeln zusammen. Da der Filz doppelt gelegt sehr dick ist, kann man ihn nur schwer heften. Aber er verrutscht kaum, daher genügen Stecknadeln. Du kannst sie, kurz bevor du darübernähst, jeweils einzeln entfernen. Jetzt nähst du die Tasche mit 1 cm Nahtzugabe zusammen. Nähe auch an der Unterseite der Tasche mit 1 cm Nahtzugabe entlang. Wenn du Nähgarn in einer anderen Farbe als dem Filz nimmst, erhältst du eine schöne Ziernaht.

4 Um die Naht des Klettverschlusses auf der Klappe zu verdecken, kannst du die Klappe mit einem Knopf, Bändern oder einer weiteren Applikation verzieren.

Loop

Der Loop wird etwas dicker sein, weil er aus doppeltem T-Shirtstoff genäht wird. Er erfordert ein paar »Wendemanöver«.

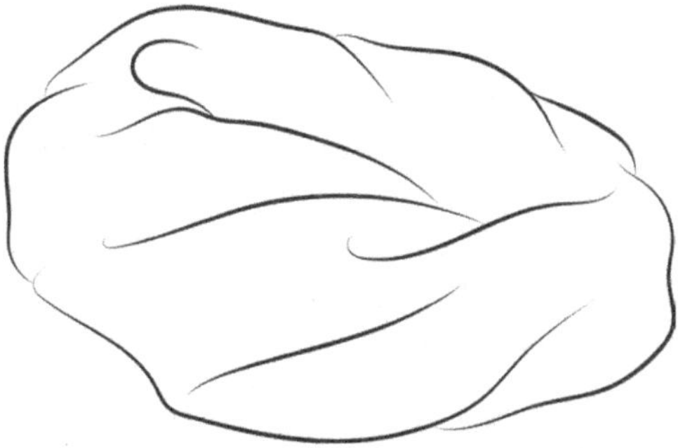

Du brauchst:

- 70 cm festen T-Shirtstoff. (T-Shirtstoffe liegen entweder 1,50 m oder 1,60 m breit, so hast du automatisch die passende Länge. Wichtig ist bei der Stoffwahl, dass der Stoff an der Schnittkante nicht rollt, denn sonst ist er sehr schwer zu nähen, weil er sich leicht verzieht.)
- Jersey-Nadeln

So geht's:

Schnitt herstellen:

Du hast zwei Möglichkeiten.

a. Du lässt dir das Stück Stoff schon beim Einkaufen direkt in 70 cm Länge zuschneiden.

oder

b. Du machst dir einen Schnitt aus Packpapier in 70 cm Länge und 70 bis 80 cm Breite. Die Längsseite mit 70 cm kennzeichnest du mit dem Hinweis »Stoffbruch«.

Zuschneiden:

Der Loop wird im Stoffbruch zugeschnitten. Normalerweise liegt der gekaufte Stoff schon so, wie du ihn brauchst. Gedoppelt, in der Mitte der Stoffbruch. Du kannst bei einem elastischen Stoff selbst gut kontrollieren, ob der Stoff richtig liegt. Er muss zur Seite hin auseinanderzuziehen sein.

Das Packpapier mit der gekennzeichneten Seite wird am Stoffbruch aufgelegt und zugeschnitten. Jetzt hast du ein doppelt gelegtes Viereck, das links geschlossen ist.

Nähen:
Der Loop wird mit einem Zickzackstich genäht. Der Stich ist elastisch und hält deshalb besser. Ein Steppstich würde aufgehen.

1 Nimm den Stoff auseinander, sodass du ein großes, langes Viereck (nicht mehr doppelt gelegt) hast, und klappe die Längsseite so hoch, dass die langen Stoffseiten rechts auf rechts aufeinanderliegen. Die schöne Seite liegt jetzt innen, und du hast einen langen Schlauch, der oben geschlossen werden muss. (Ob du den Stoff richtig gelegt hast, erkennst du wieder daran, dass er sich seitlich auseinanderziehen lässt.) Stecke und hefte die lange Seite sorgfältig fest. Bei einem elastischen Stoff ist das nicht ganz einfach, weil er sich oft an der Kante einrollt, doch es muss sehr genau gearbeitet werden. Die kurzen Seiten rechts und links bleiben offen.

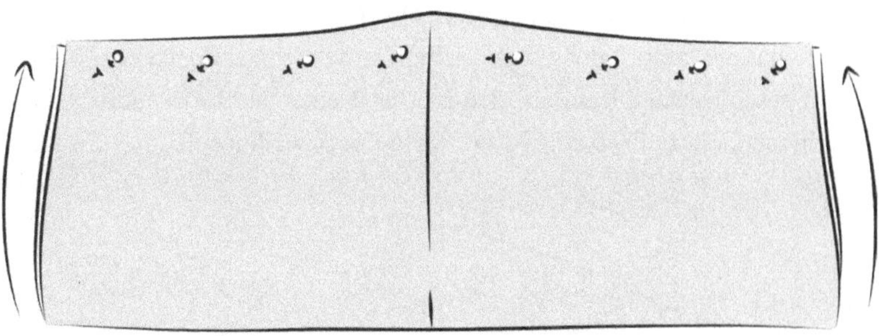

2 Nähe die Längsnaht mit einem Zickzackstich zusammen. Nun hast du einen auf links gedrehten Schlauch mit zwei Öffnungen.

3 Stecke die Hand durch die rechte Öffnung, umfasse das Ende des Stoffes und ziehe die eine Seite so weit durch den Tunnel, bis du den Rand der anderen Öffnung erreicht hast.

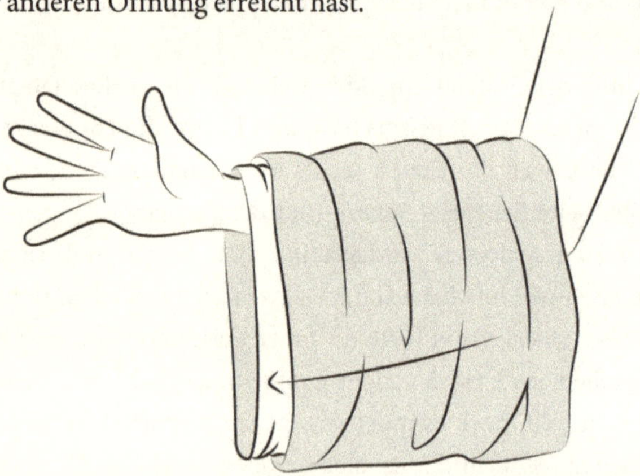

4 An der rechten Öffnung liegen nun die Seiten rechts auf rechts aufeinander, links gibt es keine Nahtöffnung mehr, sondern ein Loch mit geschlossenen Rändern. Du hast jetzt einen auf links gedrehten Schlauch, der halb so lang ist, wie dein Loop werden soll.

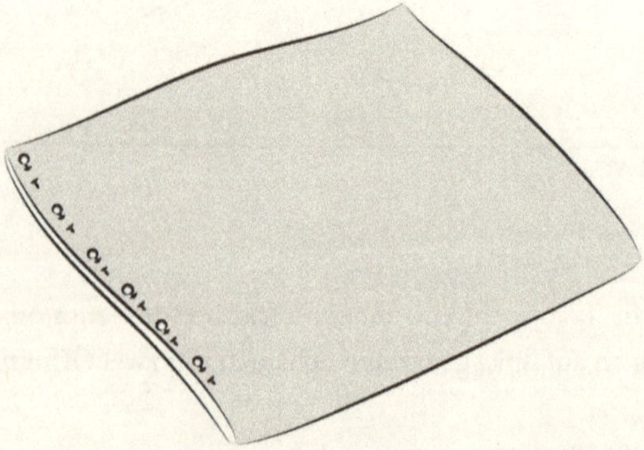

5 Jetzt wird die Öffnung geschlossen. Stecke und hefte zuerst. Lass dabei etwa 6 cm zum Wenden offen. Schließe die Naht mit einem Zickzackstich (vergiss nicht, die 6 cm zum Wenden offen zu lassen!).

6 Jetzt muss der Loop durch die 6 cm lange Wendeöffnung gezogen werden, damit er auf die volle Länge und wieder auf die rechte Seite kommt. Zupfe den Loop einfach hindurch.

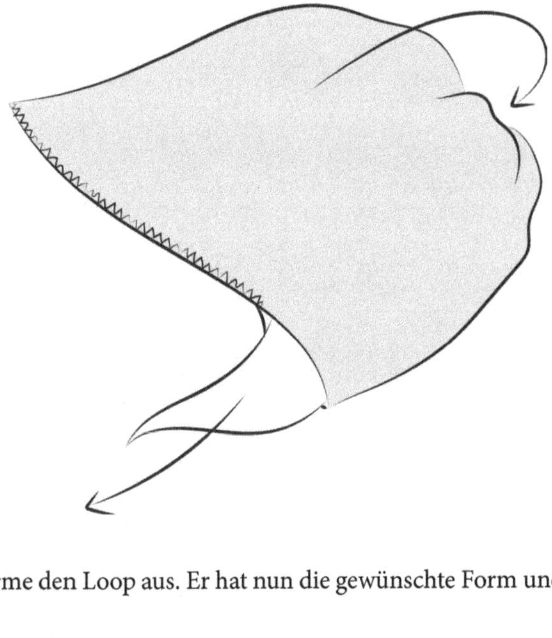

7 Forme den Loop aus. Er hat nun die gewünschte Form und Länge.

8 Zum Schluss musst du die Wendelücke noch schließen. Am saubersten geht das, wenn du es mit einem Hohlstich mit der Hand machst. Diesen Stich lässt du dir am besten zeigen. Es ist ein versteckter Stich, wo man die Naht später kaum sieht. Du kannst aber auch die Maschine nehmen und knapp mit einem Zickzackstich absteppen, dann sieht man am Ende eine kleine Naht, die du beim Umwickeln aber verstecken kannst.

Strandtasche

Die Strandtasche ist groß und stabil genug für alles, was du am Strand benötigst. Da es ein paar Nähschritte mehr sind, dauert die Tasche vielleicht ein bisschen länger.

Du brauchst:

- Baumwollstoff A: 50 cm x 70 cm, doppelt gelegt. (Dieser Stoff ist für die Außentasche. Schön sieht hier ein gemusterter Stoff deiner Wahl aus.)
- Baumwollstoff B: 50 cm x 70 cm, doppelt gelegt. (Damit wird die Tasche innen gefüttert. Das siehst du also nur, wenn du hineinschaust. Für das Innenfutter kannst du einen farblich passenden einfarbigen Stoff wählen.)
- 2 m Gurtband, farblich passend
- normale Nähmaschinennadel

So geht's:

Schnitt herstellen:

1 Packpapier A (50 cm x 70 cm) zuschneiden und an der Seite mit 50 cm parallel zur Schnittkante den Fadenlauf einzeichnen. Du musst den Schnitt also nur ganz gerade auf den Stoff legen. (Wie man den Fadenlauf ausmisst, steht in den grundsätzlichen Anleitungen.)

2 Packpapier B (50 cm x 70 cm) zuschneiden und an der Seite mit 50 cm parallel zur Schnittkante den Fadenlauf einzeichnen. Du musst den Schnitt also nur ganz gerade auf den Stoff legen.

Zuschneiden:

Die Tasche wird ohne Nahtzugaben zugeschnitten.

1 Packpapier A (50 cm x 70 cm) auf Stoff A (Außentasche) legen und doppelt zuschneiden

2 Packpapier B (50 cm x 70 cm) auf Stoff B (Innenfutter) legen und doppelt zuschneiden

Nähen:

Die Tasche wird mit einem Steppstich genäht.

1 Falls du auf deiner Tasche eine Applikation anbringen möchtest, musst du das jetzt tun. Überlege genau, wo sie später sitzen soll. Applizert wird nur auf Stoff A, also der Außentasche! Eine Anleitung zum Applizieren findest du in dem Kasten auf Seite 238–240.

2 Den Stoff A (Außentasche) jetzt rechts auf rechts zusammenstecken, heften und steppfußbreit zusammennähen. Die obere Kante

bleibt dabei offen. Den Heftfaden kannst du nach dem Nähen wieder entfernen.

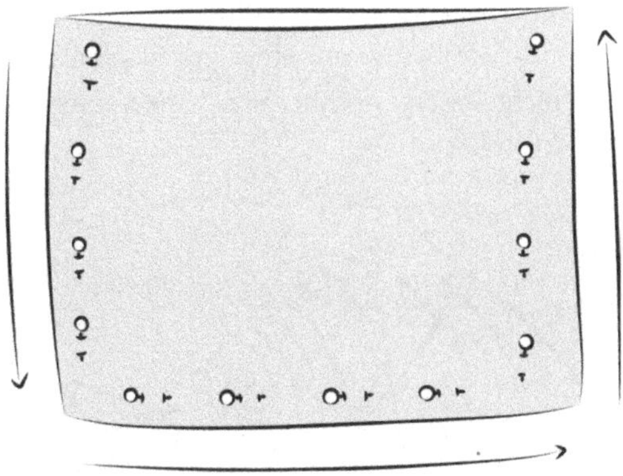

3 Schneide die Ecken ab, sonst sind sie nachher rund.

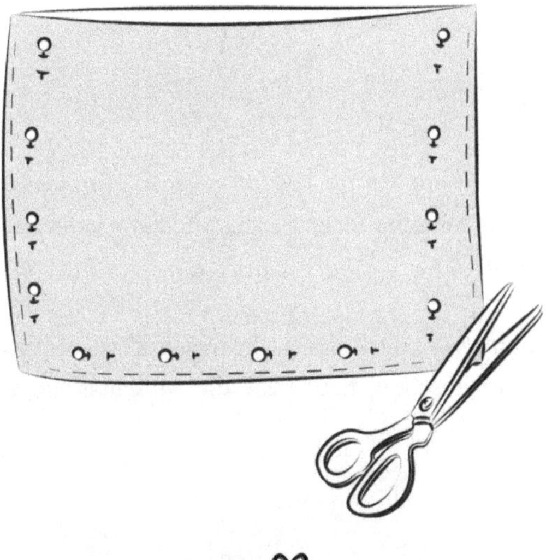

4 Bügle die Nähte sauber aus.

5 Wende die Tasche auf rechts und forme die Ecken sorgfältig aus. Das kannst du am besten mit einer geschlossenen Schere tun. Machst du das nicht, hast du nachher unschöne Kanten.

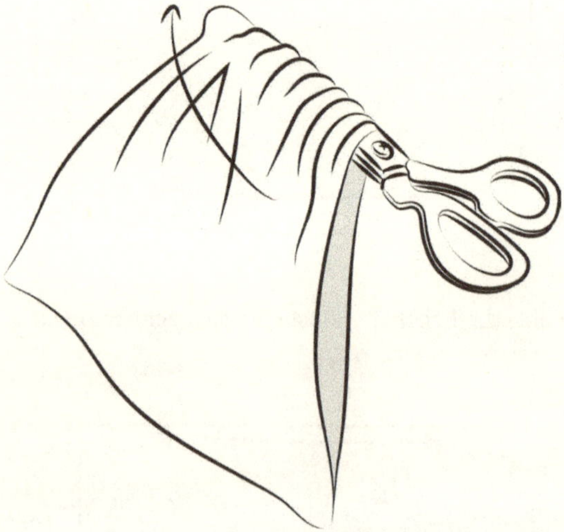

6 Die Außentasche ist jetzt fertig und kann erst einmal beiseitegelegt werden.

7 Nun musst du die Innentasche nähen. Dazu nimmst du Stoff B und nähst die Tasche genauso wie die Außentasche, also mit den Schritten 2 bis 5.

8 Jetzt hast du zwei Taschen. Eine Innen- und eine Außentasche. Die Außentasche liegt schon auf rechts, die Innentasche bleibt auf links gedreht.

9 Stecke nun die auf rechts gedrehte Außentasche in die auf links gedrehte Innentasche hinein. So liegen die rechten, schönen Seiten aufeinander.

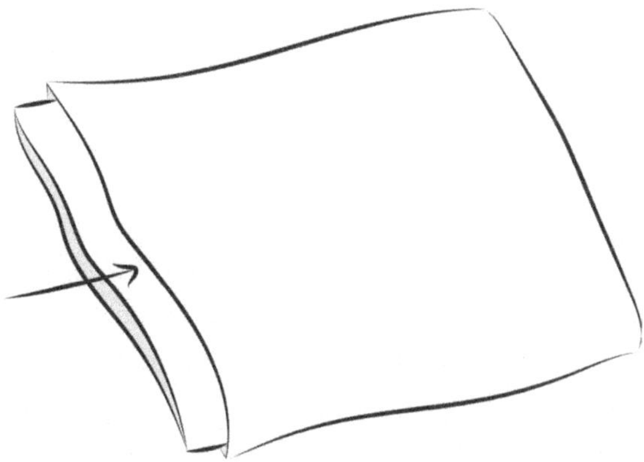

10 Als Nächstes wird die Tasche oben geschlossen. Dazu steckst du sie an der Öffnung zusammen, lässt aber eine Wendeöffnung von 10 cm frei. Hefte alles und nähe die Taschen steppfußbreit zusammen. Denke an die Wendeöffnung!

11 Jetzt kannst du die Tasche durch die 10 cm breite Öffnung wenden.

Das sieht danach so aus:

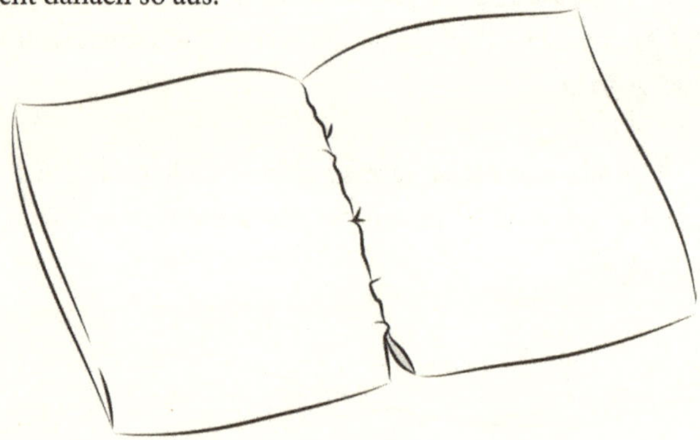

12 Stecke die Innentasche in die Außentasche.

13 Jetzt muss noch die Wendeöffnung geschlossen werden. Lege die Ränder der Lücke nach innen, damit man die Naht später nicht sieht. Um es dir leichter zu machen, das alles zu umnähen, bügelst du einfach einmal um die gesamte Taschenkante herum und achtest darauf, dass die Ränder der Lücke schön nach innen gebügelt werden.

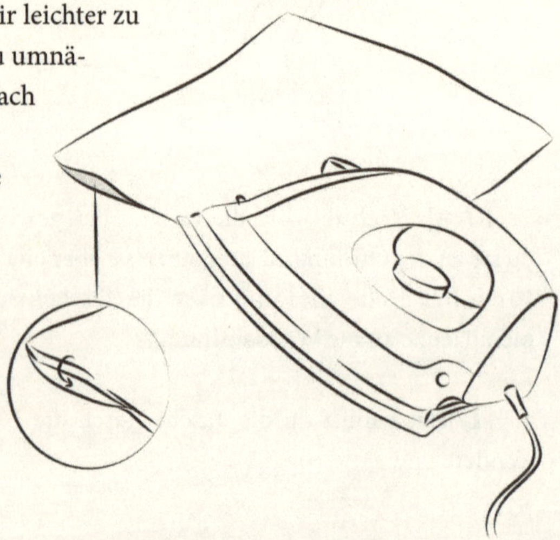

14 Danach kannst du den ganzen Taschenrand ringsum einmal knappkantig zusammennähen. Weil du ihn zuvor schön ausgebügelt hast, geht das jetzt ganz einfach ohne Stecken und Heften.

15 Jetzt fehlen nur noch die Träger. Dazu nimmst du das Gurtband und teilst es in zwei je 1 m lange Bänder.

16 Es ist wichtig, dass beide Bänder im gleichen Abstand zum Rand der Tasche aufgenäht werden. Dazu misst du vom linken und vom rechten Außenrand der fertigen Außentasche je 15 cm ab.

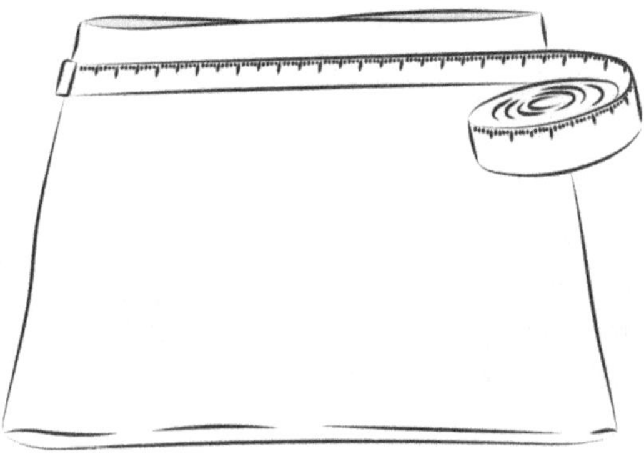

17 In diesem Abstand steckst du je 5 cm vom Gurtband auf beiden Seiten fest. Hier kannst du das Heften vielleicht auch weglassen.

Dabei ist zu beachten, dass je ein Gurtband auf der einen und das andere auf der gegenüberliegenden Taschenseite befestigt wird, jedes Band also einen Bogen auf einer Seite macht. Achte darauf, dass das Band sich nicht eindreht.

18 Die vier Enden des Gurtbands werden in einem Rechteck einmal ringsum mit einem Zickzackstich oder einem Applikationsstich festgenäht.

Geschafft! Fertig ist die Tasche!

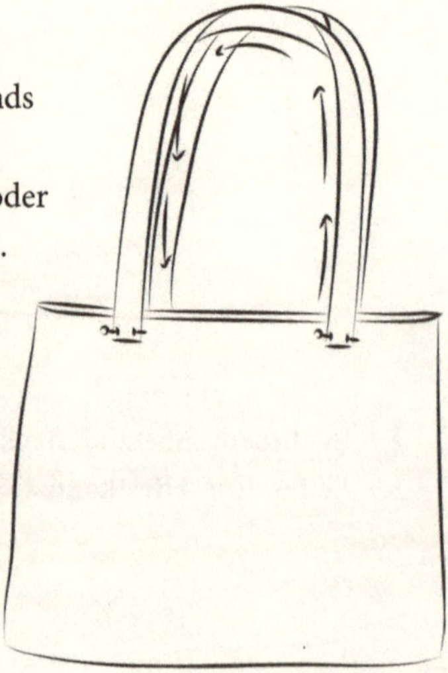